Auli Mantila

Eine gefährliche Art von Glück

Auli Mantila

Eine gefährliche Art von Glück

Roman

Aus dem Finnischen
von Elina Kritzokat

kiepenheuer
AUFBAU VERLAGSGRUPPE

Die Originalausgabe erschien 2005 unter dem Titel
Varpunen
bei Teos, Helsinki.

ISBN 978-3-378-00678-2

Gustav Kiepenheuer ist eine Marke der
Aufbau Verlagsgruppe GmbH

1. Auflage 2007

Einbandgestaltung gold, Anke Fesel und Kai Dieterich
Druck und Binden Pustet, Regensburg
Printed in Germany

www.gustav-kiepenheuer-verlag.de

Es ist Mittag.

Die Fähre schaukelt wie Müll auf einem dickflüssigen Meer, darüber der Himmel: silbernes Plexiglas, starr vor Licht, das nicht leuchtet, sondern blendet, die Sicht trübt und alles schwärzt. Das passende Licht für einen Tag, an dem die Menschen zusammenkommen, um Abschied zu nehmen von einhundert Vermißten, vom Meer Davongetragenen, Ertrunkenen – wie auch immer.

In Sonntagskleidung stehen die Leute da, ein ganzes Deck voller Leute. Kinder singen lieblich; die S- und R-Laute wehen weit hinaus, zischeln noch im Wind, der das Schleppende des Liedes und die Vokale mit sich reißt. Die Köpfe sind regungslos; die steife Haltung der Menschen ist eine einzige Frage: Warum? Aber darauf, und das ahnen die hier anwesenden Zuständigen bereits, weiß kein Sterblicher eine sinnvolle Antwort. Stumm vor Trauer, Seite an Seite, Finnen, Schweden, Esten.

Die Frage ist falsch gestellt, denke ich, und gegen alle Vernunft werde ich wütend. Es scheint mir, als wollte man mit der Frage nach dem Warum im Grunde nur den Schmerz und das Schicksal spürbar machen, als wollte man die Geschichte hören, *weshalb* das alles passieren mußte. Als würden die Leute mit »Warum?« eigentlich meinen: »Ja, warum eigentlich nicht?«

Natürlich, mir ist klar, daß wir hier versammelt sind, um der Opfer einer schrecklichen Havarie zu gedenken, sie zu ehren, zu lieben und zu segnen. Nur warum setzt uns die auf diesen einen Tag konzentrierte Trauer so dermaßen zu? Und verwandelt uns in apathische Tiere? Unbeholfene, willenlose Rinder mit steifen Beinen, die auf einem langen Förderband unaufhaltsam auf ein schwarzes, klaffendes Quadrat zugleiten. Ich halte das nicht aus, denke ich, und wende mich ab, um Zigaretten aus meiner Tasche zu holen.

»Hier darf man nicht rauchen«, tönt es prompt. Ich hebe meinen Blick aus dem Dunkel der Tasche und bin drauf und dran zu fragen, ob die Leute keine anderen Sorgen haben. Doch der Mann, der neben mir steht, hält sein Lächeln schon bereit. Erkki Luhtanen.

»Hallo«, sage ich, zünde die Zigarette an und inhaliere tief; gesund ist das nicht, erfüllt aber seinen Zweck. Luhtanen schaut erst mich an und dann das, was ich beobachtet habe:

Inmitten der gewöhnlichen Anzugträger mit hängenden Schultern und zu kurzen Hosenbeinen stehen sechs Personen in perfekt sitzender Kleidung. Die Männer sind muskulös, die Frauen schön; ihre weißen Gesichter drücken unmißverständlich aus, daß nichts, was uns Normalsterbliche betrifft – drei Paar Tennissocken für zehn Euro und Leberauflauf, entweder mit oder ohne Rosinen –, sie berühren kann. Als ich eine blasse junge Frau anschaue, greift der Wind nach dem Saum ihres Kleides und spielt mit ihm. Eine kleine unbeholfene Bewegung mit dem Knie, und der Saum verschwindet unter dem Mantel.

Ich schüttle mich und begreife: Dort, in den Nähten der Mäntel, steckt Geld. Nur Geld bringt diese Schärfe in die Schulterpartien der Männer und den Sitz der Ärmel, in die Raffungen an den Taillen der Frauen und den Schwung der Rockschöße. Diese Kleider strotzen vor Geld – genausogut könnte es wirklich dort eingenäht sein, um eine Reise, eine Flucht zu ermöglichen. Dieser matte Schimmer der Stoffe und der bis zu mir herüberwehende Hauch von Luxus sind nichts anderes als bares Geld, und das besitzen sie nicht erst seit gestern.

Es war immer schon verborgen in ihren Mantelknöpfen und in der glatten Haut der Frauen, war tief versenkt in ihre Körper, leuchtend auf ihre Zähne gepinselt. Dafür ist Geld schließlich da – dafür, daß man aufrecht stehen kann, wenn einer der Liebsten ohne Gnade von einem gerissen wird. Ich rauche meine Zigarette zu Ende und weiß, daß wir gleich reden werden.

»Na?« fragt Luhtanen.

»Selber na. Bei so vielen Ertrunkenen kann man leicht ein paar aus dem Weg geräumte Leute dazumelden. Die eine oder andere neue Identität untermischen. Wer kann das jetzt noch aufklären«, sage ich.

»Tja. Ein frisch Lebensversicherter unter hundert anderen auf dem Meeresgrund«, murmelt Luhtanen und blickt zu dem gutgekleideten Grüppchen hinüber.

Ja, ja. Am Montag setze ich meine Unterschrift auf ein Dokument, und mein Arbeitgeber ist um ein oder zwei Millionen ärmer. Noch stehe ich hier, überlege, ob die Trauer echt ist oder nicht, aber letztlich ist das reine Formsache. Wie zur Melodie eines Schlafliedes wiegt das Seegras sich am Meeresgrund, dazwischen eine Hand, von Fischen zerfressen, und der Atem hat sich Bläschen für Bläschen verflüchtigt.

Luhtanen wird munter, sieht mich an.

»Scheiße, hm? Das Ganze kotzt dich an, das kotzt dich richtig an, merk ich doch.« Er grinst.

Die gute alte Jugendsprache. Auf einmal bessert sich meine Laune; ich schleudere die Zigarette ins Wasser und lächle. Die Kippe verschwindet sofort.

»Ich muß es nicht bezahlen. Du kannst ja jemanden verhaften, wenn's Beweise gibt. Ich jedenfalls kann die Sache so stehen lassen.«

Ich bleibe noch einen Augenblick und schaue aufs Meer. Es ist ruhig, schon den ganzen Tag. Weit unten trudelt die Kippe – oder ein Blatt, eine Feder, ein Fisch. Die Ostsee ist weich und gibt nach, nimmt alles auf, was oder wen auch immer. Ein oder zwei Jahre, vielleicht auch drei Jahre später wird sie die menschlichen Überbleibsel aus ihrem Schlund spucken, auf den Sand am Wellensaum.

Für heute ist der Fall erledigt. Ich verabschiede mich von Luhtanen und verschwinde. Er bleibt, ein Bulle eben.

Es fängt damit an, daß man mit der Kamera gegen den Türrahmen poltert. Das Objektiv knallt auf den Boden, das Glas ist zersprungen, die Fassung verbogen. So ein Objektiv läßt sich weder aufsetzen, noch kann man hindurchsehen, geschweige denn damit fotografieren. Doch es war neu und nicht gerade billig.

An dieser Stelle sagt der Mensch: »Scheißescheißescheiße«; er erträgt es nicht, daß er sich die Sache selbst eingebrockt hat. Das kann er nicht zugeben, sich damit nicht anfreunden. Und wenn man keine besonders laute innere Stimme hat, die einen moralisch in die Schranken weist, ist es kinderleicht, seine Verantwortung zu leugnen. Die Schuld abzustreiten.

Also, die Kamera ist kaputt. Die ach so teure Kamera (die vielleicht ein echtes Schnäppchen war). Da muß sich doch eine Möglichkeit der Kompensation finden lassen. Und schon sprießt der Keim der Gerissenheit – fast wie ein zwielichtiges Fabelwesen, das einem zuflüstert, daß der Cousin tausend Euro bekommen hat. Einfach so, und obendrein noch das und das. Und zwar, indem er das Versicherungsformular entsprechend ausgefüllt hat. Hinter jedem größeren Betrug, hinter jedem illegalen wirtschaftlichen Nutzen steht dieses zwielichtige Wesen. Niemand betrügt gleich im großen Stil – man lernt es nach und nach. Man lernt die Methoden. Aber vor allem erlernt man die Haltung, die man dafür braucht.

Heute habe ich eine Familie gesehen, die aller Wahrscheinlichkeit nach einen ihrer Angehörigen umgebracht hat und nun behauptet, er sei zusammen mit den anderen Passagieren ertrunken. Dieser Mensch ist als vermißt gemeldet, und die Familie beteuert, schwört, er sei an Bord gewesen. Er ist versichert, dieser Mensch. Mit einer hohen Summe.

Stundenlang habe ich die Familie beobachtet, habe ihre Gefühle zu ergründen versucht und vergeblich nach einem Hinweis geforscht, der ihren Betrug beweist. Ich sehe die Qualität und Quantität ihrer Tränen, höre den schneller werdenden Atem, mustere ihre starre Körperhaltung und frage mich: echt oder gespielt? Ich habe versucht, in die Herzen hineinzusehen, wie Gott der Herr. Es ist mir nicht gelungen. Ich sah nur etwas anderes, Unumstößliches: *Ich* war da. Und habe den Moment vorüberziehen lassen, indem ich still und beharrlich dastand – wovon nie jemand erfahren wird.

Einfach ausharren, die Lüge ertragen wie das Wetter. Dafür gibt es meinen Beruf. Um genau hinzusehen und die Wahrheit zu finden. Aber ich kann ausschließlich Wahrheiten verkünden, die finanziellen Wert haben. Andere Wahrheiten, die lasse ich laufen.

Obwohl ich direkt von einer bedrückenden Trauerfeier komme, habe ich einen Riesenhunger. Im Flugzeug gab es nur Nüsse und Wasser, alles Weitere hätte man bezahlen müssen. Also fülle ich die braune Tüte gierig mit Karelienpiroggen, wiege sie ab und husche hinter das Brotregal, um mir eine Piroggenhälfte in den Mund zu stopfen. Ich versuche nicht einmal, mich zu beherrschen.

Nachher muß ich zu einem Abendessen, und ich habe versprochen, Nudelsalat mitzubringen. Als ich die Piroggen aufgegessen habe, lege ich rotes Pesto, Oliven, Tomatenmark und Artischockenherzen in meinen Korb. Es lebe die Konserve! Dann noch Muschelpasta, Knoblauch, sonnengetrocknete Tomaten und Schmand. All dies zusammengemischt, und man hat seine Pflichten für den Abend erfüllt. Ich überlege, Wein zu kaufen, verzichte aber auf die Provokation, weil die Gastgeberin, meine Schwester Elina Haapala, es nicht schätzt, wenn ich trinke. Außerdem werden ihrem Mann Sepi die Longdrinks sicher nicht ausgehen.

In der Kassenschlange spähen die Leute nach den Einkäufen der anderen. Im Wagen des Mannes vor mir ist alles mit dem hellroten Preisschild für vergünstigte Artikel ausgezeichnet. Allerdings trägt der Mann Markenkleidung, und sogar Schuhe und Gürtel passen perfekt zusammen. Daraus kann man nur eins ableiten: Entweder ist er nicht zimperlich, oder er kapiert es einfach nicht. Das rote Preisschild hat die Funktion, dem Kunden zu sagen: Kauf mich, ich bin billig und gerade noch genießbar. Aber die Botschaft des roten Preisschildes wandelt sich, sobald man an der Kasse steht. Während sie am Einkaufsregal noch eine Sache zwischen Kunde und Produkt ist, so ist sie an der Kasse für alle sichtbar, öffentlich. Jetzt lautet die Botschaft: Dieser Mensch will sparen. Daher kauft er nahezu verdorbene Ware und gibt sie womöglich seinen Kindern.

Wie auch immer – ich bin an der Reihe und schaufle meine Einkäufe aufs Förderband, als letztes lege ich die Papiertüte hin. Dem Preisschild zufolge will ich drei Karelienpiroggen kaufen. Die Kassiererin tippt die Preise in die Kasse und greift schließlich nach der Tüte. Zu ihrer Überraschung ist sie leer. Fragend schaut sie mich an – blaue Augen, zu dünn gezupfte Augenbrauen –, und ich bemühe mich, ein Lächeln zustande zu bringen.

»Ich hab sie schon gegessen.«

Sie schaut noch immer, und ich beginne einen weiteren Satz.

»Es waren nur die drei.« Und, nach einer Pause: »Also ich meine, das Preisschild ist korrekt. Und ich bezahl ja auch.«

Die junge Frau glotzt mich so lange an, bis ich ahne, wie sie die Sache sieht – streng aus der Perspektive des Supermarktes. Ihr beharrlicher Blick weckt meinen Selbstverteidigungsreflex.

»Ist doch egal, wann man die ißt, solange man dafür bezahlt, oder?«

Sie streckt ihre Hand aus, und ich gebe ihr meine Bankkarte. Während sie sie durch den Kartenleser zieht, sagt sie, ohne mich eines weiteren Blickes zu würdigen: »Das ist kein Restaurant.«

Richtig. Ich stehe da, die Kasse speit ratternd meinen Bon hervor. Was soll ich sagen – sie hat recht. Das ist kein Restaurant. Ich weiß. Dies ist ein Supermarkt, mit meiner Frage allerdings hat das eigentlich nichts zu tun. Frage und Antwort passen mal wieder nicht zusammen, das ist furchtbar verbreitet, und je älter ich werde, um so stärker leider ich unter diesem ärgerlichen Phänomen. Als wäre ich unsichtbar. Oder – mitsamt meiner Frage – verrückt.

Die Frau gibt mir meine Karte zurück, und ich unterschreibe den Kassenausdruck. Gehe ans Ende des Förderbandes, um meine Einkäufe einzupacken. Das ist kein Restaurant. Ich weiß. Aber warum kann sie mir nicht wenigstens einen Millimeter entgegenkommen, wo sie doch sieht, wie peinlich mir mein Heißhunger ist?

Mit geröteten Wangen haste ich Richtung Ausgang. Weil ich hungrig war, habe ich hinter einem Regal drei Karelienpiroggen gegessen. Was ist daran so unverzeihlich? Dabei unterscheide ich mich nicht einmal von den anderen Kunden – ich bin eine Frau aus der oberen Mittelschicht.

Die Gläser und Dosen klirren leise in meiner Tasche, als ich endlich auf der Rolltreppe stehe, die Laune auf dem Tiefpunkt. Warum geht man auch mit leerem Magen am Samstag nachmittag einkaufen, zusammen mit all den miesepetrigen Leuten? Schlechte Idee.

Auf der Fahrt nach Hause bitte ich den Taxifahrer, an der Reinigung zu halten, damit ich meine Tagesdecke und zwei Röcke holen kann. So, alles erledigt, der Abend kann kommen. Doch plötzlich fallen mir die Trauergäste, ihre aufrechte Haltung und teure Kleidung wieder ein. Aus irgendeinem Grund trifft mich das, was ich gesehen habe. Es ist verdammt noch mal wahnsinnig ungerecht, daß einige so viel mehr haben als andere – von allem.

Der Taxifahrer schaltet schlecht, und schon befinde ich mich wieder in der Gegenwart auf der Rückbank des Wagens. Ja, ja, aus mir wird noch eine richtige Kommunistin, jetzt, wo alle über die alten Linken aus den Siebzigern und das Gespenst der gerechten Verteilung lachen. Vor meinem Haus zieht der

Fahrer die Handbremse und hält mir die Hand hin, um Teil zwei des Programms abzuwickeln.

Ich bezahle und steige aus. Mercedesse hören sich alle gleich an. Auch sonst scheint sich seit dem Morgengrauen nichts geändert zu haben. Mit klirrend vollen Einkaufstaschen betrete ich den Hausflur.

Mein Zuhause ist wunderschön. Bestimmt siebzehn Mal am Tag denke ich das, und jetzt, als ich über die Türschwelle in einen kleinen Posthaufen trete, denke ich es ein weiteres Mal. Während ich die Briefe aufklaube, höre ich den Anrufbeantworter ab. Erst ein Festnetzanschluß macht die Wohnung zum Zuhause.

Der Festnetzanschluß begleitet mich, seit ich ein Leben als Erwachsene führe. Von dem Geld, das ich zum Abitur bekam, habe ich mir ein Telefon samt Anschluß geleistet, auch wenn das damals noch ziemlich teuer war. Zumal im Vergleich mit all den anderen Dingen, die man mit dem Geld hätte machen können. Aber was ist schon ein Führerschein oder Interrail gegen das Gefühl von behaglicher Sicherheit, das sich mit jedem Telefonklingeln aufs neue einstellt. Das Telefon bindet mich an Zeit und Ort. Wenn ich den Hörer abhebe, weiß ich, daß der Anrufer weiß: Ich bin an einem ganz bestimmten Ort, der nur mir gehört und an dem man mich in schöner Regelmäßigkeit antreffen kann.

Ich finde, ein Festnetzanschluß strahlt dieselbe Sicherheit aus wie Werbemütter in Jeanslatzhosen mit Porreekörben. Und ja, ich war eine Ausnahme, indem ich diese Wahl traf, denn sie steht für Stillstand, wohingegen die Wünsche meiner Mitschüler auf Dynamik abzielten. Ich jedoch wollte einen Telefonanschluß und bekam ihn. Ich wollte Beständigkeit und Sicherheit und bekam sie. Ich war schon damals anders und bin es noch heute: Zwischen all den Nomaden unserer mobilen Zeit bin ich ortsgebunden, altmodisch, ein Fossil. Dieser Gedanke macht mir richtig gute Laune; ich weiß, daß ich mich um nichts zu sorgen brauche. (Ein Handy habe ich natürlich trotzdem.)

Der Anrufbeantworter quasselt, es ist meine Schwester Elina. Im Hintergrund krakeelen die Kinder, deren Streitereien ihr Mann Sepi geduldig zu schlichten versucht.

»Hallo, ich bin's! Noch mal wegen heut abend, also ich wollte dich an den Salat erinnern, den du beisteuern sollst, na, wir sehen uns dann ja, Viertel nach sieben, tschüüüs.«

»Tschüüüs«, sage ich und mache mir gedanklich einen Riesenknoten ins Taschentuch, denn um nichts in der Welt will ich mich verspäten. Nie würde ich absichtlich zu spät kommen, nur hat das Leben nicht immer die Uhr im Blick.

Die Nachricht meiner Schwester war die einzige. Ich steuere den Kühlschrank an und schnappe mir den Pappkanister, schüttle ihn – noch nicht leer. Die Schweden kaufen unglaubliche Mengen Kanisterwein. Mittlerweile befürchtet man, daß die Frauen auf diese Art mehr Alkohol konsumieren, denn so ein Kanister ist groß, und man sieht ihm nicht an, wieviel man schon getrunken hat. Vielen wäre es lieber, wenn dieser Wein wieder aus den Läden verschwinden würde, nur wird sich keine Frau, die ihr Geld selbst verdient, damit einverstanden erklären.

Mir kann keiner was erzählen. Im Vergleich zu drei Weinflaschen läßt sich der Kanister verflucht noch mal besser nach Hause tragen. Und wie gesagt: Man weiß nie genau, wieviel man eigentlich getrunken hat! Als man noch abends im Dunkeln das klirrende Leergut zum Container gebracht hat, war das anders. (Kein normaler Mensch möchte die vielen Flaschen gern im Laden abgeben.) Insofern.

Der Weißwein ist kalt und gut und erzeugt immer dieselbe Gemütslage von wohldosiertem Erwachsensein. Zeit für einen selbst. Angewöhnt habe ich mir dieses Gläschen, als ich mich noch um Elina gekümmert habe; es war die einzige Möglichkeit, mich abzugrenzen und eine Auszeit von der Verantwortung zu nehmen. Die Wirkung ist unverändert geblieben, der erste Schluck fühlt sich immer an, als wäre man eine tolle Filmfigur. Zum Lachen, aber wahr. Ich mag dieses Nippen und

Faulenzen am Ende des Tages, nie würde ich vollkommen nüchtern kochen, und das ist gut so. Ich bin keine sonderlich talentierte Köchin, da macht ein kleiner Schwips das Resultat nur erträglicher.

Auch sonst bin ich eine ganz normale finnische Frau, zweiundvierzig Jahre alt und noch halbwegs passabel. Ich heiße Inkeri Aho. Meine Bewegungen sind ruhig und sicher, wie zum Beispiel jetzt, wo ich den Küchenschrank öffne, einen Topf heraushole und Wasser für die Pasta aufsetze.

Später, als der Salat durchzieht und noch ein wenig Zeit ist, sitze ich weintrinkend vor dem Fernseher auf dem Sofa. Eigentlich bin ich an Sport nicht interessiert, aber ich habe großen Spaß daran, dem Eishockeyteam Befehle zuzubrüllen. Gute Leistungen beim Hockey haben mich nie kaltgelassen. Es fasziniert mich, wie radikal manche Menschen sich der allgemeinen Beurteilung aussetzen. Gegen den Fall der Niederlage sind sie nicht versichert. Wenn sie verlieren, winkt keinerlei Kompensation. Und während ich dasitze und ihren Mut bewundere, bin ich zugleich hochzufrieden, daß ich anders gewählt habe.

Krach, das ging gegen die Bande. Der Puck wird hektisch hinter einem Schlittschuh hervorgeangelt, als es klingelt. Ich stelle den Fernseher leiser und schlurfe mit dem Weinglas zur Tür. In der Diele fällt mir ein, daß ich mich schminken muß, ehe ich zum Abendessen gehe, zumindest sollte ich's versuchen.

Im Flur steht mein Nachbar. Ein ruhiger Mensch, den ich noch nie von nahem gesehen habe.

»'n Abend«, sagt er.

Stille. Der Mann muß zu mir aufschauen, er ist viel kleiner als ich und trägt keine Schuhe. Ich lächle, freundlich, so jedenfalls ist es gemeint. Wir haben beide Eigentumswohnungen; Grund genug, korrekt miteinander umzugehen.

»'n Abend«, sage ich. Wieder ist es still. Mein Nachbar macht den Mund auf, holt dann aber nur seine Arme hinter dem Rücken hervor und hält mir einen Stoß Zettel entgegen. Ich schaue auf seine Hände, mache jedoch keinerlei Anstalten, ihm die Zettel abzunehmen. Und weil ich ihm nicht entgegenkomme, erstirbt seine Geste, er läßt die Arme sinken.

»Gegenüber sind sie am Bumsen«, sagt er.

Pause.

Ich schaue ihn einfach nur an. Er schaut zurück, wechselt das Standbein. Er linst nach links und rechts in den Flur und beugt sich dann vor, redet jetzt überdeutlich.

»Gegenüber sind ...«

»Ich hab schon verstanden«, sage ich und hole tief Luft, »ich gucke allerdings gerade Eishockey.« Und damit will ich die Tür schließen. Doch mein Nachbar drückt sie wieder auf, läßt dabei seinen Papierstapel fallen. Ich werde aggressiv; gerade noch kriegt er seine Finger gerettet, ehe die Wohnungstür zuknallt. Eins seiner Blätter wird jedoch eingeklemmt und ragt in meine Diele. Während der Knall im Treppenhaus nachhallt, sehe ich mir die Hälfte des DIN-A4-Blattes an.

Auf dem Papier ist ein Foto festgeklebt, und soweit ich erkennen kann, zeigt es vier nackte Beine, zwei schlanke und dicht dahinter zwei kräftige Oberschenkel. Mehr will ich gar nicht sehen. Und ich will ebensowenig, daß das ekelhafte Mitbringsel meines perversen Nachbarn noch länger in der Wohnungstür klemmt. Ich öffne sie einen Spaltbreit, schon gleitet das Blatt am Türrahmen hinunter auf die Schwelle. Dort liegt es zwei Sekunden, ehe es blitzschnell verschwindet.

Mein Nachbar hat es sich also geschnappt, denn schon fällt durch den Briefschlitz ein ganzer Packen entsprechender Bilder, das mir bereits bekannte Meisterwerk obenauf.

»Wichser, verdammter!« schreie ich und reiße die Tür wieder auf, doch im Flur ist keiner mehr zu sehen. Als ich mit dem Papierstapel losstapfe, fällt mir auf, daß ich gar nicht genau weiß, hinter welcher Tür der Widerling wohnt. Ich bleibe auf dem Treppenabsatz stehen, in irgendeinem anderen Stockwerk schließt sich eine Tür. Die Fotosammlung ist also vorerst meine; fast kommt es mir vor, als würde sie nach Schweiß riechen. Soso, gegenüber also ...

Was hatte ich gesagt? Ich habe ein wunderschönes Zuhause!

Diese Wochenenden treiben mich noch in den Dispo. Völlig bescheuert, mit dem Taxi vom Osten der Stadt aus in den Norden zu fahren, kostet fünfzig Euro. Aber ich bin nicht mehr fahrtüchtig, und beim Nachhausekommen wird es kaum anders sein. Die Hin- und Rückfahrt kostet also hundert Euro, dazu kommen diverse andere Taxitouren.

Während ich die Quittung verstaue, überlege ich, ob ich den Fiskus nicht ein bißchen beschummeln sollte. Fast muß ich lachen. Kommt nicht in Frage. Ich schiebe mich samt Salatschüssel aus dem Taxi, das mit heulendem Motor davonfährt. Aus dem Haus schallt mir ein Tango oder etwas in der Art entgegen.

Ich bin völlig immun gegen Musik. Oder eigentlich ist »immun« das falsche Wort; im Grunde traue ich mich nicht, Musik zu hören. Das ist schwer zu erklären. Es war ein paarmal so, daß plötzlich starke Gefühle in mir aufstiegen, als ein Lied lief, irgendeins. So, als wäre mein Leben – alles, was ich im Moment habe und was ich je haben werde – irgendwie traurig und unvollständig. Und dann erfüllt mich die Sehnsucht. Keine unbestimmte Nostalgie, sondern eine ganz unmittelbare und verzweifelte Gewißheit, daß ich das Glück nicht finden werde. An sich wäre das gar nicht so schlimm – wenn ich nicht gleichzeitig genau wüßte, daß die Welt des Guten, der Liebe und des Glücks existiert, irgendwo, unerreichbar für mich.

Das fühlt sich schrecklich an.

Und dann endet das Stück, zieht davon und läßt mich hier, vollkommen allein in meiner leeren und ausgetrockneten und verzweifelten Welt. – Ich vermisse das Glück. Daß ein Mann mich bei sich aufnimmt und mich nie wieder gehen läßt.

Sehnsucht ist furchtbar. Und deshalb höre ich einfach keine Musik mehr; ich besitze keinen Plattenspieler, singe nicht einmal. Wenn ich Taxi fahre, bitte ich darum, daß das Radio ausgeschaltet wird. Ich halte Musik nicht aus, sie macht mir angst. Nie wieder will ich etwas vermissen.

Ach, was soll's. Über so was will ich jetzt nicht nachdenken. Ich streiche durch meine Haare und reibe Ober- und Unterlippe gegeneinander, damit der Lippenstift sich besser verteilt. Dann klingle ich.

Meine Schwester ist eine schöne Frau.

Der Flur ist übersät mit Mänteln und Schuhen, auch in Kindergrößen. Offenbar ein Fest, zu dem die gesamte Familie geladen ist – ich hätte es mir denken können. In Gesellschaft von Kindern fühle ich mich nicht besonders wohl. Mir kommt es vor, als würden sie mich permanent unter die Lupe nehmen; krampfig. Und ich weiß nie, wie weit die Kinder eigentlich sind, das macht mich zusätzlich nervös.

Elina nimmt mir die Salatschüssel ab und bringt sie in die Küche; ich suche nach einem freien Kleiderbügel und werfe meine Jacke schließlich auf den Haufen, der sich auf der Schuhablage türmt. Elina kommt zurück und umarmt mich. Meine Ellu. Sie duftet nach Apfelsine und irgend etwas Dunklem, ist herrlich warm und lockig. Ich liebe meine süße Schwester, habe sie geliebt, seit sie in ihrem ersten Sommer im Wagen lag und versuchte, nach ihren Zehen zu greifen. Vor dem Mückennetz stand ich – und starrte verzaubert auf das biegsame rundliche Kind. Das sie heute noch ist.

Sie schaut mir tief in die Augen und lächelt, geht wieder zurück in die Küche. Ich folge ihr. Aus dem Wohnzimmer hört man Gesprächsfetzen und Gläserklirren, in Annis Zimmer reden die Kinder lautstark durcheinander. Die Tür steht einen Spaltbreit auf, ich kann einen Teil der Rasselbande sehen.

»Eigentlich ist das eine Party für Erwachsene, aber ich kann schlecht nein sagen, wenn jemand keinen Babysitter hat«, erklärt meine Schwester.

»Ist schon in Ordnung«, setze ich an, doch Elina lacht.

»Du Kinderfan«, sie grinst. »Es sind wirklich nur ein paar da.«

»Das ist es gar nicht. Ich weiß nur nie, was ich mit denen reden soll.«

»Du mußt gar nicht groß reden. Es reicht, wenn du ihnen irgendeinen Gegenstand in die Hand drückst und sagst ›guck mal‹. Normalerweise gucken sie dann, und dann geht's automatisch weiter«, klärt Elina mich auf.

»Was denn für einen Gegenstand?« frage ich.

»Ganz egal. Eine Eieruhr zum Beispiel.«

Meine Schwester füllt den Nudelsalat in eine edle Schale um, steckt die Kelle in den Mund und probiert. »Wirklich lecker«, sagt sie kauend und will die Kelle zurück in die Schüssel legen.

»Nana, pfui!« Wie nachlässig. Ich nehme ihr die Kelle ab und reiche ihr eine neue aus der Schublade. »Die kannst du doch nicht einfach weiter benutzen!«

Meine Schwester lacht. Auf dem Tisch warten Butterbote, Käse, Eierhälften mit Fischrogen und andere Köstlichkeiten.

»Hast du die etwa auch abgeleckt?« Ich starre mißtrauisch auf die Eier.

»Natürlich nicht«, sie kichert, »ich will dich doch nur ärgern.«

Ich nehme die Eierhälften und den Käse, sie die Salatschüssel und die Brote. Sie geht voran, Richtung Gefahrenzone, ihre Hüften wiegen sich im Takt der Schritte hin und her. Sie scheint zugenommen zu haben. Irgendwie ist sie hübsch so üppig, mit ihren brauen Haaren, dem runden Hintern und ihrem Gesichtchen. Doch meine Schwester beneiden, das kann ich nicht, selbst wenn ihr Leben um so vieles reicher ist, auch reicher an Zärtlichkeit.

Ehe wir das Wohnzimmer betreten, dreht sie sich noch einmal um. Elina weiß, daß ich Partys nicht mag. Oder besser, daß ich sie mag, aber nicht weiß, wie ich mich verhalten soll.

Der *Gedanke*, zu einer Party zu gehen oder eine zu organisieren, ist immer sehr verlockend. Manchmal schnappe ich mir Kochbuch, Bleistift und Notizheft und setze mich aufs Sofa, um ein Fest zu planen. Ich suche Vorspeisen und Häppchen aus, ein warmes Essen, Nachtisch, Getränke und so weiter. Währenddessen fühle ich mich überreich, vollkommen bei mir selbst und zugleich mit den anderen verbunden. Wenn die Liste aber fertig ist, kommt der Moment, in dem man konkret werden muß. Und prompt stellt sich Unsicherheit ein. Alles wirkt auf einmal unvollständig: Meine Wohnung ist zu klein, der Tisch ungeeignet, es gibt zu wenige Stühle. Vor meinem Haus sind keine Parkplätze. Wohin mit den vielen Schuhen? Man weiß nie, ob die Party gelingt oder nicht. Warum also sollte ich ein derartiges Risiko auf mich nehmen?

Wir werden fröhlich empfangen, als wir das Essen auf dem Wohnzimmertisch abstellen. Ich bin dankbar, daß meine Schwester mich in solchen Situationen als Dienstmädchen einspannt. Wenn ich eine Aufgabe habe, fällt es mir viel leichter, fremden Leuten zu begegnen. Die Gäste sind größtenteils Arbeitskollegen von meiner Schwester und ihrem Mann Sepi. Außerdem ein paar Segelfreunde und solche, die man eben so hat. Ich lächle und nicke mehrmals in die Runde. Nachdem ich ein paar Eierhälften zurechtgerückt habe, umfaßt mich Sepi mit seinen riesigen Pranken.

»Herzlich willkommen«, nuschelt er in meine Haare. Sepi hat schon einen sitzen, ist kuschelig. Ich mag ihn.

»Will die Schwägerin vielleicht einen Longdrink?«

»Sie will.«

»So ist's richtig.«

Ein Klaps auf mein Hinterteil, und ich bin wieder frei, Sepi schwankt in Richtung Küche. Elina wird ihm seinen Schwips verzeihen; sie ist ihrem Mann ganz und gar verfallen, seit zwölf Jahren bereits. Die beiden haben sich im Chor kennengelernt. Obwohl Sepi so ein Koloß ist, singt er herzerweichend. Als ich zu meiner Schwester schaue und unsere Blicke sich treffen, errötet sie.

Sepi drückt mir einen Drink in die Hand. Während ich einen großen Schluck nehme, spüre ich Elinas Augen in meinem

Rücken – doch nur für einen kurzen Augenblick, schließlich wird jetzt gefeiert. Prost!

An einem Abend, der viele Jahre her ist, kam ich vier Stunden später nach Hause als versprochen, voll wie ein Faß. Ich hatte zu viele Blue Angels getrunken, der Ärmel meiner weißen Bluse war naß und roch nach Alkohol. Bis dahin war ich mit dem Trinken immer vorsichtig gewesen, hatte es so angestellt, daß Elina nichts merkte. Dieser Abend war der Ausrutscher, der unweigerlich eintritt, wenn man Geheimnisse hat. Ich war überführt, was – wie ich wußte – nur eine Frage der Zeit gewesen war.

Als ich die Tür aufmachte, stand Elina leblos wie ein Geist mitten im Raum, mit Augen wie Löchern oder großen Knöpfen oder Kohlen. An ihrem Blick sah ich, daß sie Bescheid wußte. Darüber, daß ich in Bars die Erwachsene spielte, die Glückliche, so tat, als wäre ich wie die anderen. Darüber, daß ich trank, um alles hinter mir zu lassen, wenigstens eine Zeitlang. Daß ich trank, weil ich mir in manchen – seltenen – Momenten wünschte, sie wäre nicht auf der Welt.

Als ich vor der Kloschüssel hockte und versuchte, einen klaren Kopf zu kriegen, hörte ich noch, wie sie zurück in ihr Zimmer tapste und sich ins Bett legte. Ich bin ihr nicht hinterhergegangen. Am Morgen wollte ich ihr Frühstück machen, aber sie war schon aufgestanden und hatte sich zum ersten Mal selbst ihren Brei gekocht. Sie ließ mich nicht helfen, schickte mich statt dessen wieder ins Bett, ohne mich anzuschauen. Ein schwieriger Morgen.

Stunden später sitze ich mit dem sechsten Longdrink in der Küche. Im Wohnzimmer ist das Gespräch bei Segeltörns angelangt; die Pärchen reden über Routen, Winde und all die Details in einer Weise, die mir fremd ist. Ich kann nicht segeln, mag keine Boote. Alles Maritime geht mir auf die Nerven, die frische Brise, die ganzen flinken Handgriffe. Insofern ist es eine Wohltat, allein zu sein; außerdem wird mich garantiert keiner vermissen. Ich sitze da und schaue aus dem Fenster, draußen ist es dunkel, die Straßenlaternen werfen helle Flekken auf die Böschung. Nirgends eine Menschenseele. Auf einmal legt sich ein zweites Bild auf die Landschaft vor dem Fenster, eine Spiegelung. Ich drehe mich nicht sofort um. Das Spiegelbild ist etwa einen Meter vierzig groß und trägt etwas Gelbes. Scheiße. Jetzt drehe ich mich um.

Mitten in der Küche steht ein Mädchen mit blondem Pferdeschwanz und gewölbtem Kinderbauch unter dem Polohemd. Sie ist vielleicht sieben, ich sehe sie zum ersten Mal. Wir starren einander an. Ich überlege kurz, ob ich eine Grimasse schneiden soll oder zischen, wie bei Katzen, verwerfe die Idee aber gleich wieder. Sie würde es nur ihrer Mutter petzen.

»Hallo«, sage ich, ganz erwachsen.

Sie glotzt.

»Wir sind uns wohl noch nicht begegnet.«

Sie glotzt und schweigt. Ich glotze zurück, gereizt. Warum haben Kinder eigentlich das Recht, nicht zu antworten, während Erwachsene dazu verpflichtet sind, mit ihnen zu plaudern? Ich warte noch ein paar Anstandssekunden, drehe mich dann wieder zum Fenster. Verschwinde, denke ich, doch die Spiegelung stört beharrlich die Fensterlandschaft. Ich konzentriere mich bewußt auf die Büsche draußen. Da setzt sich die Spiegelung in Bewegung.

Das Mädchen kommt zu mir an den Tisch. Sie schaut erst auf meine Flasche, dann auf mich und fragt schließlich: »Bist du betrunken?«

»Nein«, entgegne ich und nehme einen Schluck.

»Wo ist Altseeland?«

»Wo ist was?!«

»Alt-see-land.«

Es dauert einen Moment, ehe ich begreife.

»Das gibt es nicht. Und ich weiß auch nicht, weshalb das andere Neuseeland heißt.«

Sie nickt. Ich trinke einen Schluck und schaue wieder aus dem Fenster. Irgend etwas an ihr weckt mein Interesse, vielleicht ihre Ruhe, jedenfalls ist sie nicht so quirlig wie andere Kinder. Verstohlen sehe ich mir ihr Spiegelbild genauer an.

Blonde Haare, viele Knoten und Zotteln im Pferdeschwanz. Ihr Hemd ist langärmlig, an den Ärmeln sind Flecken von Tinte oder Tusche und auf der Brust irgendwelche anderen Flecken, weiß der Himmel was für Kinderflecken.

»Ich hab Durst.«

»Trink Wasser«, ermuntere ich sie und mache keine Anstalten, sie zu bedienen.

»Ich komm nicht ran.«

Klar, sie hat recht. Ich stehe auf und hole ein Glas aus dem Schrank, halte es unter den Wasserhahn und gebe es ihr. Sie umklammert das Glas und trinkt. Sie hatte wirklich Durst. Mit nassen Rändern an den Mundwinkeln stellt sie das Glas auf den Tisch und leckt sich die Tropfen von den Lippen. Plötzlich ist mir das ein bißchen viel Wohltätigkeit, kleine Kinder sind immerhin auch schon Menschen. Ich setze mich wieder hin, meiner Ansicht nach, ohne provozierend zu glotzen.

»Danke.«

»Bitte«, sage ich. Das Mädchen zieht die Nase hoch.

»Du bist häßlicher als Elina.«

»So.«

Dieses Gespräch ist wirklich seltsam. Mit einer Eieruhr brauche ich es wohl nicht mehr zu versuchen.

»Elina ist bald tot.«

Aus dem Wohnzimmer tönt schallendes Gelächter, jemand hat einen Witz erzählt. Moment mal, seid still. Ruhe! Ich schaue das Kind an, das regungslos auf der anderen Seite des Tisches sitzt, ein Wasserglas neben sich. Wie kann jemand so Kleines sich etwas so Schreckliches ausdenken? Ich sehe dem Mädchen direkt in die Augen, sie schaut gelassen zurück. In der Küche ist es heiß. Das Mädchen ist abstoßend.

»Warum sagst du so was?«

»Weil es stimmt. Sie stirbt, und für dich ist das ganz richtig so.«

»Verschwinde, aber sofort.«

»Du bist betrunken.«

»Hau ab«, zische ich und drehe mich zum Fenster. Sie ist ekelhaft, ein starrendes Gör, sonderbar, wildfremd. Keine Minute länger will ich mit ihr in einem Raum sein.

Ich schaue hinaus. Einen Moment noch sitzt das Spiegelbild mir gegenüber, dann steht es lautlos auf.

»Du bist häßlicher als sie. Aber du lebst lange.«

Sie bleibt kurz am Tisch stehen, eine Geste, die ihre Worte nur bekräftigt. Herrgott noch mal. Ich drehe mich nicht mehr um, sehe aber in der Fensterscheibe, wie sie mir den Rücken zuwendet und aus der Küche hinausgleitet – genau so, wie sie hereingekommen ist. Eine gelb-blonde Spiegelung. Zurück bleiben eine leere Stelle und der große Flurspiegel, in dem ich mich selber sehe.

Ich brauche frische Luft, öffne das Fenster. Auch wenn dummes Kindergeplapper dummes Kindergeplapper ist – ich will nicht länger bleiben. Allein der Gedanke ist entsetzlich und macht mir angst. Auf dem Tisch steht das Glas, aus dem das Gör eben getrunken hat. Noch halbvoll.

Ich muß sofort nach Hause.

Daß man älter wird, merkt man angeblich als erstes daran, daß man sich von einem Kater, selbst von einem kleinen, nicht mehr innerhalb eines Vormittags erholt. Eigentlich habe ich nur mäßig gefeiert am Samstag bei Elina, aber noch heute, Montagmorgen, fühle ich mich wie ein plattgefahrener Regenwurm. Als ich mir die Hände wasche, fällt mir dort, wo mein Hals aufhört, eine verdrießliche Falte auf.

Die Damentoilette bei uns im Büro ist richtig einladend, sechster Stock, Waschbecken mit Meerblick. Könnte schlimmer sein. Wenigstens beim Händewaschen ein bißchen Luxus.

Alles andere in diesem Job bringt einen eher zurück auf den Boden der Tatsachen.

Den Vormittag über befasse ich mich mit den neuen Fällen, die ich zugeteilt bekommen habe, offensichtlich alles Autobrände. Brände sind im Grunde simpel, verbrannte Autos allerdings kommen extrem häufig vor und sind extrem unsympathisch. Unsympathisch nicht wegen des ausgebrannten Objekts an sich, sondern wegen der Dummheit:

Wenn ein frischerworbener Gebrauchtwagen nach einem Kilometer stehenbleibt, sollte der Käufer seine Dummheit allein ausbaden. Aber nein. Der dämliche Anfänger besorgt sich einen Kanister Benzin, schiebt seine Karre in irgendeine Kuhle oder an einen anderen zwielichtigen Ort und steckt sie in Brand. Dann ruft er die Versicherungsgesellschaft an und jammert, daß das Auto hinüber und er vollkommen ratlos ist, und heult nach Geld. Allein zum Tatort zu gehen regt mich auf. Und genau das sage ich Siiri, meiner Kollegin von der Schadensprüfung, von der ich weiß, daß sie die letzte wäre, die jemanden mit unnötiger Arbeit belastet.

»Weshalb können wir nicht warten, bis das Autowrack nach Juvanmalmi transportiert und untersucht wird? Was soll *ich* am Tatort?« schimpfe ich ins Telefon.

»Sie will nun mal, daß du kommst.«

»Wer sie?«

»Die Versicherungsnehmerin. Sie will, daß der Versicherungsdetektiv die Lage vor Ort überprüft, damit sie nicht selbst in Verdacht gerät. Das Auto wurde vor einer Woche geklaut.«

»Geh du doch hin, du bist Schadensprüferin. Ich hab anderes zu tun.«

»Stimmt doch gar nicht, du bist gerade erst aus Schweden zurückgekommen von der Schiffsgeschichte. Außerdem macht es keinen Unterschied, ob du sofort hinfährst oder ob ich dich von dort aus anrufe und sage, daß du kommen sollst. Hat wenigstens einer von uns weniger Arbeit.«

Sie lacht zufrieden über ihre clevere Logik, ich kann das Beben ihres pfefferkuchenfarben gebräunten Dekolletés förmlich sehen. Siiri ist wunderbar. In zwei Jahren geht sie in Rente und kann sich dann endlich auf ihr ungelebtes Leben konzentrieren, wie sie immer sagt. Konkret: Sie wird nach Los Pacos ziehen. Tja. Ich vermisse sie jetzt schon.

Wie auch immer – sie hat sich durchgesetzt, ich gebe dem Wunsch der künftigen Rentnerin nach. Ein bißchen Frischluft kann nicht schaden. Ich hole meine Gummistiefel aus dem Schrank und befühle den Overall. Trocken. Nur für den Fall, daß am Ende der Fahrt ein mieser Ort auf mich wartet. Normalerweise ist das so. Puh, ich schwitze jetzt schon.

Meine Laune ist so miserabel, daß ich fast wieder lachen muß.

Die Wegbeschreibung habe ich sowohl telefonisch als auch per Mail bekommen, die Karte liegt auf dem Beifahrersitz. Vor einem Jahr hat mein Arbeitgeber den ganzen Fuhrpark ausgewechselt, Fords gegen Toyotas. Jetzt sitze ich in einem geräumigen Toyota Yaris und habe eine Minute lang mal nichts zu meckern. Ein echtes Vergnügen, dieses Auto zu fahren – klein, schnell und leichtgängig. Ich nehme die Strecke Richtung Hämeenlinna; die Straße ist frei, ich kann sogar zwischendurch auf die Karte schauen. Ja, es ist der richtige Weg.

Das Autowrack befindet sich im Industriegebiet von Silvola irgendwo in der Nähe des Flusses Vantaajoki. Die Versicherte ist eine Achtundvierzigjährige, die am Telefon hysterisch klang. Das Auto ist nämlich – oder war – ein brandneuer Volvo V70, »knallgelb«, wie die Frau zwischen zwei Schluchzern präzisierte. Er war vor einer Woche als gestohlen gemeldet worden und ist nun wieder aufgetaucht. Ich kann mir das schon vorstellen. Die gute Frau wird denken, daß der Benzingeruch sich unterdessen verzogen hat und sie nicht mehr überführt werden kann. Oder bin ich zu voreingenommen? Egal, ich lasse mich nicht erweichen. Ich bin weiblich, unterbezahlt und alles andere als in Sonntagsstimmung.

Die Farbe des Wracks läßt sich nicht mehr identifizieren. Ich ziehe die Handbremse und öffne die Tür des Toyotas, streife meine Turnschuhe von den Füßen und schlüpfe in die Gummistiefel. Am Ufer des Flusses stehen ein paar Polizisten und eine schniefende Frau. Dann wollen wir mal sehen, denke ich und steige aus.

Der Knall der Wagentür läßt die Frau aufhorchen, sie schaut zu mir herüber. Eine typische Endvierzigerin, frisch gefärbte Haare, gekleidet in etwas Sportives von H&M und Lindex-Unterwäsche, garantiert. Sie putzt sich die Nase, dabei blitzt an ihrer rechten Hand ein Ring auf, der einzige Schmuck, den ich sehen kann. Diese Frau wirkt weder reich noch arm. Aber eins ist klar: Einen Volvo V70 kriegt man nicht umsonst. Was außerdem klar ist: Dieser Fahrzeugtyp hat eine elektronische Wegfahrsperre. Ohne Schlüssel ist bei diesem Auto nichts zu machen. Wirklich dumm. Die arme Frau.

»Sind Sie von der Versicherung?« keift sie mir entgegen, sobald ich in Hörweite bin. Ich strecke meine Hand aus und will mich vorstellen, setze schon an, um zu erklären, weshalb ich hier bin und so weiter und so fort, doch die Dame würgt mich ungeduldig ab.

»Ein brandneues Auto! Und ich bin keinen einzigen Kilometer damit gefahren! Jetzt ist es hinüber, so was macht doch nur ein Geisteskranker!« schnaubt sie.

Alles klar. Ich wende mich ab und gehe zu den Polizisten, kein Bekannter dabei.

»Wie schaut's aus?« frage ich die Männer.

»Das Auto wurde am Morgen entdeckt, die Nummernschilder sind noch dran. Wurde so vorgefunden.«

»Irgendwer hat mir das direkt vom Hof gestohlen und hierhergefahren. Ogottogottogott!« jammert die Frau.

Ich schaue mich um. Wie soll jemand den Wagen bis ans Flußufer fahren? Hier bleibt jeder PKW im Sand stecken, außerdem kommt man hier zu Fuß schlecht wieder weg. Totales Niemandsland, völlig absurder Ort. Ganz klar, der Wagen ist gezielt hierhergebracht worden, mit der Absicht, ihn anzuzünden.

»Ja, ist übel«, konstatiere ich und nehme den Wagen genauer ins Visier. »Wann exakt war der Brand?«

»Die Leute von der Spurensicherung kommen gleich, wir wissen noch nichts.«

»Keinen Meter bin ich damit gefahren«, heult die Frau. »Ich will mein Geld zurück!«

Du wirst kriegen, was du verdienst, denke ich und gehe zum Wagen. Was ich sehe, überrascht mich wirklich. Meine Vorurteile sind wie weggefegt. Die Sache liegt ja noch mal völlig anders!

Das Auto hat so gut wie kein Dach mehr. Dort, wo normalerweise das Stahlblech den Fahrer vor Wind und Regen schützt, klafft ein Riesenloch. Der Wagen steht mit dem Kofferraum in meine Richtung, so bemerke ich erst jetzt, daß sogar die Türen fehlen. Wo sind die abgeblieben? Ich schaue mich um; die Frau registriert meinen Blick.

»Irgend jemand hat meinen Volvo in die Luft gejagt«, sagt sie sachlich, plötzlich fertig mit dem Geheule. »Ist doch reichlich seltsam, daß jemand das so brutal macht.«

Ich erwidere nichts. Ein hoher Schilfgürtel verdeckt das Ufer; dort, zehn Meter entfernt, ragt etwas leuchtend aus dem Grün hervor.

Die Autotür. Am Türgriff ein Seil, am Ende des Seils eine undefinierbare Masse. Wortlos marschiere ich ins Schilf. Hinter mir protestiert ein Polizist: »Bitte nicht dorthin, die Spurensicherung kommt doch gleich. Hast du gehört?«

Irgendeine Nuance in der Stimme des Mannes läßt mich aufhorchen und stehenbleiben, und als ich mich umdrehe, schaue ich in ein Gesicht, das von weitem blasser ist als von nahem. Augen wie schwarze Höhlen unter der blauen Dienstmütze.

»Was ist dort?« frage ich.

Der Polizist sieht kurz zur Autobesitzerin, dann zu mir. »Möglicherweise eine Leiche. Sieht jedenfalls so aus. Wir sind uns nicht ganz sicher, was es ist.«

Scheiße. Scheißescheißescheiße. Mir wird flau. Die Frau schneuzt sich wieder, die Polizisten frieren vor sich hin. Da stehen wir nun, schweigend; nur der Wind rauscht im Schilfgürtel des Vantaajoki. Ein Sprengstoffanschlag, vielleicht sogar ein Mord. Auf alle Fälle Diebstahl und Sachbeschädigung. Das wird teuer.

Ich sitze im einlullenden Heizungsrauschen meines Dienstwagens, als der weiße Lieferwagen von der Spurensicherung kommt. Vom Beifahrersitz springt Puju, öffnet die Seitentür und holt die Taschen mit den Utensilien aus dem Einbauschrank. Einen Moment später schiebt sich Juha Huttunen vom Fahrersitz, ein freundlicher junger Mann, der einem nie einen Wunsch ausschlägt. Ich drehe den Zündschlüssel meines Wagens wieder zurück und schalte die Heizung ab; was soll ich hier sitzen bleiben, wo Bekannte gekommen sind. Der blaue Mondeo der Gerichtsmedizin parkt direkt neben der Spurensicherung.

Huttunen hat mich schon gesehen und grinst. Puju dagegen schleppt seine Taschen, sieht mich kaum an und grüßt mehr als knapp. Danke gleichfalls, denke ich. Na ja, die Sache ist schon so lange her, daß ich mich kaum dran erinnern kann. Puju allerdings ist der nachtragendste Mensch der Welt – vielleicht ist er deshalb so gut in seinem Job. Vielleicht auch nicht.

Huttunen registriert die Spannung zwischen uns und versucht, die Stimmung aufzulockern. Wirklich, er ist wie ein Kind. »Hast du schon lange gewartet?« beeilt er sich zu fragen.

»So lange, daß ich Sehnsucht nach euch hatte.« Ich lache. Seine Augen lachen zurück, trotzdem ist ihm der ironische Unterton nicht entgangen. In der gesamten Polizei von Vantaa gibt es niemanden ohne Sinn für Ironie. Die Gerichtsmedizinerin gesellt sich zu uns, eine zierliche Frau mit indischen Gesichtszügen; Huttunen mustert sie kurz.

»Okay, gehen wir?« fragt er.

»Warum noch warten«, erwidert die Medizinerin in schönstem Finnisch.

Warum denkt man eigentlich immer, daß alle fremdländisch aussehenden Menschen kein Finnisch können? Oder es nur gebrochen sprechen? Mit indischen Gesichtszügen! Was weiß ich schon von Indern, denke ich, als die Polizei mir die Endvierzigerin zuschiebt wie einen schwarzen Peter. Die Frau hat sich ausgeheult – jetzt kommt die Phase, wo sie jemanden braucht, bei dem sie ihre Sorgen und Beschwerden abladen kann. Aber das bin nicht ich, nicht heute! Dafür ist es hier zu kalt, zu naß und überhaupt zu unerfreulich.

Doch die Polizei bleibt hartnäckig. »Ich denke, wir werden die Dame demnächst nach Hause bringen. Aber vielleicht gibt es noch etwas, das du mit ihr …«

»Ich denke nicht«, unterbreche ich und kapiere eine Zehntelsekunde später, daß das voreilig war. Ich nehme erneut Anlauf. »Ich meine, vielleicht sollten wir abwarten, was die Spurensicherung ergibt.«

Die Gerichtsmedizinerin widmet sich mittlerweile ganz der Autotür und untersucht, was da mitsamt Halsband und Leine am Türgriff hängt. Sie holt ihre Kamera hervor und macht etliche Fotos. Puju steht mit Huttunen am Autowrack, die beiden machen ebenfalls Aufnahmen vom Tatort.

»Ich bleibe noch ein bißchen hier, mal abwarten, wessen Sache das Auto nun eigentlich ist«, sage ich.

»Das ist *mein* Auto!« mischt die Frau sich ein. Die Polizisten starren sie an, so wie ich. Kann man wirklich so doof sein? Da ich von allen Anwesenden die eindeutigste berufliche Beziehung zu ihr habe, ist es meine Aufgabe, ihr zu erklären, worum es hier geht.

»Selbstverständlich ist das Ihr Auto. Wir müssen aber klären, was dieses tote Wesen da hinten ist, also ob es hier vielleicht um einen Mord geht, denn in diesem Fall beschlagnahmt die Polizei das Auto. Wenn es aber nicht um Mord geht, dann kümmere ich mich darum.«

Die Frau erblaßt, holt tief Luft.

»Sie meinen, jemand hat …«

»Richtig geraten«, sage ich.

Sie bringt kein Wort mehr heraus. An meinen Sozialkompetenzen könnte ich sicher noch feilen; auch der Polizei bleibt das nicht verborgen. Einer der Beamten wirft mir einen vielsagenden Blick zu, ehe er der Frau die Hand auf die Schulter legt. Sie sieht aus, als würde sie jeden Moment in Ohnmacht fallen.

»Herr im Himmel, du liebe Güte«, japst sie. »Was ist denn das bei der Autotür?«

»Genau das wird gerade untersucht«, antworte ich. Sie versucht noch, einen letzten Blick auf die Fundstelle im Schilfgürtel zu werfen, wo die Gerichtsmedizinerin gerade ein weiteres Bild knipst und sich in einem neuen Winkel vor den toten Körper kniet.

Dann schiebt der Beamte sie mit sanftem Druck in Richtung Polizeiauto. »Ich bringe die Dame mal nach Hause, bist du noch hier, wenn ich zurückkomme?«

»Wahrscheinlich schon«, erwidere ich; er nickt und verschwindet, die Frau im Schlepptau. Ich lehne mich gegen meinen Ford und beobachte Puju; er schabt etwas von den Überresten des Autodaches ab und streut es in eine Dose, geht voll und ganz in seiner Arbeit auf. Ganz gleich, wie lange ich ihm zusehe – mir fällt absolut nicht mehr ein, wie er geküßt hat. Zum Glück ist das nicht mehr wichtig, denke ich und steige ins Auto, um dort die Zeit totzuschlagen. Das wird hier noch den ganzen Tag dauern, wenn nicht die halbe Nacht.

Sämtliche Aktivitäten einer Versicherungsgesellschaft beruhen auf Vertrauen. Wenn man zweifelt, ist die Arbeit praktisch unmöglich. Versicherungsgesellschaften knüpfen Netzwerke und schließen mit Geschäftspartnern Verträge ab, auf deren Basis die Gesellschaft genau einmal betrogen werden kann. Und das ist der springende Punkt: Für den Kunden ist der

Schadensfall meist einmalig, für die Versicherungsgesellschaft ist er einer von vielen.

Wer betrügt, denkt häufig, er sei der einzige Durchtriebene weit und breit. Doch in seiner Überheblichkeit übersieht der Betrüger, daß Gier letztlich einem weitverbreiteten Muster folgt.

Kaum jemand, der im Urlaub mit seiner Kamera gegen den Türrahmen rennt, kommt auf den Gedanken, daß jährlich eine Million Finnen eine Million Urlaubsreisen buchen und eine Million Kameras um den Hals tragen. Auch wenn nur ein halbes Prozent dieser Million eine Schadensersatzforderung stellt, so macht das fünftausend Anträge allein wegen kaputter Kameras. Man schätzt, daß ein Zehntel davon unrechtmäßig sind – macht fünfhundert Betrugsversuche. Und da es in Finnland drei große Versicherungsgesellschaften gibt, macht das im Jahr einhundertsechsundsechzig Betrugsversuche pro Versicherungsgesellschaft. Also fast vierzehn pro Monat.

Jeden verdammten Monat kriegen die Schadensprüfer diese vierzehn verlogenen Anträge auf den Tisch. Die Rechnung dürfte klar machen, daß der Einmaligkeit, die der Versicherungsnehmer für sich beansprucht, auf seiten des Schadensprüfers eine große Routine gegenübersteht. Alle Erklärungen, selbst die besten, hat er unzählige Male gelesen.

Und man darf nicht vergessen: Die Kamera ist nur ein Versicherungsobjekt unter vielen. In jedem Durchschnittshaushalt gibt es Dutzende von Gegenständen, die kaputtgehen können und demzufolge repariert oder ersetzt werden müssen. Die Liste dürfte bekannt sein: Fernseher, Videorecorder, DVD-Player. Verstärker, Plattenspieler, Boxen. CD-Player mit Radio und Kassettenteil. Laptop, Computer, Konsole. Kühlschrank, Gefriertruhe, Waschmaschine, Herd, Abzugshaube, Wäschetrockner. Fahrrad, Auto, Moped. Und die Kamera. Das ist erst die Minimalausstattung, nur ein Bruchteil der potentiellen Gerätschaft. Und es gibt tatsächlich Leute, denen die erste Tasche schon auf dem Weg zum Flughafen abhanden kommt – ehe der Urlaub überhaupt begonnen hat.

Das sind allerdings noch Kleinigkeiten. Mit solchen Angelegenheiten kommen die Sachbearbeiter auch ohne die Hilfe der Schadensprüfer klar, die sich vor Ort umschauen müssen. Anders liegt der Fall bei größeren Schäden. Das schwierigste sind die Wasserschäden, schlimmer als Brandschäden und Explosionen, denn für Wasserschäden kommt die Versicherung selten auf – im Gegensatz zu Explosions- und Feuerschäden, die fast immer getragen werden.

Ist der Unglücksfall erst einmal eingetreten, sollte man so früh wie möglich vor Ort sein. Denn dann ist der Schock bei den Betroffenen noch frisch; Pragmatismus und Berechnung gewinnen immer erst später Oberhand. Auch der Nachbar spart sich seine Kommentare, noch – erst dann, wenn die Benommenheit weicht, tritt die Durchtriebenheit auf den Plan. Doch zu Anfang stehen alle nur benommen vor den Überbleibseln und wundern sich, wie schnell das Unglück kommen kann. Noch ist keiner handlungsfähig, denn schließlich haben alle eben erst begriffen: Jeder kann in jedem beliebigen Moment alles verlieren. Jeder von uns kann umkommen.

Wenn man aber, aus welchem Grund auch immer, zu spät am Unfallort eintrifft, haben Trauer und Schrecken bereits einem anderen Gefühl Platz gemacht: der Gier. Keine butterweichen Knie mehr, sondern geschmeidige Geldgeilheit. Der Nachbar zischelt dem Versicherungsnehmer, der sich langsam von dem Schrecken erholt, seine Ratschläge ins Ohr. Dem Versicherungsnehmer dämmert, daß es eine Art Spielraum gibt, und als der Nachbar tröstet, daß das alles nicht das Ende der Welt sei, denkt er sich bereits: Ganz genau. Das ist es auch nicht.

Jemand, der an diesem Punkt von außen hinzustößt, braucht Geistesgegenwart, Verhandlungsgeschick und die Fähigkeit, die Sache freundlich, aber bestimmt in die Hand zu nehmen. Dem Versicherungsnehmer mit einem untrüglichen Gespür für die jeweilige Situation entgegenzutreten, das ist das Geheimnis. Gleichzeitig muß man seiner Trauer und seiner Unwissenheit Raum geben. Der Versicherungsnehmer muß seine Auffassung der Dinge in Ruhe schildern dürfen, selbst wenn sie falsch sein sollte. Und man muß bei seinem eigenen Standpunkt bleiben können, nein sagen können. Man muß den Nachbarn aus seiner Leithammelrolle drängen, ihn aufs eigene Grundstück verweisen.

Selbst wenn man Mitleid hat, muß man hart bleiben. Sobald auch nur der leiseste Zweifel an der Aufrichtigkeit des Versicherten besteht, muß ein Versicherungsdetektiv hinzugeholt werden. Versicherungen sind Business, müssen Gewinn bringen.

Im Fall von Fahrlässigkeit muß der Schadensersatz immer und ausnahmslos vom Verursacher eingefordert werden, selbst wenn die Wahrscheinlichkeit, daß dieser tatsächlich zahlen wird, verschwindend gering ist. Fordert die Versicherungsgesellschaft keinen Schadensersatz beim Verursacher ein und entläßt ihn damit aus der Verantwortung, geschieht dies meist mit der Begründung, daß manche Taten zu geringfügig seien, als daß es sich lohnen würde, den Fall weiter zu verfolgen.

Rückerstattung hin oder her – darf von ihr abhängen, um welche Taten eine Gesellschaft sich überhaupt noch schert?

Ich laufe, laufe so schnell, daß meine Lunge schmerzt. Mein Auto steht am Ende der Tiefgarage, weit weg vom Fahrstuhl und dem Treppenhaus. Ich komme immer als letzte zur Arbeit – und gehe als letzte. Ich habe keinen Liebsten, keine Kinder, keine Haustiere, keinerlei Gründe also, die mich von meiner Arbeit abhalten. Und ich fühle mich gut so. Allerdings bezahle ich das damit, daß ich immer den schlechtesten Parkplatz abkriege.

Elina wird mich umbringen, denn ich verspäte mich mindestens dreißig Minuten. Ich verstehe, daß sie gern in Vantaa lebt, außerhalb von Helsinki, aber weshalb kann sie zum Einkaufen nicht ausnahmsweise mal ins Stadtzentrum kommen?

Weil sie eine Familie hat und eine Alleinstehende furchtbar viel Zeit zum Herumfahren?

Ich fingere die Autoschlüssel aus meiner Handtasche und ziele auf den Wagen; nach dem kurzen Quietschgeräusch und dem Klack-klack habe ich genau eine Minute Zeit, um ins Auto zu gelangen, ansonsten verriegeln sich die Türen wieder. Diese Minute ist eigentlich schon viel zuviel, denn bereits in fünf Minuten müßte ich fünfzehn Kilometer Staustrecke zurückgelegt haben. Unter meiner Schweißschicht fröstle ich. Der Wind am Vantaajoki ging direkt in die Knochen; außerdem erhöht ein unbefristet aufgeschobenes Mittagessen auch nicht gerade die Körpertemperatur.

Tür auf, das Handy klingelt, egal, die Mailbox geht ran, der Motor läuft. Ich bin schludrig, trete dir Kupplung nur halb, die Gangschaltung jault. Als würde Nachlässigkeit mich schneller machen.

Mein Wagen kurvt die Rampe hoch, hinaus in den Abend. Erbarmungslos schlägt das grelle Licht der Laternen durch die Windschutzscheibe, für einen Moment bin ich orientierungslos, sehe nichts, weiß nichts. Es ist fast so, als würde ich ruckartig aus der Realität gerissen. Doch dann bin ich wieder im Auto, setze den Blinker und wechsle die Spur.

Elina hat das Treffen vorgeschlagen. Weihnachten naht, und ich vermute, daß heute ein sorgsam durchgeplanter Geschenkegroßeinkauf ansteht. Von Jahr zu Jahr führt Elina mich tiefer ein in die geheimnisvollen Welten der Pferdchen, Nachthemden und Flauschsocken. Ohne Elinas sanfte, aber unnachgiebige Anleitung würde ich Heiligabend mit vollkommen falschen Geschenken vor der Tür stehen, beladen mit allerhand Zeug, das zu pädagogisch, zu teuer oder zu distanziert ist. Ich würde zu keinem Familienmitglied richtig Kontakt kriegen, jedenfalls nicht den Kontakt, den Elina sich wünscht. Elina will Gutes: mich vor der Enttäuschung ihrer Familie bewahren und ihre Familie vor meiner Unzulänglichkeit. Stimmt, ich bin als Mensch einfach ein wenig unvollständig, denke ich, und der Gedanke stimmt mich heiter, ich muß sogar lachen. Ich fühle mich wohl.

Ich biege ab und fahre durch den Dschungel aus kleinen Vierteln; Gott sei Dank bin ich nicht zum ersten Mal in Vantaa unterwegs. So, schon sind wir am Ziel – der Mensch findet eben immer nach Hause. Vor fünfzehn Jahren haben hier noch Kühe geweidet. Nicht, daß ich mich nach ihnen sehnen würde, aber wieder mal stellt sich die Frage, wo zum Teufel man hier parken soll.

Auf einem bettlakengroßen Fleckchen mit Knöllchengarantie ziehe ich die Handbremse. Raus aus dem Auto, und die Einkaufstasche nicht vergessen. Klack-klack, Türen zu, und im Sprint rüber zum Haupteingang des Einkaufszentrums. Elina wartet drinnen auf mich. Schon wieder klingelt das Handy, aber ich bleibe nicht stehen.

Am Eingang ist kein Durchkommen, überall Einkaufswagen und Menschen, natürlich laufe ich gegen den Strom, bin auf der falschen Seite. Zerstreut stoße ich mit einem jungen Paar zusammen, in deren Einkaufswagen ein Kleinkind thront und an einem Schokoriegel knabbert, die Augen genußvoll geschlossen. Ich registriere noch, daß die Frau eine knallenge hellblaue Hose trägt, bauchfrei bis zum Schambein, sehe den weißen Stoffgürtel und ihren aufgebrachten, kajalverschmierten Blick, als sie auf einmal fortgerissen wird und nicht mehr ist, wo sie eben noch war. Auch ihr Freund in seiner Steppjacke wird weggeschleudert. Und jetzt starrt das kleine Kind *mich* an, so denke ich noch, da fliege auch ich durch die Luft. In eine Luft, die durchdrungen ist von einem Geräusch, das völlig fremd, eigentlich unhörbar ist: tief, breit und braun, es schmerzt im ganzen Körper. Über dieses Geräusch legt sich ein zweites, grelles mit höheren Frequenzen, als hätte man einen Riesenschwarm verletzter Möwen in die Kaufhauskuppel gesperrt. Ein Regen aus Papier, Strümpfen, feuchten Fetzen fällt herab, woher kommt der? Vor mir fliegt ein Pappbecher Cola entlang, kippt noch nicht einmal aus, bis er gegen eine Säule prallt. Das weiße Licht ist voller Glassplitter und Softeis.

Die wütende Hand, die mich gerade am Nacken gepackt und in die Luft gerissen hat, schleudert mich nun gegen die Parkplatzmauer. Ehe ich weg bin, sehe ich das stumme Kind, das in einem verwaisten Einkaufswagen auf die Mitte des zerstörten Parkplatzes zurollt.

Und so lautet der Bericht:

Mindestens acht Personen wurden bei einer Explosion im Einkaufszentrum getötet, Dutzende sind verletzt. Bislang unbestätigten Angaben zufolge beträgt die Anzahl der Verletzten deutlich über fünfzig, darunter befinden sich dreizehn Schwerverletzte. Die Ursache für die Explosion ist noch unbekannt, die Zuständigen schließen ein Gewaltverbrechen nicht aus.

Der Rettungsdienst von Vantaa wurde um 17.26 Uhr ins Einkaufszentrum gerufen. Die Explosion ereignete sich mit großer Wahrscheinlichkeit im ersten Stock, wo man Metallstückchen gefunden hat, so Hauptkommissar Antti Häiväoja und der stellvertretende Brandmeister Inger Hansson von der Polizei Vantaa beziehungsweise vom Rettungsdienst Vantaa.

Sämtliche Kliniken Helsinkis sowie die von Hyvinkää haben Verletzte aufgenommen. Die großen Krankenhäuser Meilahti und Töölö in Helsinki, Jorvi in Espoo und Peijas in Vantaa sind in Alarmbereitschaft.

Vor sechs Jahren brach in der Kleinstadt Loviisa mitten am hellichten, hektischen Mittwochnachmittag ein Feuer im Supermarkt aus. Es begann im Innenhof zwischen den Abfalltonnen. Wenig später brannte die Lebensmittelabteilung, dann griffen die Flammen auf die Babyabteilung und die Sportartikel über. Als dort das ganze Campingzubehör, Gaskocher und Gasflaschen in die Luft gingen, war der Supermarkt geliefert.

Gleich darauf explodierten auch die Deosprays und Enthaarungsmittel in den Kosmetikregalen – als hätten sie nur darauf gewartet. Innerhalb weniger Minuten stand der halbe Laden in Flammen. Obwohl die Sprinkleranlagen sofort losgingen und hier und da eifrig ihren Platzregen verteilten, gab es am Ende fünf Tote, zig Verletzte und Schäden im Wert von sechzig Millionen Finnmark.

Noch heute erinnert sich Erkki Luhtanen an die Rauchschwaden, die ihnen bereits bei Liljendal auf der Straße 9 entgegenschlugen. Eigentlich ist »Rauch« das falsche Wort, weil man damit einen natürlichen, fast heimeligen Geruch assoziiert. Dieser Rauch jedoch war stickig, von tiefem Gelbbraun, keine Atemluft. In ihm mischten sich das Stechende von saurer Milch, das Aggressive von versengtem Polyester und das Dumpfe von verschmortem Gummi. Keiner der Mitfahrenden sagte ein Wort, auch Erkki schwieg. Es war nicht ihre Aufgabe, Spekulationen anzustellen, ehe sie den Unglücksort erreicht hatten. Als aber der Qualm ins Auto drang, wurden alle unruhig. Sie ahnten, was sie erwarten würde.

Am schlimmsten war es für Juha Huttunen. Er kam frisch von der Polizeischule und sollte eigentlich nur mal eine Stippvisite beim Außendienst machen. Kurz vor Loviisa klingelte sein Handy. Seine Freundin war dran und wollte wissen, wann Juha wieder in Helsinki sein würde. Juha schaute kurz zu Luhtanen und antwortete heiser: »Ich weiß es nicht.« Er machte das Handy aus, sah aus dem Fenster in die weite Landschaft und war irgendwie verloren, weder unglücklich noch glücklich. Was will man machen, hatte Luhtanen gedacht.

Und genau so war es – was sollten sie schon machen. Drei Wochen verbrachten sie in Loviisa, belegten jedes freie Eckchen des örtlichen Polizeireviers und die Zimmer des Gasthauses. Zusammen mit den Kollegen aus Loviisa schoben sie doppelte Schichten und saßen auch nachts noch zusammen – solange sie die Augen aufhalten konnten.

Deshalb kennt Luhtanen das Szenario. Er weiß, daß sie auf Einkäufe von Leuten stoßen werden, die panisch weggerannt sind, auf Taschen, Kleidung, Plunder. Das durchzugehen und auseinanderzusortieren wird die Kollegen mindestens fünf Tage lang auf Trab halten. Alles muß untersucht werden. Jede Jacke, jeder Schlüsselbund, jeder Schuh kann zum zentralen Beweisstück werden, kann zur Aufklärung führen. Also wird alles angeschaut und hin und her gewendet – wobei es letzten Endes völlig egal ist, ob man sich durch hundert oder siebenhundert Kilo Material kämpfen muß. Sie haben Zeit und gute Augen.

Dieser Fall hat einen Vorteil. Jedoch nur aus Sicht der Polizei: Die Sprinkleranlagen sind nicht losgegangen, und die Stromversorgung im Einkaufszentrum ist noch intakt. Drinnen ist es trocken und hell. Diesmal müssen sie ihre Beweismittel also nicht im Dunkeln aus durchgeweichten Gipsplatten, vollgesogenen Broten, Windelmasse und rußigem Matsch herausfischen.

Jemand klopft an die Scheibe. Erkki Luhtanen schreckt hoch und kurbelt das Fenster herunter. Vor ihm steht ein Polizist in Schutzausrüstung von der Antiterroreinheit.

»Für euch«, sagt er und reicht Luhtanen eine DV-Kamera, zerrt sich die Handschuhe von den Fingern und nimmt den Helm ab. Juha Huttunen beugt sich aus dem hinteren Teil des Wagens nach vorn zu seinem Chef.

»Ich mach das mal klar«, sagt er. Huttunen hat kürzlich einen Fernseher in den Bulli eingebaut und schließt fachmännisch die Kamera an. Fahles blaues Licht leuchtet auf. Luhtanen schaut den Mann von der Anti-Terroreinheit an, der am Auto lehnt und schweigt.

»Und?«

»Weiß nicht, schwer zu sagen. Sieht jedenfalls schlimm aus.« Seine Stimme klingt erschöpft.

Luhtanen nickt, mehr Worte sind nicht nötig. Beide Männer sind gedanklich im Einkaufszentrum – einer, weil er schon drin war, der andere, weil er noch hinein muß.

»Willst du mitgucken?« fragt Erkki.

»Nee, ich geh mal wieder, das Parkhaus wartet. Da stehen hundertfünfzig Autos, die wir mit den Hunden durchchecken müssen. Das geht höllisch langsam, weil alles voller Glas ist. Siehst du gleich selbst.« Er macht eine Geste in Richtung Fernseher. Huttunen hat die Kassette zurückgespult und beugt sich zu Erkki.

»Ich hol mal die anderen.«

Erkki nickt.

Der Kollege von der Antiterroreinheit bleibt noch einen Moment stehen, reißt sich dann los und marschiert Richtung Parkhaus. Er setzt seinen Helm wieder auf und zieht die Handschuhe über; wegen der Schutzausrüstung ist sein Gang schleppend. Gott schütze dich, denkt Erkki und wundert sich über sich selbst; er ist kein frommer Mensch. Wenn jedoch etwas Unfaßbares geschieht, verspürt er den Drang, einen Wunsch in höhere Sphären zu schicken – und sich auf diese Weise für einen Moment von der Erde zu lösen, von dem, was weh tut.

Er öffnet die Tür und vertritt sich die Beine, reißt dann die Seitentür des Bullis auf. Nach und nach versammeln sich sechzehn Leute um den Fernseher und verschaffen sich einen ersten Eindruck von dem, was sie erwartet.

Zunächst wirkt alles noch ganz normal. Jetzt, wo Schreien, Wimmern und Panik, wo die Tragen aus dem Einkaufszentrum verschwunden sind, könnte man fast annehmen, daß die ersten Bilder direkt nach Ladenschluß aufgenommen wurden. Der glasüberdachte Mittelgang im Eingangsbereich ist leer. Über den grauen Ziegelsteinboden wehen Kassenbons, Strohhalme, zwei Pappbecher und eine Eiswaffel. Die digitale Infotafel funktioniert noch, kündigt die nächsten Programmpunkte an. Keine einzige Neonröhre flackert. Die Rolltreppen ruhen sich aus, die Wegweiser stehen bereit wie eh und je.

Beharrlich setzt die Kamera ihren Weg fort, tiefer ins Einkaufszentrum hinein. Das Bild wackelt, fängt sich wieder, macht einen Panoramaschwenk nach links und rechts. Nach etwa zehn Metern bleibt die Kamera stehen, zeigt den ersten Hinweis auf das, was geschehen ist.

Die Sitzecke aus Holz und Metallröhren ist unbeschädigt – aber bedeckt von einer dichten Schicht aus Glassplittern, wie Reisregen nach einer Hochzeit. Überall Glas, das heißt nichts Gutes. Ins Bild kommt nun eine Säule mit Blumenschmuck; fast ein beruhigender Anblick, ein wenig sonderbar vielleicht wegen der vielen Splitter überall. Ein Schwenk um die Säule herum, und völlig unvermittelt wird eine ganz neue Welt sichtbar: Alles hängt kopfüber, das ist Luhtanens erster Gedanke.

Alles, was vorher oben war, an Wänden, Dach und Decke, baumelt jetzt herunter, ragt ins Bild hinein, wie Schlingpflanzen im Dschungel. Verbogene Aluminiumstreben, Metallröhren, Stromkabel, Werbeplakate, Deckendeko. Alles hängt herunter, fast wie festgefroren, wird nie wieder eine andere Position einnehmen. Hier ist kein Vorwärtskommen mehr, der ganze kopfüberhängende Schrott bildet eine undurchdringliche Wildnis.

Staub ist sowieso überall. Die Gipsplatten sind durch die Wucht der Explosion von den Wänden gefegt worden. Alles, was zuvor fest war, hat die Explosion mit sich gerissen, alles, was einmal seinen Platz hatte – selbst den Staub.

Im ersten Stock ist die Decke heruntergekommen. Zwischen amorphen bräunlichen Elementen ragen Eisenstangen hervor, deren untere Enden durch die Druckwelle nach oben gebogen wurden. Die Dachstreben, die normalerweise die Glaskuppel tragen, sind zusammen mit den Staubmassen auf die Gipsplatten, die Einkäufe, auf Sitzgruppen und menschliche Körper gekracht. Ein Glück, daß die Kuppel so hoch ist, denkt Luhtanen. Was hätte die Explosion nur alles in einem niedrigen Raum angerichtet? So hat der Druck bis ins Dach steigen können – in einer flachen Halle wäre die Decke wahrscheinlich auf einen Schlag heruntergekommen und hätte viele weitere Menschen getötet.

Wackelnd rückt die Kamera weiter vor, tiefer hinein ins Chaos. Zwischen den Aluminiumstreben hindurch sucht sie sich ihren Weg zu einem Lichthof. Auf einmal ist Platz, nichts hängt mehr im Bild, der Blick ist frei. Doch das, was Luhtanen und seine Leute jetzt sehen, ist eins der traurigsten Dinge, die der Mensch sich vorstellen kann.

Auf dem Boden, zwischen Gipsplatten, Glassplittern, Plastiktüten, Holzelementen und Schuhen, liegen dicht nebeneinander zwei Kinder, die Köpfe leicht nach oben gedreht, als würden sie einer Stimme aus dem Jenseits lauschen. Wie heil sie aussehen! Als würden sie an einem aufregenden Freitagnachmittag nur kurz ein Schläfchen einlegen. Diese geliebten Kleinen, die zu irgend jemandem gehört haben ... Luhtanen hält sich die Hand vors Gesicht. So wie früher, wenn ihm die Nerven versagten.

Die Kollegen stehen wie angewurzelt da. Vergessen ist das unbequeme Gedrängel um den Fernseher. Selbst das Bild hält inne. Als die Kamera nach einigen Sekunden ein Stück weiterrückt, ist jedem Anwesenden klar: Es wird schrecklich werden.

In der zentralen Halle macht die Kamera einen Rundumschwenk. Die Zerstörung ist total. Jeden einzelnen Gegenstand hat die Druckwelle von seinem Platz gerissen und mit sich genommen. Verdammtverdammtverdammt, denkt Luhtanen. Er ist alles andere als ein Freund von Mythen, Spekulationen lehnt er grundsätzlich ab, aber das hier ist keine der üblichen Gasexplosionen, kein Unglücksfall. Irgend etwas muß geschehen sein, etwas völlig anderes, und dieses Etwas ist dafür verantwortlich, daß ein ganz normales finnisches Einkaufszentrum die ganz normale Freitagsgeschäftigkeit komplett unter sich begraben hat.

Das Bild verharrt beim Anblick des Daches, der zersprengten Kuppel, deren Strebebögen nach oben in den Himmel ragen. Der schwarze Abendhimmel. Feiner Nieselregen fällt auf die Linse der Kamera. Ein lautes Rauschen, das Band ist zu

Ende, das Bild des Himmels weicht dem Bildschirmschnee, regungsloses Schweigen. Luhtanen streckt sich als erstes, auch die anderen räkeln sich ein wenig; Huttunen schaltet den Fernseher ab.

Luhtanen schiebt sich aus dem Auto. Der Kies unter seinen Sohlen knirscht laut. Vom langen Sitzen im niedrigen Auto tut ihm der Nacken weh. Unwillkürlich legt er eine Hand auf seinen Schädel – der riesige Himmel über ihm scheint ein Kribbeln auf der schutzlosen Kopfhaut auszulösen.

Das Weltall wirkt noch gewaltiger als sonst. Über ihnen Tausende von Kilometern Leere, in die man hineinbrüllen kann, ohne daß man je eine Antwort erhalten wird. Die Welt scheint stehengeblieben zu sein, ist so kalt und still, daß man sich ernsthaft fragt, ob am Morgen überhaupt wieder jemand aufstehen wird.

Nach und nach steigen die anderen Männer ebenfalls aus, stellen sich einen Augenblick zu Luhtanen, der letzte knallt die Tür zu. Wortlos gehen sie in Richtung Postfiliale, wo ein Versorgungsposten eingerichtet wurde. Vor ihnen liegt eine lange Nacht.

»Liebst du mich? Hörst du, liebst du mich?« flüstert jemand nah an meinem Ohr; nur halbherzig versuche ich, meinen Kopf der Stimme zuzuwenden. Das ist ja interessant, denke ich, wie ein Speer durchbohrt der Gedanke mein Gehirn: Im Moment größten Schmerzes kann man sich völlig unbeteiligt fühlen.

Statt zu hören, versuche ich jetzt zu sehen, irgendein Wahrnehmungssinn wird mir schon weiterhelfen. Doch meine Lider sind wie zugekleistert. Vor meinem inneren Auge läuft die Werbung mit dem Mann ab, der mit »Weltall-Klebstoff« kopfüber an der Decke festgeklebt wurde. Mir fällt sogar wieder ein, daß ein finnischer Sportlehrer, der zugleich Sänger war, den Trick nachzumachen versuchte – angestiftet von einer Zeitschriftenredaktion.

Mein Mund schmeckt nach Eisen, nach Wasser aus alten Leitungen. Der selbstklebende Mann ist schon wieder weitergezogen, und meine Gießkanne mit ihrem rostigen Bodensatz taucht auf. Wo zum Teufel bin ich eigentlich?

»Wieso sagst du mir das nie?« unterbricht eine weinerliche Stimme die Stille, die offenbar mit Gequengel gefüllt werden muß. Musik kommt hinzu, jemand schluchzt leise. Ich rudere mit dem Arm durch die Luft, stoße gegen etwas, das sich nach Plastik anfühlt, ein Duschvorhang? Knarzend wird ein Stuhl näher gerückt, Metallringe klirren leise, jemand hält meinen Arm fest.

»Hallo«, sagt eine Frauenstimme, »ich sitze neben dir.«

»Aha. Wo bin ich eigentlich?« krächze ich. Mein Mund war wohl lange geschlossen, keine Freude für die Ohren, meine Stimme, wirklich nicht.

»Du bist im Krankenhaus. Ich bin Tarja, die Nachtschwester. Gleich wird es hell draußen. Kannst du dich an irgend etwas erinnern?« fragt sie, und in diesem Moment kehre ich zurück. Sehe die minderjährig wirkende Mutter mit dem nackten Bauch und dem Stoffgürtel, oje, ihre Wimperntusche ist ganz verschmiert, hat sie geweint? Ist der Junge neben ihr wirklich der Vater des Kindes? Selbst noch ein Kind! – Und wo ist Elina?

Ich versuche mich aufzurichten. Es ist höchste Zeit, denn ich bin umgekippt, noch ehe ich bei ihr war, und das hätte nicht passieren dürfen. Ellu wird dermaßen wütend sein, daß sie kein Wort mehr mit mir redet. Tarja Wer-auch-immer hält mich fest und drückt mich zurück aufs Bett, im Hintergrund klingt die Musik aus, eine Männerstimme preist einen spottbilligen Ledersessel an, ein Spitzenangebot.

»Laß mich los, verdammt, ich kann nicht länger liegenbleiben«, protestiere ich und muß vor Schmerz fast kotzen, denn durch meinen Schädel wird ein sternenfunkelnder Nietengürtel gezogen, ratsch, fast haut es mir den Kopf entzwei.

Ich plumpse zurück auf die Matratze. Tarja legt mir die Hand auf die Stirn und beugt sich ganz nah über mich. Ich kann die Wärme ihres weichen Körpers mit den Lippen wahrnehmen. Inmitten der Höllenqualen tröstet mich der Geruch ihres Nikotinkaugummis.

»Mein Kopf tut so weh«, flüstere ich.

»Du hast eine Gehirnerschütterung und darfst dich nicht bewegen. Ernsthaft, du mußt dich ausruhen, hörst du?« mahnt Tarja und geht mir ganz und gar nicht auf die Nerven.

»Wie spät ist es?« frage ich, weil ich keinen blassen Schimmer habe.

»Viertel nach acht. Du wurdest gestern abend gegen sechs hergebracht und warst seitdem bewußtlos. Du bist hier bei mir auf der Station, und alles wird wieder gut.«

»Alles wird wieder gut?« frage ich. »Ist denn irgend etwas Schlimmes passiert?«

Tarja schweigt. Ich versuche mich zusammenzunehmen, aber die mitfühlende Zärtlichkeit, die die Schwester mir entgegenbringt, macht mir eine Wahnsinnsangst. Ich kann hören, wie die Wärme zwischen uns sich verdichtet, wie die Luft über den Fußboden streicht, höre sogar, wie feinste Staubpartikel gegen den Fernsehbildschirm fliegen. Ich höre alles, wirklich alles. Nur Tarja schweigt.

»Sag's mir«, flehe ich, und allmählich nimmt Gestalt an, was ich tief in mir drin schon gewußt habe.

Ein Mensch kann nicht einfach quer durch die Luft fliegen, ohne daß es etwas gibt, das diesen Flug auslöst.

Tarja schweigt noch immer. Doch dann spricht sie. Mindestens acht Tote, die genaue Anzahl ist noch nicht bekannt. Siebzig bis achtzig Verletzte. Wiesoweshalbwarum, keiner weiß es.

Ich kann nicht länger beiseite schieben, wovor ich die ganze Zeit Angst gehabt habe.

Elina.

Erst vor vier Tagen habe ich sie umarmt, habe ihre Locken und den Duft von Apfelsinen gerochen, ihre Stirn an meiner Wange gefühlt. Ihre Liebe, ihre Geschmeidigkeit, ihre innigen

Bewegungen und Schritte. Sie kannte mich. Mußte sie wirklich schon gehen?

Auf einmal schwebe ich direkt unter dem Krankenhausdach. Von hier oben aus beobachte ich, wie mein Körper sich krümmt und mein Kopf sich ins Kissen preßt, wie mein Gesicht sich verzerrt, meine Unterlippe sich nach außen stülpt und wildes Heulen aus meiner Kehle bricht. Im Moment größten Schmerzes kann man sich völlig unbeteiligt fühlen.

Tarja umklammert meine Hand. Ist das eine Krankenhausgeste oder eine zwischenmenschliche, Weinende bei der Hand zu nehmen? Als *hätte* der Weinende überhaupt noch eine Hand, die man nehmen kann, als hätte er sich nicht bereits in puren, körperlosen Schmerz aufgelöst, in ein unfaßbares Gefühl, bereit, sich von einem Windstoß forttragen zu lassen, sobald nur jemand ein Erbarmen hat und das Fenster öffnet.

Ich weine. Mein Kopf schmerzt. Ich will das nicht wahrhaben, will das nicht wissen, will keinen einzigen Tag mehr leben. Tarjas Hand strahlt eine Wärme aus, die mir bestätigt, daß ich zu spät gekommen bin.

Meine geliebte, einzige Schwester Elina Haapala ist tot.

Der Gedanke, eine Lebensversicherung abzuschließen, stößt bei den meisten Menschen auf heftige Abwehr. Sie setzen dies mit dem Verfassen eines Testaments gleich. Genau wie das Testament basiert auch die Lebensversicherung auf der Annahme, daß der Todesfall eintritt, oder zumindest ein derart ernster Fall, daß die Absichten eines Menschen in bezug auf die Hinterbliebenen einer schriftlichen Quelle entnommen werden müssen.

Sowohl im Testament als auch in der Lebensversicherung wird derjenige benannt, der im Todesfall das Geld bekommt. In den meisten Fällen ist das jemand, den der Versicherte oder der Erblasser selbst benannt hat. Im Unterschied zum Testament besteht bei der Lebensversicherung die Möglichkeit, sich selbst als Begünstigten einzusetzen, als denjenigen also, der die Versicherungssumme bekommt. Dies ist im Testament nicht möglich – es sei denn, der Erblasser legt fest, daß er mitsamt Eigentum begraben wird. Doch ist eine reiche Leiche sinnvoll?

Ein weiterer Unterschied: Die Versicherungssumme der Lebensversicherung ist nicht unbedingt an die finanzielle Situation des Versicherten gebunden. Beim Testament kann nur das verteilt werden, was an irdischem Gut tatsächlich vorhanden ist. Das Testament ist also trotz seiner vergeistigteren Bezeichnung ein höchst irdisches, fast pragmatisches Dokument.

Bei Abschluß der Lebensversicherung wird eine Summe festgelegt. Meist wird dabei der Schaden eingeschätzt, der beim Versicherungsnehmer im Fall des Falles eintreten würde. Welche Summe im Unglücksfall gezahlt werden soll, hängt von der finanziellen Lage des Versicherten und seiner gesundheitlichen und familiären Situation ab, außerdem von der Schwere des Unglücksfalls. Selbst noch im neuen Jahrtausend geht man davon aus, daß der wertvollste Besitz des Menschen sein Leben ist, und daher kann sogar ein Armer eine Lebensversicherung abschließen – eine, die seinen materiellen Besitz um ein Vielfaches übersteigt. Insofern verhält sich die Lebensversicherung genau umgekehrt zum Testament: Sie gibt etwas weiter, das materiell ursprünglich nicht existent war. Hieraus folgt eine Art moralisches Paradox. Wenn wir in einer Gesellschaft leben, die den Menschen in seiner Würde als unschätzbaren Wert, als etwas Absolutes anerkennt, wie kann es dann sein, daß ein Menschenleben mit dem Maßstab des Geldes zu fassen ist? Beweist nicht die Tatsache, daß es so etwas wie die Lebensversicherung gibt, daß uns das Menschenleben schon lange nicht mehr heilig ist?

Und wie wird der Tod finanziell kalkuliert? Wie hoch ist sein Gegenwert? Entspricht dieser Preis dem Verlust von Arbeitszeit und Produktivität, bedingt durch das plötzliche Fehlen der Arbeitskraft, durch Engpässe im Betrieb? Kann man ausrechnen, wie teuer der Tod ist, indem man berechnet, welchen Verlauf die Karriere des Verstorbenen genommen hätte, in welchem Alter er normalerweise gestorben wäre, und dann all seine unausgezahlten Gehälter addiert? Und bei jedem Gehalt gemäß Lebenshaltungskostenindex die Haushaltsausgaben, Steuern und so weiter abzieht?

Oder läßt sich ausrechnen, was der Tod kostet, indem man die Tränen der Angehörigen zählt und jeder Träne den Wert einer Perle zugrunde legt? Und die gesamte Perlenmenge mit dem Weltmarktpreis abgleicht?

Irgend jemand weiß immer, was der Tod kostet. Oder jedenfalls, was den Hinterbliebenen gezahlt wird. Und allem hier Genannten zum Trotz: Die Zahlung dieser Summe ist keineswegs herzlos.

Vorausgesetzt, man begreift, daß eine Lebensversicherung nicht wirklich dem Preis des Lebens oder des Todes entspricht. Eine Lebensversicherung ist nicht die Lebensversicherung des Verstorbenen im engeren Sinn. Im Grunde führt die Bezeichnung »Lebensversicherung« in die Irre. Zum einen kann man ein Leben nicht versichern; Tod und Unglück lassen sich nicht kalkulieren, was soll man da also versichern? Und warum? Zum anderen ist das Geld für den, der den Schaden erlitten hat, vollkommen nutzlos. Meine Lebensversicherung ist nicht *meine* Lebensversicherung.

Sie ist eine Kompensation für die Hinterbliebenen, Geld, das die finanzielle Lücke füllt, die der Verstorbene hinterläßt. Jeder von uns wird eine solche Lücke hinterlassen, und einige der Menschen, die in unserem Umfeld leben, werden sie füllen müssen.

Irgendwie. Und deshalb gibt es diese Art von Versicherung. Noch aus dem Jenseits gibt sie den Lebenden eine Sicherheit.

Kurz und gut – beim Kalkulieren der Versicherungssumme sollte man von einem Jahreseinkommen und den eventuell bestehenden Schulden ausgehen. So ist garantiert, daß das Leben weitergehen kann.

Am Tag der Beerdigung bin ich morgens so besoffen, daß der Taxifahrer sich weigert, mich mitzunehmen. Ich habe erfolgreich die Tür geöffnet und will auf den Rücksitz kriechen, als der Fahrer mich von hinten an der Schulter packt. Ich torkle.

»Heiheihei«, protestiere ich und klammere mich ans Autodach. Meine Nägel machen ein unangenehmes Geräusch, ich rutsche ab, auch der Taxifahrer läßt mich los. Seinen Gesichtsausdruck versuche ich gar nicht erst zu deuten, ist sowieso egal.

»Meeensch, ich muß ...«

Mit dem Mann ist nicht zu reden, er unterbricht mich sofort.

»Ich kann dich nicht mitnehmen. Im Bett wärst du besser aufgehoben.« Er führt mich ein paar Schritte weg – weit genug, um zurücklaufen und losfahren zu können, ehe ich's überhaupt kapiere. Als ich meinen vernebelten Blick mühsam geschärft habe, sehe ich nur noch die Rücklichter, und schon ist das Taxi verschwunden.

»Ich hasse euch alle!« kreische ich und schleudere meine Handtasche kraftlos in die Luft. Ein Verbrechen, jemanden nicht zur Beerdigung zu fahren! Verdammte Scheiße.

Schon am Vorabend hab ich jegliche Kontrolle verloren. Und ich scheiß auf die Nachbarn, die sich hinter ihren Fenstern über meinen Anblick ereifern!

Ich brülle wie ein Löwe, balle die Fäuste und wanke aufs Haus zu. Ein Kopf nach dem anderen verschwindet. Wieso nur? Doch nicht etwa wegen mir? Kommt zurück ans Fenster, kommt alle raus zu mir, dann reden wir!

Mein Blick bleibt am Fenster meiner eigenen Wohnung hängen. Im Schlafzimmer hängt die Gardine auf halbmast. Ich habe die Gardinenstange heruntergerissen, als ich mich an den Stoffbahnen festhalten wollte. Immerhin, das Whiskyglas in meiner Hand ist heil geblieben, dafür bekam die Fensterscheibe einen Sprung. Ich bilde mir ein, diesen Sprung durch den nebligen Dunstschleier hindurch erkennen zu können, obwohl er eigentlich viel zu klein dafür ist – ich habe ihn lediglich in meinem Handballen abgespeichert: in Form einer kleinen roten Wunde. Mannmannmann. Dieses würdelose Fenster schafft es glatt, mich inmitten all der übrigen Scheiße zum Weinen zu bringen.

Obwohl ich ein schickes schwarzes Kostüm trage, habe ich anscheinend die Strumpfhose vergessen. Aber Unterwäsche hab ich an, denn als ich mich heulend hinhocke, muß ich mir den engen Slip mühsam herunterzerren. Allerdings habe ich es nicht geschafft, halbwegs passende Schuhe auszusuchen. Um das Gleichgewicht nicht zu verlieren, starre ich auf die langen braunen Lederspitzen. Wow. Dabei stütze ich mich mit der Hand am Boden ab. Wie von Ferne meldet sich ein diffuser Schmerz, die Kälte des Streusands und des eisigen Asphalts kriecht in meine Finger. Doch schon fühle ich Erleichterung, denn Pisse, gute warme Frauenpisse fließt auf meine Hand, sogar mein Ärmel wird naß. Egal. Vollkommen egal.

Liebe Nachbarn, was gibt's da zu rätseln? Diesen Zustand erreicht man kinderleicht! Indem man nach der Entlassung aus dem Krankenhaus gleich sechs bis acht Flaschen Bier trinkt. Dann, wenn das Bier die Wirkung der Beruhigungsmittel angenehm verstärkt, macht man mit einer halben Packung Tütenwein weiter. Anschließend kann man je nach Geschmack ein oder zwei Runden kotzen und ein Nickerchen einlegen. Wenn, oder besser: *falls* man wieder aufwacht, geht man zum Kiosk statt unter die Dusche und holt neues Bier. Von diesem Gang putzmunter geworden, macht man sich einen Kaffee, und während der noch durchläuft, kippt man Kognak, Madeira und Amaretto hinunter. Weiter geht's mit Wein, und das die ganze Nacht. Wer durcheinandertrinkt, ist später selbst durcheinander. Und irgendwann verliert man jede Kontrolle.

»Verpißt euch!« schreie ich, so laut ich kann, und versuche mich aufzurappeln. Pisse rinnt über meine Schenkel. Ich habe nicht einen Funken Interesse, noch eine Sekunde länger ein anständiges, wohlgeordnetes Leben zu leben.

»Zur Hölle!« Wütend zerre ich meine Unterhose hoch. Das klappt sogar, und mit einer Schlängelbewegung versuche ich, den Rock wieder zu den Knien hinunterzubekommen. Doch da läßt mich mein Gleichgewicht im Stich. Wie ein Käfer knalle ich mit dem Rücken auf einen dreckigen Schneewall; immerhin verfehle ich die Pissepfütze. Mein Schädel brummt, ich bleibe einen Moment liegen, man wird ja wohl mal ausruhen dürfen.

Jetzt allerdings, wo ich ruhig bin, kommt der Schmerz in rasender Geschwindigkeit auf mich zu. Als waagerechter Blitz schießt er die Straße entlang, greift mich frontal an. Schon bin ich wieder halbwegs auf den Beinen, weiche zur Seite und stimme ein altes Gesangbuchlied an.

»O komm, du Geist Wahrheit, und kehre bei uns ein«, summe ich – in meinem Kopf ist es viel lauter – und muß daran denken, wie ich dieses Lied gesungen habe, wenn ich vom Tanzen nach Hause kam und den unbeleuchteten Weg entlang mußte. Hinter jedem Stein konnte ein Gespenst lauern oder ein Mörder, und deshalb sang ich. Damals war dies das beste Mittel gegen die Angst. Und heute? Heute schützt mich nichts mehr, gar nichts. Und die Wahrheit ist der Schmerz, um den ich nicht herumkomme. Und sie tut höllisch weh.

Ich tapse hilflos herum, weiß nicht, wo oben und unten ist, kann nicht einmal aufrecht stehen. Als ich meine Gliedmaßen sortiert habe, kämpfe ich mich auf allen vieren vorwärts. Mit einer hilflosen Bewegung, die die Bezeichnung »Bewegung« nicht verdient, stemme ich mich schließlich Stück für Stück hoch; hopp, hopp und noch mal hopp. Ah, die Welt, sie liegt wieder vor mir.

Ich schleppe mich zur Haustür – für heute muß ich wohl zurück ins Bett. Gott, die Beerdigung! Und da kommt er wieder, der schreckliche Schmerz, wie ein Pfeil rast er direkt auf mein schutzloses Gesicht zu, und ich schreie, schreie, so laut es geht.

Wütend boxe ich mit den Armen in die Luft, der Schmerz zieht sich irgendwohin zurück. Aha, ich muß also schreien und boxen, das merke ich mir, das ist gut, schreien und saufen, das hilft.

»Ist alles nicht so schlimm«, sagt eine beschwichtigende Stimme hinter mir, doch ich brülle noch lauter, brülle wie eine Verrückte, ja, das bin ich wohl, eine Verrückte, und ich höre erst wieder auf, als ein Polizeiauto vorfährt. Jetzt also dürfen alle meine Nachbarn ihr ruhiges Samstagsprogramm wiederaufnehmen, ihr übliches Leben! Gut für euch, gut so. Aus meinem Leben dagegen wird wohl nichts mehr werden.

Ein junger Polizist hakt mich unter und führt mich zum Heck des Mannschaftswagens. Meine Hacken fluppen bei jedem Schritt aus den naßgepinkelten Schuhen.

»Könnt ihr mich zum Friedhof nach Malmi bringen?« frage ich den Polizisten, während er mich ins Auto hievt. »Bittebitte, bringt mich nach Malmi, ja?«

Er sieht mich an. Hätte er nicht gedacht, daß eine Betrunkene so beharrlich sein kann. Daß sie bettelt. »Bringt mich dorthin, Freunde. Ich muß dabeisein, fahrt über Malmi, fahrt einfach nur kurz am Friedhof vorbei, seid so lieb.« Schon jetzt heule ich Rotz und Wasser, das kommt ganz plötzlich über mich, und in meinem Kopf ist nur noch dieser eine Gedanke: die Beerdigung. Denn selbst wenn das hier mein letzter Tag sein sollte und ich in der übelsten Verfassung bin, die man sich vorstellen kann – dies ist meine allerletzte Chance, den Stier bei den Hörnern zu packen.

»Aber wir fahren in eine ganz andere Richtung«, tönt es vom Fahrersitz.

Bittebitte, bringt mich dorthin.

Peng, die Hecktür des Polizeiwagens knallt zu, der Mann geht zum Beifahrersitz, der Kollege am Steuer startet den Motor. Gleich werde ich abtransportiert, und auf einmal sehe ich *sie*, auf dem schmutzigen Schneewall zwischen den struppigen Büschen: Das Mädchen im gelben Pullover. Ihre Lippen bewegen sich. Noch sind wir keinen Meter gefahren, die beiden Männer scheinen zu diskutieren. Ich versuche, mit dem

Weinen aufzuhören, bin darin aber alles andere als erfolgreich. Peng, die Klappe in der Trennwand zum Vorderraum springt auf.

»Hör mal, mußt du wirklich zu einer Beerdigung?«

»Wirklich, Ehrenwort«, brabble ich, mehr als brabbeln kann man das nicht nennen.

»Hm. Na ja.«

Er hält inne, starrt mich an, ich muß ein ziemlich übler Anblick sein, o bitte, bringt mich dorthin.

»Gut. Okay. Wir können über Malmi fahren. Hilft wohl nichts. Aber hör mit dem Weinen auf, wir bringen dich ja schon hin. Und danach ab ins Bett!«

Der Polizist ist noch jung und freundlich, human, ich nicke und fange wieder an zu heulen, pinkeln muß ich auch schon wieder, aber hier im Wagen darf man nicht pinkeln, sonst fährt einen keiner zur Beerdigung. Und he, wir fahren schon, wir fahren, mit fünfzig Kilometern die Stunde im Staatsgeleit.

Einen Moment noch sieht der Beifahrer mich an, ein Junge beinahe, dann knallt die Klappe wieder zu. »Ist alles nicht so schlimm«, flüstert eine Stimme zwischen den Büschen, das Mädchen in Gelb. Sie weicht nicht von meiner Seite, hat sie gesagt. Ich will sie sehen, will sie hören, doch mein Kopf wird gegen die Scheibe geschleudert, und schon bin ich weg.

Als das Auto über einen Bremshügel fährt, wache ich auf. Ich räkle mich und kapiere nur langsam, wo ich bin. Meine Schuhe liegen neben mir, die Handtasche ist in die Ecke gerutscht. Das war bestimmt gut, daß ich geschlafen habe, ich bin ein kleines bißchen weniger verzweifelt, allerdings noch immer anständig besoffen. Der Mannschaftswagen biegt auf den Friedhofsparkplatz und hält. Der Fahrer zieht die Handbremse, und als seine Tür aufgeht, begreife ich.

Auch ich muß jetzt zur Tür raus. So sieht's aus. Schuhe an und los. So, wie ich bin. Betrunken, verzweifelt und völlig verloren, mit den falschen Schuhen und ohne Blumen. Ich muß aufstehen.

Und das tue ich. Das Licht draußen sticht mir wie mit Lanzen in die Augen, irgend etwas Warmes rinnt über meine Wange, Blut vielleicht. Ich plumpse auf den Kies. Die Männer nehmen mich in ihre Mitte, so daß ich halbwegs geradestehen kann. Ich sehe das Eingangstor in dem Zaun aus Tannen. Steuere darauf zu, denn ich weiß, wo die Trauergäste sind, schließlich kenne ich mich hier aus. Mein letzter Besuch ist allerdings fünfundzwanzig Jahre her.

Ich war siebzehn, Elina zehn. Mein Pony war toupiert, Elinas Haare zu kleinen Zöpfchen geflochten. Zusammen mit den Verwandten standen wir an der Grube, auf deren Grund sich Wasser gesammelt hatte. Seitdem bin ich nicht mehr hergekommen, denn von Orten, an denen Tränen fließen, halte ich mich grundsätzlich fern.

Auf wackligen Beinen gehe ich los, flankiert von den Polizisten. Ich bin dankbar für ihre Anwesenheit, denn sie beweist, daß dies ein ganz und gar verrückter Tag ist. Wer kommt schon in Begleitung von Polizei zu einer Trauerfeier? Ich, nur ich. Und deshalb brauche ich mich auch nicht mehr zu benehmen, schließlich habe ich schon im Vorfeld alles vermasselt. Ja, es tut mir furchtbar leid, Entschuldigung. Entschuldigung!

Ich bin schon wieder zu spät gekommen. Aus sicherer Entfernung beobachte ich, wie der Sarg zum Grab getragen wird, ein dunkler Sarg, fast schwarz. Ich kann nicht erkennen, wer alles dabei ist oder wer von den Männern den Sarg trägt; den einen oder anderen habe ich bestimmt gesehen auf den Partys – mein Gott ist das lange her. Eine Ewigkeit. Wir haben gelacht und Eierhälften gegessen; auf der Terrasse brannten Lampions. Eine Ewigkeit.

Ich bleibe stehen. Auch die Polizisten halten inne, schauen von mir zum Grab und wieder zu mir. Nein, ich will nicht näher heran. Die Trauernden bahnen sich unter den dickverschneiten Kiefern ihren Weg, zwischen Grabsteinen und Kreuzen erspähe ich den Kopf eines Kindes mit Schleife im Haar. Anni.

Auch dieses Kind habe ich nie wirklich verstanden. Sepi trottet mit verquollenem Gesicht hinter dem Sarg her, die Kleine im Arm und an der Hand die Mittlere. Tuuli und Tatta. Eine echte Familie gibt es nicht mehr. Was habe ich hier verloren?

Meine Beziehung zu diesen Leuten ist blutleer, wird unwesentlicher von Stunde zu Stunde. Ich kenne hier niemanden. Und das, was ich fühle, ist nichts, was ich teilen könnte. Es würde sich nicht verändern, nicht kleiner werden, nicht schmelzen. Also verberge ich meine Gefühle in einem Kokon, dem ich erst entsteige, wenn ich selbst sterben muß. Hier auf diesem Friedhof sind diese Gefühle überflüssig. Bin *ich* überflüssig.

Elina.

Ich stehe einfach nur da, regungslos. Die Beine zittrig, Schenkel und Waden weich vom Alkohol. Mit jedem Meter, den der Beerdigungszug sich entfernt, schrumpft auch der Grund meines Hierseins. Das letzte, was ich sehe, ist eine kleine alte Frau, wer auch immer das sein mag. Ich starre noch einmal ganz genau hin – und fühle nichts.

Ein Rauschen, die Welt bleibt stehen.

Das war sie, meine Schwester.

Wir gehen.

Ich wache in der Ausnüchterungszelle auf, setze mich mühsam auf den Bettrand, kann den Kopf kaum geradehalten. Es klopft, leise und höflich. Ich drehe das Gesicht halb zur Tür, mehr geht wirklich nicht. Eine Frau kommt herein. Auch wenn ich momentan vielleicht nicht die Allerschnellste bin, so kapiere ich doch, daß sie Ärztin ist, der weiße Kittel und so. Sie macht die Tür nicht zu, steht abwartend da und sieht mich an. Kein Lächeln, aber wenn ich das richtig deute, versucht sie, ein Gefühl von Wärme zu vermitteln. Lange kann ich sie nicht ansehen; es ist leichter, den Kopf wieder hängen zu lassen und die eigenen Knie anzuglotzen. Meine Güte, mir ist hundeelend, und das nicht nur körperlich.

»Wie geht es dir?« fragt die Ärztin, ihre Stimme ist eigentlich gar nicht unangenehm.

Trotzdem, ich fauche sie an. »Wie soll's schon gehen?«

Sie läßt sich nicht beirren. »Wie fühlst du dich?«

»Rate mal!« Ich schneide eine Grimasse in ihre Richtung und kann durch meine Haare hindurch sehen, daß sie sich auf den Stuhl an der Tür setzt, die Hände in den Schoß legt und mich ruhig anschaut. Ich schnaube verächtlich und starre wieder auf meine Knie.

»Was für Tabletten hast du genommen?«

»Keine Ahnung, hab nicht nachgeguckt. Ich hab geschluckt, was mir verschrieben wurde«, sage ich wahrheitsgemäß.

»Die Tabletten aus deiner Handtasche?« fragt sie.

»Gut geraten! Normalerweise nehm ich aber keine Pillen.«

»Und warum jetzt?«

Sie hat echt keine Ahnung. »Wird schon seinen Grund haben«, erwidere ich bissig. »That's life.«

»Okay«, sagt sie und schweigt.

Ich sehe stur zu Boden, habe ihr nichts weiter mitzuteilen. Soll sie doch da hocken bleiben. Für sie bin ich nur eine Verrückte mehr, eine Besoffene, auf die man ein bißchen aufpassen muß, damit sie einem nicht während der Schicht wegen Medikamentenmißbrauch wegstirbt oder an der eigenen Kotze erstickt. Was soll's, ich sitze hier, und da sitzt sie. Wir haben ja Zeit.

Auf dem Flur hallen Schritte. Wer auch immer das ist – mir egal. Doch die Schritte kommen näher, bleiben stehen, der Stuhl schleift über den Beton, der Kittel der Ärztin raschelt. Ich reiße mich zusammen und drehe meinen Kopf zur Tür. Ich glaube, ich träume.

In der Tür steht Erkki Luhtanen, alt und müde zwar, aber unverkennbar Erkki Luhtanen. Sein Blick dringt zielsicher durch meinen Schleier aus Haaren und Elend und Kater.

»Hallo«, sagt er.

Ich nicke, viel zu überrascht, um mich gleich zu freuen.

»Ich wollte dich abholen und nach Hause bringen«, sagt Erkki und betritt mit der Jacke in der Hand die Ausnüchterungszelle. Als auch noch die Ärztin auf mich zukommt, fange ich an zu weinen. Erkki versucht zu beschwichtigen.

»Nanana, wird schon wieder werden. Ich bring dich hier gleich weg, nur einen Moment Geduld noch.«

Deshalb weine ich doch gar nicht, denke ich. Die Ärztin berührt meine Schulter. Ihr versteht mich nicht, denke ich und weine sogar noch, als die Frau mir vorsichtig den Ärmel hochschiebt und etwas Glattes, Kühles um meinen Arm wickelt.

Ich schließe meine Wohnungstür auf und betrete die Diele. Es dauert eine Weile, ehe ich kapiere, was mir den Atem raubt, mir die Haare zu Berge stehen läßt. Ein Wahnsinnsgestank knallt mir wie ein Fußtritt ins Gesicht. Für einen Moment bin ich total perplex, torkle rückwärts gegen die Wand.

Erkki ächzt und macht die Tür zu. »Was stinkt hier so?!«

Mühsam halte ich das Gleichgewicht. Erkki wagt sich ein paar Schritte vor.

Das Stückchen, das man vom Wohnzimmer sehen kann, erinnert an ein Schlachtfeld. Als hätte ein Kampf um Leben und Tod stattgefunden. Und genauso schlimm wie die Unordnung ist der Gestank. Milch. Ich erinnere mich schwach, daß ich das schon öfter bemerkt habe: Milch wird nicht mehr sauer. Sie dickt nur noch ein und wird zu einer klumpigen Masse, die bestialisch riecht.

Erkki geht ins Wohnzimmer. Ich sehe nur seinen Rücken, trotzdem weiß ich Bescheid. Nein, von einer Leiche keine Spur – dafür reichlich Spuren eines Menschen, der ausgerastet ist.

Ich will das Zimmer lieber gar nicht erst betreten, denn ich kann mich dunkel an das Chaos erinnern: Essensreste, Pappschachteln, Plastiktüten, Kohlsalat. Zigarettenkippen in Joghurtbechern, Bierflaschen und Kognakgläsern. Rotweinflecken auf dem hellen Sofabezug. Verschobene Teppiche, die kleine Gebirgsreliefs bilden. Krabbensalatkleckse überall. Die Balkontür offen, Taubenscheiße und Wasser auf der Schwelle. Der Hibiskus erfroren. Obwohl in meiner Wohnung arktische Temperaturen herrschen, ist der Gestank kaum zu ertragen. Widerwillig schleppe ich mich in die Küche.

Ich lasse Wasser in die Spüle laufen, bis die Rostfärbung verschwindet. Mir fehlt die Geduld zu warten, bis es kalt ist; ich stürze es lauwarm hinunter. Mir doch egal, wenn ich an Kolibakterien sterbe. In der Küche ist der Gestank noch konzentrierter. Als würde ich aus einem schlammigen Teich trinken. Angewidert spucke ich den letzten Schluck aus. Ich öffne den Schrank mit dem Abfalleimer und knalle ihn sofort wieder zu. Erkki hört das Scheppern, kommt in die Küche.

Er ahnt, was faul ist, geht zum Schrank, hebt den überquellenden Müllbeutel aus dem Abfalleimer und verschwindet ohne ein Wort im Treppenhaus. Die stinkenden Schwaden, die hinter ihm herziehen, sind so dicht, daß man sie beinahe sehen kann, doch Erkki ist tapfer, hat schon einiges mitgemacht. Unfaßbar – dieser Mann bringt meinen Müll raus. Er bringt wirklich meinen Müll raus.

Mit diesem wiederkehrenden Gedanken im Kopf schleiche ich mich ans Fenster und beobachte, wie er unten aus dem Hauseingang kommt, sich umblickt und dann rechts zu den Müllcontainern geht; ganz richtig, dorthin gehört der Abfall. Ich öffne das Fenster, um durchzuatmen. Na ja, vor allem will ich nicht verpassen, wie Erkki den abscheulichen Müllbeutel versenkt. Fort ist das Ungeheuer! Da bemerkt er mich und lächelt andeutungsweise, weniger aus Freude als zur Ermutigung: Wird schon werden. Vielleicht, denke ich und schließe das Fenster.

Als er zurückkommt, bleibt er in der Diele stehen. Wir sehen einander an. Er ist ein alter Mann.

»Übler Gestank«, sage ich.

»So ist es«, erwidert er knapp.

»Ich war nicht bei der Beerdigung dabei«, sage ich.

»So.«

»Hätte ich etwa müssen?« frage ich provozierend. Insgeheim kriege ich Panik – was ist, wenn er nicht sofort sagt »Ist nicht so schlimm«?

»Ist 'ne schwierige Veranstaltung so was«, meint er nur, ohne jede Wertung. Womöglich weiß er sogar, wovon er spricht.

Dann ist es still, und ich sehe ihn an und werde ruhiger: Er macht mir keine Vorwürfe. Nein, er ist gekommen, um mich aus dem Knast zu holen und nach Hause zu bringen.

»Gerüchte«, sagt er, als ich frage, woher er wußte, daß ich im Knast sitze. »Angeblich hast du's ziemlich wild getrieben.«

Er steht wirklich in meiner Wohnung.

»Und da dachte ich mir, daß ich auf dem Nachhauseweg mal vorbeischauen kann.«

»Danke«, sage ich.

»Kommst du zurecht?« fragt er mit einer Kopfbewegung Richtung Wohnzimmer.

Ich muß lachen. »Nein. Aber putzen hilft schließlich immer.«

Er nickt.

»Ich werd dann mal, bißchen schlafen.«

»Gut.«

Das war er, unser Dialog. Er dreht sich um und geht, die Tür fällt zu, seine Schritte hallen im Treppenhaus. Ich unterdrücke den Impuls, ihm vom Fenster aus hinterherzusehen. Stehe einfach da, höre, wie er sein Auto startet und die Reifen an der Bordsteinkante quietschen, dann ist er weg.

Ich habe keinen Liebsten, keine Kinder, keine Haustiere, keinerlei Gründe also, die mich von der Arbeit abhalten. Nichts auf der Welt bindet und erdet mich so sehr wie mein Job. Genau das lasse ich mir durch den Kopf gehen, hier in meiner dreckigen Wohnung. Und ich komme zu dem Schluß, daß ich nicht durchdrehen *will*. Ich will arbeiten. Schließlich habe ich es auch vorher ohne Liebsten und ohne Kinder ausgehalten. Und so beschließe ich, daß ich klarkommen werde, selbst wenn ich dabei traurig bin.

Ich marschiere ins Wohnzimmer und fange an, die Spuren meines Zusammenbruchs wegzuputzen. Nein, ich habe nicht vor durchzudrehen. Ich werde putzen. Und wenn ich feststellen sollte, daß es ohne Durchdrehen nicht geht, dann kann ich mir das auch morgen noch erlauben. Aber nicht heute. Ich schließe die Balkontür und nehme mir den erfrorenen Hibiskus vor. Kleinschneiden und wegwerfen.

Der Stoff seines abgetragenen T-Shirts ist so dünn, daß er einen Sonnenbrand bekommen hat. Der Tag war wahnsinnig heiß. Selbst jetzt, um sechs Uhr abends, flimmert die Straße vor Hitze; hinter dem Maschendrahtzaun welken die Weidenröschen.

Das T-Shirt hat er vor sieben Jahren geschenkt bekommen und ständig getragen. Manchmal zieht er noch ein Collegeshirt darüber oder ein Hemd, bei der Arbeit natürlich die Arbeitskleidung. Nur beim Fußball trägt er ein anderes Shirt, er ist schließlich nicht so blöd, sich in schweißnasser Kleidung zur Mutter seines Fußballkumpels mit ins Auto zu quetschen. Er mag diese Frau, Pirjo verlangt keine Antworten. Trotzdem – daß sie ihn ins Visier nimmt, weil er stinkt, muß nicht sein. Er möchte nicht, daß sie ihn genauer ansieht als nötig.

Denn die Leute sehen ihn an, leider. Früher war er zu jung, um das zu merken. Er lief arglos herum wie alle anderen Kinder auch und senkte nie den Kopf, wenn er Fremden begegnete. Damals gab es zwischen ihm und den anderen etwas, das ihn schützte. Heute steht er nackt in der Welt, als hätte er zur Deckung höchstens ein Stück labbriger Pappe. Nichts schützt ihn vor den Blicken, die sich wie Stacheln in seinen Körper bohren und sein Herz anhalten.

Ihm wird bewußt, daß diese Gedanken ihn schwächen, und so schiebt er sie fort und geht weiter. Es gibt anderes, über das er nachdenken muß, er hat Pläne. Die Weidenröschen werden kleiner, der Graben neben der Straße versiegt. Da ist die Öffnung im Zaun – der Weg zum AgriMarket. Der sandige Hof vor dem Geschäft ist riesig, voller Paletten und Säcke. Nachts wird der Hof abgesperrt. Doch jetzt ist das Tor offen, er geht hindurch, auf den Markt zu. Und wie er geht: lange Beine, lange Schritte, jeder Schritt setzt sanft mit dem Ballen auf, als würde er unsichtbare Treppen steigen.

Im AgriMarket wird ihm kalt. Normalerweise bibbern Frauen so, wenn sie aus der Hitze in kühle Geschäfte kommen. Wenn er bei seinem Job die Waren mit Preisschildern versieht, beobachtet er heimlich, wie sie die Arme um sich schlingen und etwas zu ihrem Freund sagen. Wahrscheinlich »brrr« oder »wieso muß das hier so kalt sein«, irgend etwas in dieser Art. Selten steht er so dicht an den Leuten, daß er versteht, was sie sagen. Vielleicht »arschkalt hier«? – Klar ist es im Supermarkt kälter als draußen, bei sommerlichen dreißig Grad. Sonst würde die Ware schließlich verderben. Und die Freunde der Frauen können ohnehin nichts dafür.

Trotzdem, er friert. Und bei der Kombination aus Frieren und Nervosität klappern ihm die Zähne – auch jetzt. Eigentlich gibt es keinen Grund, nervös zu sein. Wozu? Er will doch nur ein bißchen Salpeter kaufen. Bing! Immer, wenn ein Kunde den Laden betritt, ertönt ein elektronisches Bimmeln.

Man kann sich leicht verlieren zwischen den hohen Regalen voller Beutel und Behälter, deren Inhalt er nicht kennt. Pflanzenschutzmittel, Trockenfutter, Saat, Konservierungsmittel, Steinsalz. Aber wo ist Salpeter? Salpeter ist ein Düngemittel, so viel ist klar. Er schaut an die aluminiumverstrebte Decke, wo Schilder den Weg weisen. Da, Düngemittel.

Ehe er in den Gang biegt, sieht er sich noch mal kurz um. Ein alter Mann steht an der Kasse und führt einem dünnen Jungen die Funktionen des Geräts vor. Neben ihnen steht ein Kunde, auch er älter, und hält dem Jungen einen Geldschein hin. Der Alte zeigt dem Jungen, welchen Knopf man drücken muß. Die Kasse springt auf; der Junge starrt auf die Scheine in den Fächern und nimmt das Geld entgegen, ohne dem Kunden in die Augen zu sehen.

Plötzlich wird auch er unsicher. Wird der Junge das Wechselgeld richtig herausgeben? Die zwei Älteren wirken, als würden sie nur darauf warten, daß der Lehrling einen Fehler macht.

Er reißt sich los und verschwindet zwischen den Regalen. Stickstoffdünger. Kaliumnitrat. Er bleibt vor den Düngemitteln stehen, große, dicke Säcke. Viel zu schwer. Teuflisch schwer.

»Kann ich dir helfen?« Eine Stimme unterbricht seine Gedanken. Neben ihm steht der alte Mann von der Kasse. Er weicht einen Schritt zurück, denn der Mann steht näher, als ihm lieb ist. Obendrein sieht er ihn forschend an, mit Hamsteraugen – kleine dunkle Punkte, deren Oberfläche wie Kirschsuppe glänzt.

»Ich brauche Salpeter«, sagt er und sieht zu Boden.

»Na dann, die Salpetersäcke sind draußen.«

Mist. Was jetzt? Er hatte angenommen, daß das Zeug löffelweise verkauft wird. Daß er höchstens eine Packung von Milchtütengröße nehmen muß. Er schaut noch mal ins Regal. Der Mann registriert seinen Blick.

»Tja, Salpeter muß man draußen lagern. Denn wenn man Pech hat, setzt der hier drin alles in Brand.«

Er nickt und sieht wieder zu Boden. Der alte Mann zeigt zum Ausgang und geht los, Richtung Kasse. Jetzt genau aufpassen und alles machen wie der Mann, sich den Erwartungen entsprechend verhalten, wie ein Durchschnittskunde. Im AgriMarket fühlt er sich wie auf dem Mond. Nie hätte er gedacht, daß man sogar einen Mähdrescher kaufen kann, doch an der Kasse preist ein Werbeprospekt dessen Qualitäten an.

»Ein Sack Salpeter von draußen.«

Der Junge tippt den Preis ein.

»Zwölf Euro achtzig.«

Er erschrickt. Er weiß genau, was man jetzt von ihm erwartet, aber weil er vorhatte, eine kleine Menge zu kaufen, ist er von dem Preis für den Zehn-Kilo-Sack vollkommen überrumpelt.

Panisch wühlt er in den Hosentaschen und betet, daß er genug Geld dabeihat. Er wollte doch nicht auffallen! Und nun zieht er die Aufmerksamkeit der Leute auf sich, indem er unbeholfen einen Schein weiterreicht und nervös in seinen Taschen fingert, um das Restgeld zusammenzukratzen. Der Blick des Mannes ist fragend. Zum Glück kommt von hinten Ablenkung: Ein Kunde mit Frau und Kind im Schlepptau, dem die Gewächshausfolie in langen Wellen zu Boden gleitet. Endlich, der Betrag stimmt; er gibt dem Jungen die Münzen. Da schleudert der Familienvater die Folie auf das Förderband – viel zu dicht hinter ihm. Er muß ausweichen, schon wieder.

»Dann holen wir den Sack mal«, sagt der Alte und kramt ein Paar Handschuhe unter dem Kassentisch hervor – er selbst hat keine dabei. Der Seitenblick des Alten sagt ihm, daß er durchschaut ist: Er hat keine Handschuhe, und vor allem hat er keine Ahnung. Vom Preis nicht, von der Größe der Säcke nicht und genausowenig vom Aufbewahrungsort. Er schämt sich, weil er zu stürmisch vorgegangen ist. Er hat nur ans Ziel gedacht, nicht an den Weg, und jetzt ist er in der Klemme. Zum Teufel mit seiner Ungeduld! Er fühlt sich wie ein elender Anfänger, der gedankenlos nach vorne prescht. Er schämt sich so, daß er trotz seiner Gänsehaut zu schwitzen anfängt. Er wird sich besser vorbereiten müssen. Jeder einzelne Schritt muß durchdacht sein.

Sie gehen hinaus auf den Hof. Der Mann bleibt einen Schritt hinter ihm – um ihn zu mustern, klar.

»Die sind dahinten. Siehst du den hohen Stapel? Fahr dein Auto her, dann werf ich dir einen Sack runter.«

O nein. O nein. O nein.

»Ich bin nicht mit dem Auto hier«, sagt er. »Ich hab keins.«

Der Mann bleibt stehen. »Und wie willst du den Sack transportieren?«

»Ich trag ihn.«

»Der wiegt aber ganz schön.«

»Ja. Aber ich trag ihn.«

Der Mann hält die Handschuhe in der Hand und sieht ihn scharf an, und obwohl jeder Finne unbegrenzt Düngemittel kaufen darf, kommt es ihm vor, als würde der Mann durch ihn hindurchsehen. *Alles* sehen.

»Wo willst du denn hin mit dem Sack?«

Scheiße, jetzt biete mir bloß keine Mitfahrgelegenheit an, denkt er und wünscht sich, er wäre mit dem Fahrrad gekommen.

»Ich wohn gleich um die Ecke.«

Fehler. Vom AgriMarket bis zur nächsten Wohnsiedlung sind es mindestens zwei Kilometer. Erst mal gibt es nichts als den Sandweg über die große Wiese zur Flußunterführung. Allein bis dort sind es schon zwei Kilometer. Tja, jetzt wird der Mann mißtrauisch. Und das liegt allein an ihm, denn er schwitzt und gibt ständig falsche Antworten. Dummerweise gehört der Mann zu der Sorte Mensch, die kein Mitleid empfindet, wenn jemand sich windet, die kein Auge zudrückt, wenn man einen miesen Auftritt hinlegt. Vor ihm steht ein alter Mann, der es als seine Pflicht erachtet, diejenigen, die aus der Reihe tanzen, zurückzupfeifen.

»Wo genau bringst du den Sack hin?«

Er öffnet den Mund, bringt aber keinen Ton heraus. Der Mann fragt weiter.

»Was hast du eigentlich vor?«

»Ich hab bezahlt.«

Die Antwort kommt, ehe er nach einer Antwort gesucht hat. Eigentlich hört er diesen Satz wie von ferne, denn auf einmal ist er nicht mehr in seinem Körper, sondern steht ein paar Schritte daneben und sieht einem Jungen zu, der ein verschlissenes T-Shirt trägt und einen alten Verkäufer anstarrt. Und zwar – Überraschung! – mit aggressivem, kaltem Blick. Lässig.

»Ich hab bezahlt und nehm den Sack mit, egal wie ich den hier wegkrieg.«

Er steht daneben und sieht zu, wie der Junge im T-Shirt dem Blick des Alten standhält. Er schämt sich für alle beide, aber der Junge denkt nicht daran, wieder zu Boden zu schauen. Das ist *er*, und doch wieder nicht, denn dieser Junge schimmert kühl und blau, wie Eis.

Der Alte steht noch einige Sekunden da, geht dann wortlos zu den Säcken. Der Junge hetzt ihm hinterher. Nur er, der danebenstand, atmet erst einmal tief durch. Das Schlimmste ist überstanden.

Der Mann wuchtet dem Jungen den Sack auf die Schultern. Er bedankt sich höflich, marschiert Richtung Tor und gibt acht, daß er nicht schwankt oder in den Knien einknickt. Der Mann bleibt seelenruhig beim Säckestapel stehen, das weiß er auch, ohne sich noch einmal umzudrehen – er fühlt den Blick im Rücken kribbeln, wie Ameisen, Insekten. Er hält die Balance, geht aufrecht und gerade, schwitzt nicht einmal mehr. Er ist in seinen Körper zurückgeschlüpft, und der andere hat sich in irgendeine der zahlreichen Gehirnwindungen zurückgezogen. Das Tor liegt hinter ihm, der Sandweg vor ihm, die Weidenröschen blühen, und noch immer knallt die Sonne auf seine Schultern, nur tiefer steht sie jetzt. Bald wird der Agri-Market schließen, und auch der Tag wird zu Ende sein.

Er weiß nun, daß man nicht in ihn hineinschauen kann. Niemand kann seine Gedanken lesen. Noch hat er keinen festen Plan, den muß er erst entwickeln. Dies war nur eine Übung – bei der vieles schiefging. Aber wesentlich ist eins: Er hat bekommen, was er wollte. Wenn er sich das nächste Mal besser vorbereitet, sich richtig konzentriert, wird alles klappen. Problemlos.

Er lächelt, folgt mit großen Schritten dem Sandweg. Als würde er Treppen steigen, federleicht mit zehn Kilo Salpeter auf den Schultern. Er ist neunzehn Jahre alt und glücklich. Er hat für sein Geld einen adäquaten Gegenwert erhalten. Seine Sohlen machen im Sand ein schmirgelndes Geräusch, vor ihm stehen die Weidenbäume. Der Wind rauscht in den Blättern. Der Weg macht eine Biegung, und keiner kann ihn mehr sehen.

Dem wissenschaftlichen Weltbild zufolge ist das Leben auf der Erde entstanden, weil Kohlendioxid, Wasser, Ammoniak und noch ein paar andere Chemikalien miteinander reagiert haben. Diesen Verbindungen und ihren Derivaten ist man jetzt auf der Spur – beim verzweifelten Versuch herauszufinden, was vor zehn Tagen den ganzen Stadtteil Vantaa erschüttert hat.

Besonders weit ist der Mensch offenbar nicht gekommen, von einem Urknall zum nächsten, von einer Zeitrechnung zur anderen, denkt Luhtanen und geht auf die Glastür des kriminaltechnischen Labors zu.

Die Zugangskarte hervorgeholt, piep, die Tür öffnet sich. Eine Kamera speichert sein Gesicht von vorn und im Profil, die Tür geht wieder zu. Irgendwo im Gebäude klingelt ein Telefon. Dann Stille. Der Fußboden ist feucht, hinten im Gang fällt ein Besen um; eine Putzfrau ist mit dem Mop zugange. Luhtanen setzt sich auf die kunstlederne Bank und wartet. Er nimmt die Armbanduhr ab, legt sie auf sein Knie und lehnt sich an die Wand.

In den vergangenen zehn Tagen haben er und seine Leute ununterbrochen gearbeitet, kaum geschlafen. Sie haben das Einkaufszentrum wie eine riesenhafte Pizza in Sektoren aufgeteilt und jeden Sektor noch mal in zwei Teile. Dann haben sie angefangen, in jedem Teil das Chaos Schicht für Schicht von oben abzutragen.

Zuerst wurden Materialproben von diversen Objekten sichergestellt. Je früher die Bauweise des Sprengsatzes bekannt ist, desto schneller lassen sich taktische Richtlinien für die Ermittlungen festlegen.

Dann haben sie sich durch die Gipsplatten, Leitungen, Aluminiumstangen und das viele Glas gekämpft. Und durch etwa tausendfünfhundert Kilo Abfall. Das alles hat die ersten achtundvierzig Stunden in Anspruch genommen. Anstrengende, zähe Stunden, in denen alle wußten, daß das, wonach sie suchen, höchstwahrscheinlich *unter* all dem Schutt verborgen ist.

Aber es ergibt keinen Sinn, Arbeitsschritte zu überspringen, sonst jammert man danach fehlenden Proben und Daten hinterher. Erst wenn alles Zweitrangige untersucht ist, das Baumaterial von Dach und Wänden, darf man sich auf das Eigentliche konzentrieren.

In der nächsten Phase wurde geordnet. Auf einen Haufen die Teile, die zur Sitzecke gehörten; sie waren in alle Sektoren verstreut. Auf die anderen Haufen die Reste von Abfalleimern, die Reste von Schließfächern, die Reste von Schutztüren, die von Blumenkübeln und so weiter und so fort.

Sie sortierten Armbanduhren, Führerscheine, Schlüsselbunde, Portemonnaies, Taschen, Schuhe – all das, was sich im Augenblick der Explosion in der Nähe befand. Dazu gehörte auch alles Organische, das Luhtanen und seine Kollegen sofort an die gerichtsmedizinische Abteilung weiterleiteten. Nach dieser nicht enden wollenden Arbeit fanden sie das Zentrum der Explosion. Siebeneinhalb Meter von einer großen Säule entfernt, Richtung Mittelgang. Nachdem sie zwischen Gips, Glas und Schrott jeden noch so kleinen Gegenstand herausgefiltert und den Boden saubergefegt hatten, stießen sie im Ziegelsteinboden auf ein Loch. Endlich. Einen Meter lang, fünfzig Zentimeter breit und sieben Zentimeter tief. Puju stützte sich auf den Besen und sah Luhtanen an. Der Schutt, der über dem Loch lag und den sie in eine Tüte gefüllt hatten, baumelte an Luhtanens Hand.

Ein kurzer Moment des Einverständnisses. Keiner von beiden hat je etwas Derartiges gesehen. Der fünfundvierzig Kilo schwere Müllcontainer, der vorher an dieser Stelle stand, fand sich im zweiten Stock wieder, tief in eine tragende Wand gebohrt. Überall waren Splitter.

Und weil die Dinge so stehen, wie sie stehen, sitzt Luhtanen nun auf dieser Kunstlederbank, viel zu früh am Morgen für einen Mann in seinem Alter, und wartet.

Die Armbanduhr tickt leise. Sie liegt gut auf seinem Knie, so kann er darauf schauen, ohne sich zu bewegen, muß nur die Augen aufmachen. Ein alter Trick – dösen und trotzdem wissen, wie spät es ist. Er fährt auf, als es an der Glastür piept und jemand auf ihn zukommt. Luhtanen setzt sich gerade, schaut auf die Uhr. Es gab Zeiten, als ein zehnminütiges Nickerchen gereicht hat. Diese Zeiten sind vorbei.

Vor ihm steht Raija Pukkila, eine etwas scheue Frau in seinem Alter, die wahrscheinlich schon als Kind graue Haare hatte. Sie wird rot, als sie Luhtanen beim Nickerchen überrascht; vielleicht ist es ihr aber auch nur unangenehm, daß sie sich verspätet hat. Sie murmelt ein paar unverständliche Worte, räuspert sich dann und setzt noch einmal an:

»Verrückter Tag, furchtbar viel Verkehr, alle Busse überfüllt.«

Erkki lächelt und reicht ihr die Hand. Obwohl sie sich schon fünfzehn Jahre kennen, begrüßen sie sich noch immer mit dieser förmlichen Geste. Ihm fällt auf, daß Raijas Haut sich stets gleich anfühlt, dünn, trocken, irgendwie aseptisch. Und doch soll Raija eine Wahnsinnsköchin sein, sinnlich, geradezu überirdisch.

Raija lächelt zurück. Nieselregen glänzt auf ihrem Mantel. Sie sieht die Tüte, die neben Erkki auf der Bank wartet.

»Du hast mir wohl was mitgebracht?«

»Lag auf dem Fußboden herum.« Luhtanen reicht ihr die Tüte. »Wie lange brauchst du dafür?«

»Ewig«, sagt Raija mit einem Lächeln, das mehr nach innen geht als nach außen. Ihre Standardantwort auf alles, was mit Zeit zu tun hat. Luhtanen schmunzelt, läßt ihr an der Tür zum Laboratorium den Vortritt. Schaut noch einmal zurück, um sicherzugehen, daß die Tür zu ist. Raija nimmt einen Kleiderbügel, hängt ihren Mantel auf und beginnt zu reden.

»Wir haben die Proben untersucht. Die Papierhandtücher und Schuhe, die ihr eingereicht habt. Alppu wird dir gleich mehr erzählen; ich fang einfach mal mit den Schuhen an. Also, so was hab ich wirklich noch nicht gesehen.«

Luhtanen hakt nicht nach. Er weiß, daß Raija gleich weitererzählen wird. Es ist nicht ihre Art, Kunstpausen zu machen, eine Stille zu erzeugen, die den Zuhörer zum Weiterfragen animiert. Das hat sie nicht nötig. Sie ist unentbehrlich, und das weiß sie.

»Ich hab mich schon gewundert, als ihr die Schuhe hergebracht habt. Dieser sonderbare Ruß! Der klebt dermaßen fest auf der Oberfläche – wirklich rätselhaft. Aber ich hab mir was einfallen lassen, und jetzt schau mal.«

Raija zeigt mit einer Kopfbewegung zum Arbeitstisch. Luhtanen folgt ihr ans Mikroskop. Sie setzt sich hinter das Gerät, entnimmt einer Schachtel eine Materialprobe und legt sie auf den Objektträger. Schaut durchs Objektiv. Luhtanen beobachtet, wie anmutig Raijas Kopf und Hals sich neigen, eine organische Fortsetzung des Mikroskops bilden. Jahrelang hat sie diese Position eingenommen, die in ihren Nacken, ihre Schultern übergegangen ist. Und erst die fließende Bewegung, mit der sie ihre Hand hebt und das Bild scharfstellt! Sie steht auf, Luhtanen ist an der Reihe.

Er setzt sich, schaut durchs Objektiv. Jedesmal macht er den Fehler, zu dicht an die Linse heranzugehen – so zeigt sich vor allem ein schwarzer Ring. Locker machen muß man sich, einen Moment warten und neu ansetzen, damit man klar sieht. Raija drängelt nicht.

»Aha. Und was ist das?« fragt Erkki.

»Ein Stück vom Obermaterial eines Turnschuhs. Siehst du die dunkle rußige Stelle? Wie festgeschmolzen«, hilft Raija.

»Ja, sehe ich.«

»Gut. Ich hab lange überlegt, was das sein könnte, woher dieser eigenartige Ruß kommt. Es ist Blei!«

Luhtanen hebt den Blick vom Mikroskop und schaut Raija erwartungsvoll an. Auf ihrem Hals sind hektische rote Flekken, sie wirkt aufgekratzt.

»Und dann hab ich's kapiert: Er hat Schrot verwendet.«

Luhtanen und Raija sehen einander an.

»Anders kann es gar nicht sein. Bleischrot schmilzt bei siebenhundert Grad, und wenn's noch wärmer wird, verdampft es. Bei einer Explosion wird Bleischrot zu genau dieser Schlacke mit Ruß. Das fliegt kreuz und quer durch die Gegend und klebt überall fest, je dichter man am Explosionsherd dran ist, um so hartnäckiger. Es ist also Blei im Spiel gewesen. Interessant, was?«

Die Tür geht auf, Luhtanen löst den Blick vom Mikroskop. Raija sieht über seine Schulter hinweg, es ist ihr Kollege Alppu. Alppu ist ein Enddreißiger mit der Ausstrahlung eines Hippi-Pastors, einen Meter sechzig groß. Er und Raija sind ein großartiges Team: Alppu ist unkonventionell und Raija für jeden Mist zu haben. Dazu noch ein breites Spektrum Chemiekenntnisse, schon hat man zwei unschlagbare Spürnasen.

»Ich habe ihm gerade erklärt, was ich herausgefunden habe«, sagt Raija zu Alppu.

Alppu nickt und niest. Seine regennassen langen Haare riechen nach Hund, aber das macht nichts. Er klemmt sich hinter das Mikroskop und überprüft noch einmal, was er bereits gesehen hat. Dann sagt er zu Luhtanen: »Kann es sein, daß jemand nicht gewußt hat, daß Bleischrot schmilzt?«

»Was meinst du?« fragt Erkki.

»Überleg mal. Wieso sollte jemand einen Sprengsatz mit schwerem Blei durch die Gegend schleppen, wenn er weiß, daß das bei der Explosion sowieso nur schmilzt? Wozu diese Mühe?« Alppu schweigt einen Moment, hält Erkki dann einen Zettel unter die Nase. »Unser Gutachten. Wir konnten in euren Proben nichts finden, das auf gängige käufliche Sprengkörper verweist.«

»Was willst du damit sagen?« hakt Erkki nach. Er will, daß Alppu die Antwort selbst ausspricht.

»Es muß erst noch bewiesen werden, vergiß das nicht. Aber anders kann's gar nicht sein: Die Bombe ist selbstgebastelt. Die hat jemand gebaut, der Peroxid mit einem anderen Stoff reagieren lassen und zur Explosion bringen kann.«

Erkki sieht erst zu Raija, dann wieder zu Alppu, der auf einem Bürostuhl hinter dem Mikroskop sitzt und sich leise im Kreis dreht.

»Mit was für einem anderen Stoff?« fragt Erkki. Raijas aufgeregter Blick entgeht ihm nicht.

»Mit Schwefelsäure«, antwortet sie. »Und wahrscheinlich noch mit Aceton, obwohl wir das bislang nicht nachweisen konnten. In den Proben haben wir bisher nur Schwefelsäure und Peroxid gefunden.«

»Und wo lernt man so was?« fragt Erkki ungläubig.

Alppu wiegt seinen Kopf und lächelt. »Wo *hat* man so was gelernt, mußt du fragen.« Er dreht sich immer schneller. »In Deutschland, in den Dreißigern.« Er springt auf und hüpft zum Bücherregal, zieht einen Band hervor, in dem bereits das Lesezeichen wartet. »Eine Ausbildung braucht man dafür nicht. Nicht mal unbedingt ein perfektes Labor. Und die Chemikalien kann sich jeder, der nicht doof ist, frei beschaffen.«

Alppu geht zu Erkki hinüber, diesmal schlurfend, und drückt ihm das Buch in die Hand. Luhtanens Blick fällt auf ein Wort, das Alppu extra noch mal mit dem Finger unterstreicht. Diphoronpentaperoxid.

»In den dreißiger Jahren in Deutschland patentiert, aber soweit man weiß, wurde dieser Sprengstoff nie für den Verkauf produziert. Speziell für Bergwerke und Kriegszwecke entwickelt, billig, simpel und verdammt effizient. Wie man sich anhand der einzelnen Bestandteile bereits denken kann.«

»Wie bist du auf diesen Sprengstoff gekommen?«

Alppu setzt sich wieder und grinst. »Der ist für uns so was wir für euch der nie gefaßte Mörder von Kyllikki Saari, diesem Mädchen aus den Fünfzigern. Man weiß, es gibt ihn, aber man kriegt ihn einfach nicht. Verstehst du, Erkki? Bis heute hat keiner von uns beiden gewußt, daß man diesen Stoff wirklich herstellen kann. Man hört immer mal wieder, daß jemand daran arbeitet, aber das sind Einzelfälle, ohne konkrete Folgen.«

»Und warum ist das so?« fragt Luhtanen.

»Weil das eine höchst eigenwillige Substanz ist. Du kannst es heute schaffen, sie herzustellen, und morgen haut es vielleicht schon nicht mehr hin. Luftfeuchtigkeit, minimale Temperaturschwankungen, kleinste Erschütterungen, von all diesen Faktoren hängt es ab, ob die Reaktion gelingt. Vielleicht fliegt mal kurz eine Fliege vorbei, und du kannst mit der Kocherei von vorne anfangen. An dieser Sache kannst du auf hundert verschiedene Arten scheitern. Und genau das macht es zu dem, was es ist.«

»Es gibt aber doch auch einfachere Methoden, mit denen man eine starke Wirkung erzielen kann.«

»Klar gibt's die«, erwidert Alppu und schwingt auf seinem Drehstuhl vor und zurück. »Die Sprengkraft von Diphoronpentaperoxid entspricht etwa der von Ammoniumnitrat, das man kinderleicht herstellen kann. Deshalb ist es auch weniger spannend.« Er hält kurz inne. »Irgend jemandem ist etwas absolut Unwahrscheinliches gelungen.«

Luhtanen schweigt, sieht den Funken der Begeisterung in Alppus Augen erlöschen. Er hört, wie Raija das kleine Turnschuhstück vom Mikroskopteller nimmt und wieder in der Schachtel verstaut. Alppu streckt ihm die Hand entgegen, doch Luhtanen legt nur das Buch hinein. Als Alppu es zum Regal bringt, ist sein Gang nicht mehr hüpfend.

Luhtanen versteht ihn gut – auf einmal ist Alppu wieder eingefallen, was Bomben eigentlich machen. Sie töten.

»Ich muß dir noch eine Sache sagen, Erkki, damit du auch wirklich verstehst, worum es hier geht«, sagt Raija unvermittelt. »Es ist sehr unwahrscheinlich, daß jemand das beim ersten Versuch hinbekommt. Ehe man so etwas zustande kriegt, muß man erst mit kleinen Knallern experimentieren, mit weniger komplizierten Mischungen. Man muß eine Menge über chemische Reaktionen wissen und sich ein bißchen Labortechnik besorgen. Und man muß wissen, wie man in seiner eigenen Küche Säuren braut. Da wird's nicht viele Leute geben. Diese Substanz kennen nur Fachleute und Chemiestudenten. Weißt du, ob es hier in den letzten Jahren ähnliche Explosionen gab, oder durch Explosionen ausgelöste Brände? Das sollte man mal prüfen.«

Luhtanen sieht eine winzige bläuliche Flamme in Raijas Augen, Unruhe, Sorge vielleicht. Vielleicht aber auch der Wunsch nach Rache und Genugtuung darüber, daß sie dem Übeltäter die Kripo auf den Hals hetzen kann.

»Woher kennt ihr eigentlich diese Substanz?« fragt Luhtanen Raija.

»Solche Anleitungen kursierten, als ich studiert habe. Wurden streng vertraulich weitergereicht, das war wenigstens noch einigermaßen kontrolliert. Als Alppu studiert hat, standen die schon im Internet.«

Auf einmal fühlt Luhtanen sich steinalt. Das Internet. Bitte nicht jetzt.

»Da zirkuliert heute alles frei herum. Es gibt Hunderte von Foren, in denen ausschließlich über Sprengstoff diskutiert wird, auch rein finnische. Die Moderatoren dieser Foren brauchen nicht mal eine Genehmigung, nur genügend Platz auf ihrer Festplatte und eine Webadresse. Außenstehende kriegen das gar nicht mit.«

Raija verstummt; Luhtanen steht gedankenverloren herum. Eine Weile schweigen alle.

»Wie kann das sein, daß jemand nicht weiß, daß Blei schmilzt, und trotzdem so einen schwierige Substanz herstellt?«

Raija und Alppu tauschen vielsagende Blicke; auch sie haben darüber nachgedacht. Raija wiegt den Kopf hin und her.

»Schwer zu sagen. Sogar uns hätte ein ähnlicher Fehler unterlaufen können. Es war eben kein richtiger Profi. Ach, ich weiß auch nicht.«

Irgend etwas in Raijas Stimme läßt Luhtanen aufhorchen. »Was ist?«

Raija überlegt eine Weile, ehe sie aufschaut. »Ich glaube einfach nicht, daß es bei dieser einen Geschichte bleibt. Wenn dem Täter klar wird, daß er noch zu lernen hat, dann versucht er es wieder, will es besser machen. Du wirst sehen – ich liege richtig.«

»Wieso bist du da so sicher?« fragt Luhtanen leise.

»Wer sich so viel Mühe macht, erträgt es nicht, daß er dabei etwas übersehen hat. Er versucht es wieder.«

»Hat der denn keine Angst, erwischt zu werden?«

Alppu zieht die Stirn kraus. »Könnte sogar sein, daß ihm das scheißegal ist«, gibt er zu bedenken. »Daß ihm die Sache selbst das wichtigste ist.«

»Wichtiger als das Leben der Mitmenschen?«

»Die Leute sind verschieden«, sagt Alppu nur.

Im Zimmer herrscht nachdenkliche Stille. Luhtanen begreift: Es gibt Dutzende Parallelwelten, und doch sind sie miteinander verwoben. Wir leben hier alle zusammen, aber wir sind grundverschieden.

Raija fängt an, die Splitter der Bodenziegel aus Luhtanens Tüte hervorzuholen. Alppu geht hinüber und hilft ihr. Für einen kurzen Moment steigt der Hundegeruch in Luhtanens Nase, und auf einmal kapiert er, was ihn so müde macht: Er möchte eigentlich gar nicht hiersein. Er möchte nach Hause. Sich ein Butterbrot schmieren, das Brot im Stehen essen und dem kleinen Eichhörnchen zusehen, das am Kiefernstamm herunterklettert und auf dem Schulhof hinter einem Stein verschwindet.

Raija sorgt dafür, daß das Praktische noch geregelt wird. »Soll ich dir das Gutachten gleich mitgeben oder es mit der Post schicken?« fragt sie.

»Ach ja. Ich kann es mitnehmen, ich muß sowieso direkt zur Besprechung.«

»Und du wolltest, daß wir uns diese Fußbodenteile hier ansehen, nicht wahr?« hakt Raija noch mal nach; ihr ist nicht entgangen, daß Luhtanen mit seinen Gedanken schon ganz woanders ist.

»Ja, genau. Und ruf an, sobald du etwas herausgefunden hast.«

Raija drückt Luhtanen schnell das Gutachten in die Hand, sichtet dann die Fußbodenstücke. Zusammen mit Alppu vertieft sie sich in ihre Arbeit; für Luhtanen wird es Zeit zu gehen. Wenn er nur nicht so müde wäre. Aber es hilft nichts.

Es wird schon irgendwie werden.

Zuerst habe ich keinen blassen Schimmer, wo ich bin. Wirkt wie ein Brunnenschacht. Durch die grünlichbraune, runde Öffnung über mir fällt gerade so viel Licht in das dunkle Wasser, daß ich erkenne: Das sind meine eigenen Hände, die da vor mir herumrudern. Ich schwimme. Meine Hände sind weiß wie Fischbäuche, weich und aufgequollen, beinahe taub. Ich schwimme nach oben zur Öffnung, wo eine Mischung aus Luft und Licht zu warten scheint. Aha! Aufwachen ist das, diese klebrignasse Reise aus dem Brunnenschacht des Traums in den Alltag. In den frühen Montagmorgen.

Ich durchbreche die Oberfläche. Mit dem letzten unsicheren Schwimmzug stoße ich gegen den Nachttisch und fege den Wecker herunter. Beharrlich klingelt er weiter, also setze ich mich in Bewegung. Kopfüber hänge ich von der Matratze, fuchtle zwischen Staub, Zeitungen, Büchern und Socken umher. Der Wecker aber ist woanders, weshalb ich mich schließlich aufsetzen muß.

Der Wecker liegt am Fenster unter dem langen Vorhang. Ich stehe auf, schalte ihn aus und bin einen Schritt weiter; bleibe dann mit dem Wecker in der Hand mitten im Schlafzimmer stehen. Ich bin wach, aber mehr als dastehen geht nicht.

Bewegen kann ich mich noch nicht. Plötzlich verstehe ich, daß genau das gemeint ist, wenn man sagt: »Das Leben geht weiter.« Sich zu bewegen.

Es bedeutet, daß man von einem Wecker in einen fahlen Morgen gezerrt wird und man diesen Wecker in der Hand hält und kapiert, daß das ganze restliche Leben genau so ablaufen wird: Man ist zwar am Leben, fühlt aber nichts.

Das zu wissen ist wirklich merkwürdig. Ich hätte nie gedacht, daß ich einmal etwas Derartiges wissen würde. Ich habe immer Pläne für den nächsten Tag gehabt, für den nächsten Monat, sogar für das ganze Jahr. Es war immer klar: Ist dies getan, dann kommt das und das dran. Alle meine Aktivitäten und Vergnügungen waren vollkommen selbstverständlich. Daß ich sterben würde, ist mir nie in den Sinn gekommen.

Das kapiere ich jetzt, mit dem Wecker in der Hand, dem Blick nach draußen, wo der Wind metallisch glänzenden Müll die Straße entlangweht. So also werde ich leben: Allein und unglücklich. Bis auch ich irgendwann sterbe. Ich werde am Leben sein, aber nicht lebendig. Ich bin arm dran. Alle sind wir arm dran.

Wird schwer, das wieder zu vergessen.

Ich stelle den Wecker zurück auf den Nachttisch und öffne das Fenster. Nach mehreren milden Wochen liegt heute ein Hauch von Frost in der Luft, kühle Sonne glitzert auf reifüberzogenem Sand. Ich stehe am Fenster. Weine, bis mir kalt wird. Drehe mich dann um und gehe in die Küche. Bilde ich mir das nur ein? Im leisen Widerhall meiner Schritte höre ich die Schritte einer anderen Person.

Elina.

Wenn es ruhig ist, kann ich sie hören.

Als ich im Parkhaus auf dem allerletzten Fleckchen halte, bin ich noch immer wie in Trance und niedergeschlagen. Klar, daß mal wieder alle Plätze belegt waren. Abgesehen davon, daß meine Kollegen sowieso Workaholics sind, haben sie momentan tatsächlich alle Hände voll zu tun. Ich wette, jeder hat gerade eine Betriebsunterbrechungsversicherung auf dem Tisch – von einem der Läden aus dem Einkaufszentrum, die ihre Ansprüche anmelden. Wenn meine Kollegen nachmittags losfahren, um einen Besuch vor Ort zu machen, könnte man glatt einen Bus anmieten, würde jedenfalls billiger werden.

Ich schnappe meine Tasche vom Beifahrersitz und steige aus; klack-klack, Auto zu. Ich versuche, mein altes Tempo wiederzufinden. Wenn ich erst mal wieder im gewohnten Arbeitsrhythmus bin, wird alles besser werden, bestimmt. Mit Arbeit kann man alles zudecken. Genauer anschauen kann man es sich dann, wenn die Zeit und die Kraft dafür da sind. Und das sage ich nicht, weil ich weglaufen will, sondern weil es so ist. Will man leistungsfähig bleiben, darf man nicht alle Gedanken zulassen. Das, was ich heute beim Aufstehen begriffen habe, muß ich gut verstecken. Sonst schaffe ich mein Leben nicht.

Das Foyer ist menschenleer, der Kaffeeautomat summt leise vor sich hin, der Wasserautomat blubbert. Auf zu den Postfächern. Während meines Krankenurlaubs haben die Kollegen sich meine Arbeit offensichtlich gut aufgeteilt; in meinem Fach liegen lediglich die Take-away-Liste eines Restaurants, ein Massage-Angebot und eine Info über Renovierungsmaßnahmen. Ich werfe die Zettel ins Altpapier und steuere mein Zimmer an. Als ich an den vielen Bürotüren vorbeigehe, sehe ich meine Kollegen nur in flüchtigen Ausschnitten: hier eine Schulter und einen Ellenbogen, da einen Rücken und ein ausgestrecktes Bein, Momentaufnahmen. Sie telefonieren, schreiben, sprechen, trinken Kaffee. Arbeitseifer überall. Wie jeden Morgen müssen sie sich mit zig neuen Fällen befassen; ruhig, beherrscht, mit objektivem Blick. – Wieso sollte man das herzlos nennen? Nur so kann das Leben weitergehen.

In meinem Zimmer steht der Schrank offen. Aus der Tür hängt das Hosenbein des Overalls von meiner letzten Tour, die Fahrt zum matschigen Ufer des Vantaajoki. Der Volvo V70.

Ich schaue auf meinen Tisch. Die Papiere liegen genau dort, wo ich sie liegengelassen habe. Meine Kollegen haben also in der Hektik des Alltags vergessen, mir die Geschichte abzunehmen.

Das Telefon klingelt.

»Siiri hier, hallo. Wie geht es dir?«

»Ganz okay.«

»Ich hab gehört, du fängst heute wieder mit der Arbeit an.«

»Ja.«

»Ja«, wiederholt sie.

Stille. Wir wissen beide: Der nächste Satz wird schwierig. Der Satz, mit dem man zur Arbeit übergeht.

»Also ...«

»Also?«

»Also der Volvo, hinten am Fluß, du erinnerst dich?«

»Ja.«

»Die Sache ist noch nicht geklärt, weil – na ja ...«

»Ich weiß. Ich hab die Papiere hier liegen. Hat sich anscheinend keiner drum gekümmert.«

»Hier ist momentan absolutes Chaos, kannst du dir sicher vorstellen, ich meine ...« Unbeholfen versucht Siiri, das Gespräch vorwärtszubringen, ohne zu verletzen, ohne achtlos, herzlos zu sein.

»Ich dachte, du könntest ... Also, du mußt wohl an der Sache dranbleiben, und ein Gutachten gibt es auch noch nicht. Vielleicht findest du das jetzt auch geschmacklos, daß du gleich wieder ...«

Siiris Stimme klingt nach Babybrei oder nach Kartoffelmus, dick und warm und nahrhaft. Ich höre einfach zu und spüre, wie die Wärme in meine tauben Beine fließt und sich von dort im ganzen Körper ausbreitet. Gleich fängt Siiri an zu weinen, das höre ich, doch es belastet mich nicht, im Gegenteil. Es ist leichter, die Fassung zu bewahren, wenn jemand anderes weint.

»Das ist schon in Ordnung, macht nichts, wirklich«, antworte ich, »es ist gut, wenn man was zu tun hat.«

»Okay. Ich dachte nur, du mußt vielleicht erst mal …«

»Ich muß gar nichts«, unterbreche ich sie, »wir können ganz normal reden. Das ist okay, wirklich.«

Das Telefonat ist vorbei. Am anderen Ende legt Siiri den Hörer auf. Schneuzt bestimmt erst einmal ausgiebig ins Taschentuch. Denkt vielleicht kurz an ihr gutes und anfälliges Herz, dann an ihre Lunge, in der es manchmal verdächtig pfeift. Sie schüttelt den Kopf, schiebt die Gedanken beiseite und macht Zigarettenpause. Ich kenne sie. Siiri ist emotional, warmherzig und schnell. Sie steht garantiert schon auf dem Raucherbalkon.

Und ich sitze hier, an meinem Schreibtisch. Die niedrigstehende Sonne wärmt mir den Nacken; es könnte ein schöner Tag werden. Ich schaue auf die Papiere. Mal richtig Platz auf dem Tisch, nach meinem Krankenurlaub. Ein paar Minuten wiege ich mich auf dem Stuhl hin und her, schiebe den flachen Papierstapel von hier nach da. Was soll's.

Ich stehe auf und erledige das Telefonat, schnappe mir die Schlüssel für den Dienstwagen und verlasse das Zimmer. Besser raus an die frische Luft als drinnen Trübsal blasen. Schon bin ich unterwegs.

Das Einfamilienhaus aus weiß verputztem Kalksandstein liegt am Ende einer gutbürgerlichen Siedlung und ist gleich doppelt umzäunt: von einem Jägerzaun und Tannen. Sehr geschützt, denke ich, als ich die Handbremse ziehe. Ich bleibe sitzen und schaue mich um. Die Gartenpforte wird von einer riesigen Silberweide überdacht, die Haustür ist nicht zu sehen, nur die Tür der dunklen Holzgarage. Auf die gepflasterte Fläche vor der Garage würden sogar zwei Wagen passen. Die Kombination von Zaun und Tannenbepflanzung soll es wohl Dieben schwermachen. Eher Leuten von der Versicherung. Ich steige aus und werfe einen Blick auf die Nachbargrundstücke. Überall die gleichen Ziegelhäuser mit Satteldach und Loggia. Laubenganghäuser nennt man die wohl, oder sind die aus Holz?

Die Straße ist wie ausgestorben. Schade, nicht mal eine vorbeihuschende Katze. Nur die bunten Briefkästen und ein paar Gartenzwerge in Latzhosen verraten, daß es hier Leben gibt. Klack-klack, Auto zu. Ich bin noch nicht mal an der Garage, schon steht die Frau vor mir, in gelbkarierter Hose und Steppweste.

Sie schaut fast genauso aus beim letzten Mal. Jetzt, wo sie nicht mehr weint, sieht man, daß ihre Mundwinkel dauerhaft nach unten zeigen. Vor ein paar Wochen wirkte sie unglücklich, bemitleidenswert. Doch nun, wo der Schock verpufft ist, ist sie einfach eine ganz durchschnittliche unzufriedene Bürgerin. Und weil die Größe ihres finanziellen Verlusts mit ihrer Verachtung für die Polizei korreliert, läßt sie ihrem Unmut freien Lauf. Schon beim Händeschütteln beschwert sie sich lautstark: »Die haben nichts von sich hören lassen. Nichts! Ich warte schon fast drei Wochen.«

»Solche Fälle lassen sich nicht so leicht klären, Autobrände gibt es pro Jahr …«

»Mag ja sein. Aber der Volvo war *mein* Auto, da interessieren mich die anderen Autos herzlich wenig.« Sie lächelt und versucht ihren Spott nicht zu verbergen. »Trinken Sie Kaffee?«

Sie will alles andere als Kaffee kochen, und genau deshalb nehme ich an. Wie übellaunig sie auch sein mag – ich höre mir ihren Bericht nur mit einer Tasse Kaffee an. Ich habe ein Recht auf Fairneß. Wortlos dreht sie sich um; ich folge ihr in den langen, braungestrichenen Flur.

Das Haus ist schätzungsweise zwanzig Jahre alt, Mitte der Achtziger gebaut und wie viele Häuser aus dieser Zeit im schönsten Saunastuben-Stil halbhoch mit Holz vertäfelt. Aber irgend etwas ist seltsam – es ist auffallend still, als wäre das Haus zu stark gedämmt worden.

Unwillig nimmt mir die Frau die Jacke ab und hängt sie auf einen Bügel. Der Knall des Bügels auf der Garderobenstange wird von zahlreichen weiteren Jacken gedämpft, wirkt beinahe wattig.

Sie führt mich durch den Flur ins Wohnzimmer, weist mir einen Platz auf dem cremefarbenen Sofa zu und biegt selbst in die Küche. Ich setze mich. Sehe vom Sofa aus, wie die Türen der Küchenschränke energisch auf- und zuklappen, was seine demonstrative Wirkung sicher nicht verfehlen würde, wenn man in diesem Haus besser hören könnte.

Auf dem Couchtisch liegt eine Zeitschrift mit einem Mann auf der Titelseite und der Überschrift: »Ich habe überlebt.« Ehe ich irgendeine Abwehr errichten kann, hat der Schmerz sich tief unter meine Haut gebohrt. Ich war zu spät.

Meine Ohren rauschen. Nicht jetzt. Ich will jetzt nicht daran denken. Durch die Durchreiche ruft die Frau zu mir herüber: »Das ist wirklich furchtbar, was da passiert ist. Hab's im Fernsehen gesehen. Ich begreif einfach nicht, wie so etwas passieren kann, hier, in Finnland!«

Ich drehe die Zeitschrift mit der Rückseite nach oben und hole tief Luft. Nein, die Frau hat nichts bemerkt. Einen kurzen Moment noch, und ich bin wieder voll da.

Der Kaffee ist fertig, sie kommt mit einer Thermoskanne und zwei großen Bechern ins Wohnzimmer. Bloß kein schönes Gedeck für eine Unbekannte, ich hab schon verstanden. Sie pfeffert die Becher auf den Tisch und schiebt mir eine Milchtüte herüber. Ziemlich prosaisch, wenn man bedenkt, daß ich auf einem Sofa sitze, das mindestens dreitausendfünfhundert Euro gekostet hat. Sehr gut, ich bin wieder ganz die alte.

»Wie gehen wir nun vor?« fragt meine Gastgeberin. Ich gieße Milch in meinen Kaffee und nehme einen Schluck; die Pause macht sie nervös. Sie mag mich nicht.

»Wir gehen so vor: Sie erzählen mir einfach, was Ihre Sicht der Dinge ist«, antworte ich und sehe sie an. Wir sind in eine Art Zweikampf geraten, warum auch immer – wobei meine Gelassenheit mich selbst überrascht. Ihr Nasenrücken kräuselt sich, als hätte sie etwas Unangenehmes gerochen.

»Ich habe die Geschichte doch schon hundertmal erzählt.«

»Erzählen Sie sie ruhig noch mal, das ist absolut in Ordnung«, entgegne ich.

»Nun gut. Also, ich bin nachmittags nach Hause gekommen, gegen fünf, halb sechs, und das Auto war nicht mehr da.«

»War nicht mehr wo?«

»Nicht mehr vor der Garage.«

»Und wo sind Sie gewesen?«

»Bei der Gymnastik. Ich gehe zu Fuß zum Sport, es ist Quatsch, mit dem Auto hinzufahren.«

Darauf habe ich nichts zu erwidern. Weil ich keinen Sport treibe, weiß ich auch nicht, wie man idealerweise zum Sportstudio kommt. Ich sehe sie stumm an und trinke Kaffee. Sie ist gereizt, weil ich eine Frau bin und so ruhig.

»Gut. Dann sage ich's Ihnen jetzt ganz direkt: Autos von diesem Typ kann man nicht ohne einen speziellen elektronischen Schlüssel starten, wie Sie sicherlich wissen.«

»Und?« fragt sie.

»Wie erklären Sie sich, daß das Auto trotzdem von Ihrem Grundstück gefahren wurde?«

»Wieso soll *ich* das erklären?«

»Für solche Autos, also die mit elektronischer Wegfahrsperre, kommt die Versicherung grundsätzlich nicht auf. Weil man die nicht klauen *kann*«, erkläre ich ihr ohne Umschweife.

»Wie, weil man die nicht klauen kann?« Sie starrt mich verständnislos an. »Herrgott noch mal, das Auto *ist* aber geklaut worden!«

Ich erwidere ihren Blick. Sie ist viel zu aufgeregt, um mir richtig zuzuhören.

»Ich war beim Sport, das Auto ist weg, und was kann ich dafür, wenn Ihnen nicht klar ist, wie man so ein Auto klaut, wenn es nun mal geklaut worden *ist*! Sie haben es doch selbst gesehen, ein einziger Schrotthaufen, das teure Ding! Ich werd's ja wohl kaum in die Luft gejagt haben, wo ich mich noch nicht mal traue, eine Zigarette anzumachen mit diesen neumodischen Anzündern. Herrgott noch mal!«

Plötzlich fällt ihr etwas ein. »Was hing da eigentlich an der Tür?« fragt sie.

Ich brauche einen Moment, ehe ich schalte. An ihrer Autotür, richtig. »Das war ein Hund.«

»Ein Hund?! Was denn für ein Hund?«

»Ein Mischling, nimmt man an.«

»Und weshalb war der in meinem Auto? Hat den irgendwer da reingesetzt?«

»Genau das wird vermutet. Aus Sicht der Polizei liegt also Diebstahl und Sachbeschädigung vor, und ein Verstoß gegen das Tierschutzgesetz.«

»Und aus Ihrer Sicht?« fragt sie; ihr ist nicht entgangen, daß der Fall für uns noch einmal anders liegt.

»Das kommt darauf an. Wem gehört eigentlich das Auto?« Ich wechsle das Thema.

»Mir.«

»Sie haben den Wagen gekauft?«

Die Frau verstummt, ihr Gesichtsausdruck verändert sich schlagartig. Ich werde neugierig.

»Nein.«

»Wer dann?« frage ich. Ein wenig zu schnell weicht sie meinem Blick aus.

»Mein Mann.«

»Und wo ist Ihr Mann?« frage ich.

»Keine Ahnung. Er ist nach Kannelmäki gezogen, oder irgendwo da in die Gegend.« Ohne Vorwarnung bricht sie in Tränen aus. »Für mich ist kein Platz mehr in seinem Leben.«

Ojemine. Zu kurz gekommen ist sie. Das erklärt ihre Gereiztheit. Und weshalb sie ein teures Auto und weniger teure Kleidung besitzt. Und weshalb sie dieses edle Sofa vorweisen kann und gleichzeitig völlig antriebslos ist. Tja. Ein herber Verlust, dazu das Wissen, nicht gut genug gewesen zu sein.

Auf so etwas stößt man oft. Ein reicher Mann kauft seiner Frau ein teures Geschenk und verläßt sie. Die letzte gute

Tat. Ansonsten geht die Frau nach jahrelangem Hausfrauendasein und Fitneßtraining leer aus. Kaffeekochen wird ihr zuviel. Ab sofort gibt es keine edle Kleidung mehr, und das teure Auto erinnert jeden Tag aufs neue an die Schmach. Abgewetzte Hosen, der Blusenkragen schon leicht vergilbt. Ebbe in der Kasse.

Scham, Schmerz, Kummer. Wenn ich ein Taschentuch hätte, ich würde es ihr geben.

»Okay. Es wird sich schon alles klären, keine Sorge.« Ich rutsche unruhig hin und her und weiß auf einmal nicht, was ich sonst noch sagen soll. Ich habe zu wenig Informationen, die Ergebnisse der Spurensicherung fehlen. Die Frau versucht, ihre Tränen zu verbergen. Sie hätte ein Motiv: Sie ist verlassen worden, hat seit Jahren nicht gearbeitet und braucht Geld. Und das Auto widert sie an. Eine kleine Sache allerdings paßt nicht ins Bild.

»War der Hund am Leben, als das Auto explodiert ist?« fragt die Frau schniefend. Aha, unsere Gedanken gehen in dieselbe Richtung.

»Schwer zu sagen. Eigentlich glaube ich nicht, daß jemand das untersucht hat. Soweit ich weiß, macht das juristisch keinen Unterschied.«

»Aber es ist doch etwas vollkommen anderes, einen lebendigen Hund festzubinden als einen toten!«

Kaum denkt sie an das Schicksal des Hundes, wird sie hitzig.

»Der bellt sich doch vor Angst heiser! Das ist Tierquälerei, Tierquälerei ist das!«

Jetzt betrauert sie den Hund, der in ihrem Auto war. Das Auto selbst scheint sie vollkommen vergessen zu haben.

»Ich habe so viele Hunde gehabt! Ich bin ein echter Hundemensch, durch und durch. Ich bin gerade wieder am Überlegen, ob ich mir nicht einen anschaffen sollte. Na ja, jedenfalls ist hier jetzt genug Platz. Aber wenn man sieht, wie grausam die Menschen sind, zu Tieren, dann weiß ich auch nicht.«

Sie verstummt und putzt sich die Nase. Ich schweige ebenfalls, trinke meinen Kaffee aus. Auf einmal hat die Stille zwischen uns nichts Bedrückendes mehr. Wie auch immer das passiert ist – der Zweikampf ist vorüber, hat einer leicht deprimierten Stimmung Platz gemacht. Erbarmungslos scheint die Sonne in das vollgestopfte Wohnzimmer und läßt alles abgenutzt und alt aussehen, auch die Frau selbst. Wie wohl ich auf sie wirken mag?

»Zu den Autoschlüsseln. Wie viele gab es eigentlich?«

»Zwei.« Während sie das sagt, wird sie feuerrot. Gespannt schaue ich sie an, stelle keine neuen Fragen, beobachte nur, wie ihre Augen die meinen suchen – und doch blickt sie durch mich hindurch. Vor Schreck legt sie ihre Hand an den Mund. Irgend etwas muß ihr klargeworden sein. Sie schüttelt den Kopf und steht langsam auf, noch immer die Hand am Mund. Mir scheint es das beste, ihr mit meinem Kaffee zu folgen.

Sie geht in den schmalen Flur und bleibt neben einem Telefontischchen stehen, das den Gang noch schmaler macht. An der Wand hängt eine Jutepinnwand. Sie starrt die Pinnwand an und nimmt endlich die Hand vom Mund. Vor ihr hängen Schlüssel, Notizzettel und ein Foto aus Zeiten, in denen sie und ihr Mann noch glücklich waren. Es ist doch immer wieder erstaunlich, wie gewöhnlich solche Expartner aussehen, so banal im Vergleich zu dem Schmerz, den sie auslösen.

»Der ist nicht da!« flüstert die Frau.

»Entschuldigung, ich verstehe nicht …«, setze ich an.

»Der zweite Schlüssel. Normalerweise hängt er hier.«

»Aha«, sage ich. Die Sache wird allmählich kompliziert. »Hier ist also eingebrochen worden, oder was wollen Sie damit sagen?«

Sie schüttelt den Kopf, kaut auf ihrer Unterlippe und überlegt. »Ich kann mich nicht einmal erinnern, wann ich ihn das letzte Mal gesehen habe. Aber hier hing er.«

»Haben Sie Anzeige erstattet?« frage ich.

»Wie bitte?« fragt sie, wendet sich mir zu und scheint doch weit weg zu sein.

»Strafanzeige. Wo hier nun mal was abhanden gekommen ist.«

Sie nimmt die Hand vom Mund, schaut zur Pinnwand und wirft mir dann einen verständnislosen Blick zu, als wäre ich minderbemittelt. »Wie soll ich Anzeige erstattet haben über etwas, das ich eben erst entdeckt habe?« Ihre Stimme ist ernst, ohne Spott.

Da stehen wir nun; mir fällt auch keine Antwort ein. Schon wieder hat sich die Lage zwischen uns geändert, ohne daß ich begriffen habe, weshalb.

Ich stelle meinen leeren Kaffeebecher auf das Telefontischchen. Die Frau starrt auf die Pinnwand, vielleicht auf das Foto oder auf den kleinen Nagel ohne Schlüssel. Vielleicht sind ihre Gedanken bei ihrem Mann in Kannelmäki und dem, was sie alles hat ertragen müssen. Wer kann das schon wissen. Sie wendet der Pinnwand den Rücken zu und sieht mich an. Ich reiche ihr meine Hand, sie greift zu.

»Danke für den Kaffee«, sage ich, »ich melde mich so schnell wie möglich. Sie sollten jetzt über die Sache mit dem Schlüssel nachdenken und prüfen, ob noch irgend etwas anderes fehlt.«

»Und wie geht es dann weiter?« will sie wissen, ihre Hand noch immer in meiner. Meinetwegen, ich entziehe ihr meine nicht; diese Frau ist erschöpft.

»Ich fahre jetzt zu den Kollegen nach Juvanmalmi und frage, was mit dem Auto genau los ist. Sobald wir das wissen, kann die Versicherung entscheiden. Das dauert dann noch mal etwa eine Woche, sofern alles glattgeht.«

»Okay«, erwidert die Frau, stellt keine weiteren Fragen mehr. Sie läßt meine Hand los und steht ratlos da. Also nehme ich meine Jacke selbst vom Bügel. In diesem Haus ist es wirklich auffallend still.

Als hätte die Frau meine Gedanken erraten, sagt sie: »Und wenn ich mir doch einen Hund nehme? Manchmal kommt zwar die Katze vom Nachbarn vorbei, aber das ist nicht dasselbe.«

Ich nicke, lächle, so aufmunternd ich kann.

»Hunde sind nett«, sage ich.

Sie nickt ebenfalls. Da steht sie, in ihrer Steppweste, allein in dem dunklen, schlauchartigen Flur.

Der fehlende Schlüssel will mir nicht aus dem Sinn. Auch die Stille in diesem Haus nicht. Sie umgibt mich noch, als ich das Gelände des Autoschadenszentrums in Juvanmalmi betrete. Während meiner gut zwanzigjährigen Versicherungskarriere bin ich unzählige Male hiergewesen. Und trotzdem überrascht mich der Anblick immer wieder aufs neue.

Verbrannte, zusammengefaltete und auseinandergefetzte Autos. Eingeschlagene Fenster, verbogene Stoßstangen, fehlende Karosserieteile. Das, was aus einem Auto wird, wenn Kräfte auf sie einwirken, die auch Ingenieure nicht berechnen können. Der Hof quillt über vor Schrott, nur ein paar Wege für die Abschleppwagen führen durch die Blechhaufen. Merkwürdiger Ort.

All das Material, all die Sorgfalt, die in diese Autos gesteckt wurden, sind unwesentlich geworden. Mit der Fortbewegung ist es aus. Der Wind, der vorher noch durch heruntergedrehte Scheiben rauschte, bläst jetzt durch Dutzende kaputter Karosserien hindurch, trägt einen rußigen, unglückseligen Geruch mit sich. Dabei ist das kein Friedhof. Dies ist nur der Ort, an dem die Reise zu Ende ist, völlig emotionsfrei.

Ich gehe zwischen den Schrotthaufen umher, versuche, Markus und den Volvo zu finden. Dort. Markus füllt ein Formular aus, notiert, was er über den Volvo herausgefunden hat. Er läuft immer mit Ohrenstöpseln herum, weshalb er mich erst bemerkt, als ich neben ihm stehe.

Er schaut auf und lächelt, macht ein letztes Kreuz auf dem Formular. Dann pult er die Stöpsel aus den Ohren, und wir schütteln einander die Hand. Sein offener Blick sagt mir, daß die Sache mit Elina noch nicht bis zu ihm durchgedrungen ist. Sehr gut. Ich kann so tun, als wäre alles wie immer.

»Wie sieht's aus?« frage ich nach ein paar freundlichen Aufwärmfloskeln.

»Irgendwie nach nichts«, sagt er und reicht mir das Formular. »Das Auto war in einem super Zustand, wir haben den Motor rausgenommen und durchgeprüft, alles in Ordnung. Entspricht genau der Kilometeranzeige. Der ist gerade mal tausendeinhundert gefahren.«

»Aha.« Ich schaue aufs Formular. Der Wagen war brandneu, als jemand einen Sprengsatz unter den Fahrersitz montierte. Ein klein wenig hatte ich gehofft, Markus würde irgendeinen technischen Defekt finden. Dann hätte die Besitzerin einen Grund gehabt, ihre Versicherung zu betrügen. Der Fall wird somit anders liegen – und wenn ich an die Frau und unser Treffen denke, kann ich mir auch kaum vorstellen, daß ihre Gedanken um Betrugsmethoden kreisen. Die Energie dieser Frau wird voll und ganz von ihrem Exmann in Kannelmäki absorbiert, und das wird auch noch einige Jahre so sein.

»Mein Beileid«, sagt Markus. Ich fahre auf, spricht er von meinem Privatleben? Aber er grinst verschmitzt, und ich kapiere, daß er auf das Geld anspielt, das die Versicherung wird herausrücken müssen. Ich lächle zurück.

»Ist nicht so schlimm, ist nicht das erste Mal.«

»Und auch nicht das letzte«, fügt er hinzu, als ich ihm das Formular zurückgebe.

Der Fall liegt klar: Aus dem Stadtteil Kaivoksela in Vantaa ist vor drei Wochen ein Auto gestohlen, zum Fluß gebracht und in die Luft gesprengt worden. Das Auto hatte eine Vollkasko-Versicherung. Aber gehört diese Summe jetzt wirklich der Frau, die sich vielleicht einen Hund anschaffen wird? Für eine endgültige Antwort ist es zu früh.

Sie kauft sich also einen Hund. Und was mache ich?

Ich werde bis ans Ende meines Lebens zwischen meinem Zuhause, Supermärkten und Autoschrott hin und her laufen.

Ich werde am Leben sein – auf ziemlich leblose Art –, bis ich eines Tages sterben muß. Hinter mir pfeift der Wind, geht in den Autos ein und aus. Eines Tages streicht der Wind auch über mich hinweg. Wann auch immer das sein wird.

Das Handy unter seinem Kissen vibriert. Er macht die Augen auf. Draußen ist es dunkel.

Er hat zwei Stunden gedöst, hat die Grenze zum Tiefschlaf nicht übertreten und eine Hand unter dem Kissen am Handy gehabt, wartend. Es ist leicht, neben sich zu stehen, weit weg zu sein von hier. Und es macht wach. Man sieht alles schärfer, egal, was. Und jetzt ist es soweit. Er schaltet das Handy aus. In letzter Zeit hat er es eigentlich nur noch als Wecker und Uhr benutzt.

Er schlägt die Bettdecke beiseite und setzt sich hin. Er trägt Hose und T-Shirt. Seine Turnschuhe hat er schon am frühen Abend ins Zimmer geholt; er will nicht im Haus umherschleichen, während die anderen schlafen. Er steht auf, drückt das Kopfkissen zurecht und schiebt die Decke so hin, daß es aussieht, als würde er dort liegen. Von der Tür aus wird es wirken, als sei er noch im Zimmer. Nur der Atem fehlt.

Allerdings wird das kaum jemand kontrollieren. Er kann sich nicht erinnern, daß in den letzten Jahren irgendwer sein Zimmer betreten hätte. Zu ihm kommt keiner. *Er* ist derjenige, der zu anderen geht, vorausgesetzt, er will. Und das wird immer seltener. Er ist ein sehr junger Mann mit vielen Möglichkeiten, auch sozialen – theoretisch. Nur: Das Geheimnis hinter seiner flächigen Stirn macht ihn einzelgängerisch.

Er schnürt die Turnschuhe zu und geht zum Wandschrank. Holt einen dunklen Kapuzenpulli heraus, von dem er die Reflektorstreifen abgetrennt hat. Die Gummihandschuhe sind vorn in den Taschen. Er bückt sich und schiebt seine Hand tiefer in den Schrank. In der hintersten Ecke liegt der schwarze Rucksack mit der Bodenverstärkung. Er braucht nicht in den Rucksack hineinzuschauen, er weiß, was drin ist. Dreimal hat er das überprüft, nicht öfter. Gründlichkeit ist gut, Hysterie schlecht. Dreimal reicht, ist eine schöne Zahl. Drei.

Er zieht den Kapuzenpulli an und setzt den Rucksack auf, dessen Gewicht ihn beruhigt, seinen Schritt erdet. Er zieht den Stoff unter den Riemen zurecht, nichts drückt oder stört mehr. Er ist bereit, hinauszugehen in die dunkler werdende Septembernacht, fühlt sich wach und frisch. Er geht.

Das Zimmer liegt im ersten Stock, doch die Treppe ist kein Problem für ihn. Er ist sie in den letzten fünfzehn Jahren tausendmal gegangen. Als das Wohngebiet noch im Entstehen war, in den ersten Jahren, war es nachts stockdunkel. Ängstlich irrte er im Haus umher, verlor ständig die Orientierung. Mittlerweile beleuchten Straßenlaternen das Treppenhaus: die erste Laterne den Treppenabsatz und die oberen Stufen, die zweite die unteren Stufen, die zum Flur und ins Wohnzimmer führen. Jetzt ist alles gut. Selbst wenn das Haus dunkel ist – von draußen kommt Licht. Die Laternen gab es allerdings erst, als er sich ohnehin vor nichts mehr fürchtete.

Auf die gelbliche Milchglasscheibe des Windfangs fällt der Schatten eines dicken Astes. Die unebene Scheibe bricht ihn auf, gibt ihn wieder als länglichen Arm, der nach dem Griff der Haustür tastet. Die Tür geht auf, leise, leise. Er selbst ist es, der in diesem Haus sämtliche Schlösser und Scharniere ölt. Er ist vorausschauend und stolz darauf, daß nichts quietscht oder knarrt. Das Schloß öffnet sich geräuschlos und schweigt auch noch, als er hinausgeglitten ist und dem Locken des hölzernen Armes folgt.

Drinnen, hinter der Tür, ist alles ruhig, und auch der Kies, auf dem er eben noch entlanggeschlichen ist, liegt still da. Der Wind rüttelt am Holzarm, der leise über die Scheibe kratzt: »Komm schon, wir gehen.«

An der Pforte saugt er die nächtliche Luft in seine Lungen. Er war den ganzen Tag drinnen, um sich auf diese Stunden vorzubereiten, saß krumm am Schreibtisch, aß zerstreut ein paar Brote, machte sich wieder an die Arbeit. Nun, wo er an der frischen Luft ist, verspürt er Hunger und Ungeduld. Am liebsten würde er losrennen, sich in Aktion stürzen, doch das wäre unklug. Der Wind, der vom Waldstück herüberweht, riecht nach feuchter Erde und Heu, aber auch nach etwas anderem, das ihn daran erinnert, daß er auf seine Bewegungen achtgeben muß: Der Hund von gegenüber ist draußen. Er spürt es mehr, als daß er es hört. Seit drei Jahren haben die Nachbarn diesen Hund, der von Anfang an ausgewachsen war; niemand hat ihn mehr richtig erziehen können. Der Hund läuft frei hinter dem Zaun umher. Einmal war er unvorsichtig und ist ihm zu nahe gekommen.

Er hat nicht gewußt, daß das Tier draußen war. Er blieb an der Gartenpforte stehen und schaute durchs Küchenfenster, die Nachbarsfrau knetete Teig. Sie hatte ihre braunen Haare zum Zopf geflochten und trug eine rote Schürze. Wegen dieser Schürze war er stehengeblieben; er hatte seit Jahren keine mehr gesehen. Die Hand der Frau bewegte sich gleichmäßig in der Teigschüssel, und wahrscheinlich sang sie, denn ihr Mund ging auf und zu, ohne daß sie auf eine Antwort zu warten schien. Er starrte die Frau an und erinnerte sich an einen Samstag, an dem es Ofenpfannkuchen gegeben hatte, mit Zucker. Deutlich hörbar war der Zucker auf den hellen Pfannkuchen gerieselt und mit der zerlassenen Butter verschmolzen. Mit diesem Bild im Kopf stand er da, die Luft roch feucht, und der Boden war regennaß.

In diesem Moment kam das Tier hinter dem Haus hervor und rannte geradewegs auf ihn zu, ein riesiger Kopf mit riesigem Rachen. Es heulte laut auf, aus seinem Schlund spritzten Speichel und Schaum, sein Atem roch käsig, die Zähne leuchteten im Dämmerlicht wie spitze Knochen. Das Ungeheuer versuchte, ihn durch den Zaun hindurch anzuspringen. Die Frau hörte auf zu kneten und verschwand in der Wohnung. Er torkelte rückwärts und fiel in den Graben, sein Herz schlug im Takt der wütenden Sprünge des Tieres. Nur der Zaun trennte seinen Hals von diesen Zähnen.

Er ließ sich tiefer in die Senke des Grabens rollen, lag wie in einem Versteck auf dem Bauch, verdreckt und verstört. Obwohl er sich die Ohren zuhielt, drang das Gebell des Hundes durch das Fleisch und die Knochen seiner Hände hindurch. Mit dem Gesicht zur Erde versuchte er, Luft zu holen, und hoffte inständig, der Hund würde aufhören. Das tat er auch, später, er fing jedoch erneut an zu rasen, als er auf die Straße robbte.

Heute weiß er, daß der Hund ihn nicht beißen kann. Der Zaun ist stabil und wurde erst vorigen Sommer höhergezogen, nachdem auch anderen aufgefallen war, was für ein Raubtier in der Nachbarschaft lebt. Ehe die Handwerker mit der Arbeit am Zaun begannen, wurde der Hund in die hinterste Ecke des Gartens verbannt, wo er bellte und knurrte und sich den Hals an seiner Kette blutig wetzte. Die Männer erledigten ihren Job blitzschnell und sahen sich ständig nach dem Hund um, der sie von seiner Ecke aus belauerte und nicht zuließ, daß man ihn auch nur eine Sekunde lang vergaß. Und obwohl man in Estland wilde Hunde, sogar Halbwölfe kennt, war den Männern der Haß dieses Tieres zuviel. Sie erledigten den Dreitagesjob in eineinhalb Tagen und sprangen schnell wieder in ihren staubigen Lieferwagen, erleichtert darüber, daß der Zaun der verrückten reichen Finnen endlich fertig war.

Der Draht hat gut gehalten – und wird das auch heute tun. Der Hund hört ihn, und als er kläffend auf den Zaun zurast, kann er den wütenden Speichel des Tieres riechen. Doch er geht weiter, leicht wankend mit dem Rucksack auf den Schultern. Das Tier wirft sich im Takt seiner Schritte gegen den Zaun.

Die Nächte werden wieder schwarz, man spürt die Kühle, erinnert sich daran, daß der Herbst naht und wie er sich anfühlt. Der Sommer ekelt ihn an, die Hitze, die Sandalen, die Füße. Er mag den Geruch der warmen Monate nicht, er ist zu süßlich, gegoren, erinnert an Hefe, an schmuddelige Decken, fleckige Laken.

Ab und zu mustert er die Frauen in ihren Sommerkleidern und registriert, wie sie seinen Blick auffangen. Sie denken, daß er neugierig ist auf ihre Haut, ihre Arme und Beine. Das erkennt er an der Art, wie sie ihr Kinn recken und das Gesicht abwenden. Lächerlich. Sie bilden sich ein, seine Gedanken zu kennen und ihn gekriegt zu haben, ihn besiegt zu haben, und haben keine Ahnung, daß sie ihm in Wahrheit absolut unterlegen sind.

Denn so ist es. Die nackte Haut der Frauen, ihre Gliedmaßen interessieren ihn nicht. Sie widern ihn an. Mit den Kleidern legen die Menschen auch ihren Wert ab, das, was sie erst zu Menschen macht. Nacktheit läßt sie zu reiner Zellmasse werden, die warme, verbrauchte Luft abgibt, bei schwülem Wetter aufquillt. Sobald der Mensch nackt ist, hat er sein Menschsein verloren.

Nichts will er von Frauenkörpern wissen, gar nichts. Obszöne Einzelheiten interessieren ihn nicht: Schleimhäute, Muttermale, Narben auf den Knien. Er will keine zu langen Fußnägel sehen, keine rasierten oder unrasierten Achselhöhlen, will nichts zu tun haben mit blauen Flecken oder Abdrücken von enger oder schlecht sitzender Unterwäsche. Es gibt nichts zu entdecken in all diesen Mulden und Poren, auf den sonnenverbrannten Rücken und den harten Hacken mit Hornhaut. Nur Abscheu ruft all dieses lose Gewebe in ihm hervor, Haare, Zähne und Nagelstückchen, die nach dem Schneiden irgendwo herumliegen. Der Mensch ist Dreck, seine Zellen sind Morast, der anzügliche Atem Nackter ist ein widerliches Feuer, nicht besser als ein stinkiges Tier.

Der Regen hat die Straße gesprenkelt, das Gebell des Hundes wird leiser. Niemand sonst ist unterwegs. Ganz bewußt hat er sich diese Uhrzeit ausgesucht, in der man allein sein darf, seine Ruhe hat, es keine fremden Blicke gibt. Und deshalb erschrickt er, als vor ihm in der Kurve ein schwaches Licht auftaucht, das sich langsam auf ihn zubewegt.

Sein erster Gedanke: in den Graben springen, doch das Licht ist zu nah. Der Schein ist geräuschlos und flackert unruhig; was ist das? Dann begreift er: ein Fahrrad, dessen Licht kurz vor dem Ausgehen ist. Typisch. Erst wollen die Leute ein batteriebetriebenes Licht, weil der Dynamo das Fahren erschwert, und dann kriegen sie es nicht hin, die Batterie auszuwechseln.

Er zieht die Kapuze seines Pullis tief ins Gesicht. Ob er erkannt wird, ist ihm egal – er will vor allem selbst nichts sehen müssen. Er hört das Surren der Reifen auf dem Asphalt und geht schneller, will, daß der Moment des Vorbeifahrens so kurz wie möglich ist. Blick auf den Boden, schräg zur Seite in die Büsche – was geht es ihn an, wer hier entlangfährt, und vor allem: was geht *er* den Radfahrer an?

Ein Rauschen – so hört es sich in der Kapuze an –, schon ist das Rad vorbeigefahren. Er hat tatsächlich nicht gesehen, wer es ist. Das kann er jetzt wirklich nicht gebrauchen, sich an irgendein Gesicht zu erinnern – er muß sich aufs Wesentliche konzentrieren. Deshalb ist der Schreck riesig, bodenlos, als er hinter sich das Quietschen der Bremsen hört und den Schrei: »Moment mal!«

Er bleibt stehen, sein Herz pocht. Was jetzt?

»Wo willst du denn hin?« hört er hinter sich die Stimme einer Frau, eines Mädchens; er dreht sich um.

Sie hat eine orangefarbene Jacke an und einen Fahrradhelm auf. Sie kommt näher: ein Fuß auf der Pedale, der andere stößt sich ab. Wieder würde er am liebsten im Graben verschwinden, doch das geht nicht; Schweiß rinnt ihm über den Bauch, sein Herz scheint sich aus seinem Körper hinausschlagen zu wollen. Wieder läuft alles schief. Entschuldigung, Entschuldigung, Entschuldigung. Sein Herz sprengt den knöchernen Käfig und fliegt fort, hinaus aus der Brust. Wieder tritt er neben sich, bleibt in einiger Entfernung stehen und beobachtet, was passiert.

Die Nase des Mädchens läuft, ihre Augen glänzen vom Fahrtwind. Unter dem Helm trägt sie eine dämliche Wollmütze, um den Hals ein Tuch. Sie macht den Mund auf und spricht. Stimmt ja, sie ist lebendig.

Es ist Heli.

»Wo willst du denn hin?« fragt sie. »Hab dich fast nicht erkannt, weil du so dunkle Klamotten anhast. Was machst du hier um diese Zeit?«

»Spazierengehen«, tönt eine rauhe Stimme. Er hat seit dem Aufstehen mit niemandem geredet und kann sich auch nicht erinnern, gestern mit irgendwem geredet zu haben. Aber das Mädchen merkt nichts, lächelt und macht erneut den Mund auf, ihre Zähne bilden eine schöne weiße Reihe. Der Anblick überrascht ihn.

Sie lacht. »Wer geht schon mitten in der Nacht draußen herum. Nur Verrückte. Ich hab schon in der Kurve gedacht, kann doch nicht sein, daß jetzt noch jemand unterwegs ist. Kannst du nicht schlafen?«

Er sieht das Mädchen an. Es ist Viertel vor zwei. Woher *sie* wohl kommt?

»Ich kann bei Regen nie schlafen. Wir haben ein Blechdach, das ist dann immer, als würde jemand mit Holzschuhen drauf herumtanzen. Mein blöder Vater hat beim Dämmaterial gespart, hört sich jedenfalls so an.«

Im Grunde hat er gar nichts gesagt, aber das scheint Heli nicht zu stören. Sie lächelt ihn an und zieht Rotz hoch. Auf einmal sieht er, wie seine Hand in seiner Hosentasche verschwindet. Die Hand reicht dem Mädchen ein blütenweißes Taschentuch, zweimal lose gefaltet.

Das Mädchen schaut ihn an, schaut seine Hand an. »Was ist das?« fragt sie.

Er starrt an sich herunter. Der Gummihandschuh. Den hat er vergessen. Entschuldigung. Er hat es schon wieder vermasselt, Entschuldigung, Entschuldigung. Er kann das einfach nicht.

Schon bei Kleinigkeiten geht alles schief. Es wäre besser, tot zu sein oder jedenfalls den Plan aufzugeben. Es wird ihm nicht gelingen, wie auch alles andere nicht. Entschuldigung, habt ihr gehört!

Aber der andere – der Junge neben ihm – sieht das Mädchen ruhig an, ihm ist nichts peinlich. Nichts. »Das sind meine Handschuhe. Hatte keine anderen.«

Auch ihr ist nichts peinlich, sie lacht und nimmt das Taschentuch entgegen. »Beim Erwürgen trägt man solche«, sagt sie und putzt sich ganz normal die Nase. Dann verschwindet seine Hand wieder in der Tasche, und die Handschuhe sind vergessen; sie sind wieder ein Junge und ein Mädchen auf der Straße, Bekannte, die sich zufällig getroffen haben.

»Wo kommst du her?« fragt der andere, der danebensteht, macht sogar ein interessiertes Gesicht.

»Ich bin eingesprungen in der Grillbude. Bringt gut Geld, man muß nur das Gequatsche der Taxifahrer aushalten. Ich arbeite ziemlich regelmäßig da, von nichts kommt nichts, weißt ja.« Sie lacht über sich selbst und steht einfach da, er lacht ebenfalls, und das Mädchen freut sich.

»Bin echt im Arsch jetzt«, sagt sie, »morgen muß ich um acht schon wieder raus.« Sie nickt ihm zu, er nickt zurück, sie steigt aufs Fahrrad. Einen Moment noch schaut sie ihn an.

»Danke fürs Taschentuch«, sagt sie.

»Klar. Schenk ich dir«, antwortet er, und das Mädchen grinst, wirklich kein schlechter Witz.

Sie fährt los, und er ruft ihr hinterher: »Denk dran: Batterien wechseln!«

»Ach ja, stimmt, vergeß ich ständig«, ruft Heli und fährt weiter. Er schaut ihr nach, das Orange ihrer Jacke sieht jetzt noch greller aus. Als er wieder in seinen Körper zurückgekehrt ist, steht er einfach nur da, nimmt den Geruch wahr, den Heli zurückgelassen hat. Altes Speiseöl, Salz, Konservierungsstoffe, Essig mit Gurkensalat, vermischt mit einer Spur Eigengeruch des Mädchens, ihrer Haare.

Dieser Geruch versetzt ihn prompt in diese enge Grillbude; er steht hinter Heli, ein großes Fenster vor ihnen, hinter ihnen an der Wand eine krakelig geschriebene Speisekarte. Und der Geruch, puh, dieser Geruch, und das für sechs Euro die Stunde!

Kein Platz, um sich mal umzudrehen, sich hinzusetzen. Und da steht sie sich acht Stunden lang die Füße platt, weil sie das Geld braucht.

Er wollte kein fremdes Gesicht sehen heute, wollte in der Dunkelheit verschwinden und seinen Plan verfolgen, aber es lief anders. Das Mädchen kam, mit laufender Nase und vom Nachtwind glänzenden Augen, mit schwacher Lampe, ohne Taschentuch, dieses Mädchen, und hat ihm das Herz aus dem knöchernen Käfig gerissen und die Nacht durcheinandergebracht.

Er spürt das Gewicht des Rucksacks und rückt ihn gerade. Hinter ihm, am Ende der Straße, leuchtet es orange, oder bildet er sich das nur ein? Sein Einschätzungsvermögen ist ihm abhanden gekommen.

Da steht er und friert, bald ist es drei. Er wollte niemanden sehen heute, an niemanden denken müssen, es soll einfach nur vorbei sein, die Nacht zu Ende, damit nur noch er da ist, er allein, keine anderen. Und keiner außer ihm wird wissen, was nur er weiß und woran nur er sich erinnern kann. Keine anderen mehr, nur er.

Er wartet, bis es wieder leer ist in seinem Kopf, das Mädchen vergessen ist und auch der Geruch, bis nur noch Stille in ihm ist, so wie es sein soll. Dann dreht er sich um, strafft die Schultern und setzt seinen Weg fort, mit schwankenden Schritten und dem Rucksack auf dem Rücken. Er denkt an den Holzarm, der leise über die Scheibe kratzt: »Komm schon, wir gehen.«

Der Erdboden bebt, ein grausames Geräusch hallt durch den Kiefernwald. Obwohl der Frost die Erde schon verhärtet hat, bringt die gewaltige Druckwelle alles in Bewegung; Kiefernzapfen, Steine, Schneeklumpen, Zweige und Sand. Das Geräusch ist verklungen, doch die Druckwelle wandert weiter. Erkki Luhtanen sieht, wie sie sich unaufhaltsam ihren Weg bahnt.

Ihre Wucht ist enorm, reißt sogar die Wipfel der Kiefern mit sich; hier steht dem Druck kein Dach im Weg. Zweige fliegen hoch, Äste zur Seite, und dann, als die Welle über Luhtanen hinweggezogen ist und an Kraft verliert, fängt es an zu prasseln; Zapfen, Steine und Äste fallen wieder auf die Erde. Ein gelblicher Rauch zieht durch die Luft, der stechende Geruch von Ammoniak breitet sich aus. Jetzt schallt der lange, gepreßte Signalton durch den Wald. Als er abbricht, setzt Luhtanen sich in Bewegung. Zusammen mit den anderen Männern – alle mit Schutzhelm – kommt er aus dem Stahlbunker, der sie vor der Explosion geschützt hat.

Die Schneedecke ist voll mit Zeug, das dort nicht hingehört: Pappfetzen, Holzsplitter, Eisenteile, Aluminiumstreben. Luhtanen geht geradewegs auf einen gewaltigen Schrotthaufen zu. Die Knie tun ihm weh. Wenn er sich länger als zwanzig Minuten nicht bewegt, muß er die Zähne zusammenbeißen, bis seine Beine wieder geschmeidig sind. Doch der Schmerz ist nach wenigen Schritten vergessen – als er die Auswirkungen der Probesprengung sieht.

Die Sitzecke, die sie samt Bänken und Pflanzen aufgebaut haben, ist vollkommen zerstört. Die Mülltonne, in der sich der Sprengsatz befand und die direkt danebenstand, ist zerborsten und in alle Winde verstreut. Ihr Boden steckt tief im Stamm einer dreißig Meter entfernt stehenden Kiefer, die jeden Moment umknicken kann. Andere Teile der Mülltonne sind nirgends zu entdecken.

Fünf Tage hat es gedauert, bis der Aufbau zur Rekonstruktion der Explosion im Wald fertig war, bis jener entscheidende Moment sorgsam und mit Hilfe der bisherigen Untersuchungsergebnisse wiederholt werden konnte, der Moment, in dem die Zeit den Atem angehalten hat. Eben waren hier noch aluminiumverkleidete Säulen, eine Sitzgruppe mit Pflanzen und ein Stück Rolltreppe mit Glaswänden. Acht Puppen standen still herum und Dutzende große, gelatinegefüllte Pappkartons. Außerdem ein paar Einkaufswagen, Stühle und die

Müllcontainer eines Schnellimbisses. Und jetzt, was sieht man jetzt? Man sieht das, was passiert, wenn in irgendeinem Moment, irgendwo auf dieser Welt, ganz unbemerkt etwas fundamental schiefgelaufen ist.

Dreißig Rekruten verteilen sich über das gesamte Waldstück. Die Aufgabe: in ihrem jeweiligen Sektor die Einschläge zu suchen und mit roten Klebestreifen zu markieren. Wortlos machen sie sich an die Arbeit. Die Explosion ist für alle ein Schock.

»Ja, ja«, seufzt Erkki und hebt ein Stück Holz auf; ein Teil der Sitzbänke, die sie in den Wald gebracht haben. Gleich daneben liegt ein zerfetzter Pullover, um den Erkki einen weiten Bogen macht. Es ist nur eine Rekonstruktion; sie müssen herausfinden, wie groß der Sprengkörper gewesen ist.

»Wie schaut's aus?« fragt der Hauptmann; er liegt ganz richtig mit der Annahme, daß es jetzt nicht mehr pietätlos ist zu reden. Schon kommt auch Einsatzleiter Paalosmaa auf Erkki zu. Der Hüne zieht beim Gehen die Hosenbeine hoch. Einen stillosen Angleroverall wie die anderen würde er nicht anziehen.

»Erst machen wir Fotos vom Gelände, dann messen wir die Tiefe der Einschläge. Nehmt ihr die Pappkartons, wir gucken uns die festen Teile an. Und die Männer vom Militär suchen den Wald nach den Stücken vom Müllcontainer ab und markieren die Fundstellen und um welches Teil es sich handelt.«

Paalosmaa sieht Erkki an.

»Das könnte doch etwa die Größenordnung der Bombe gewesen sein, oder?« Er holt sein Handy aus der Tasche. »Ich weiß, wir haben andere Substanzen verwendet, aber kann man nicht schon irgend etwas sagen?«

»Sicher sein kann man da nie. Du findest im ganzen Land keinen, der exakt denselben Sprengstoff nachbastelt. Man braucht viermal soviel Ammoniumnitrat wie Diphoronpentaperoxid – wo wir einen halben Eimer verbraucht haben, war beim Täter also nur ein kleiner Beutel im Spiel. Aber unser

Müllbehälter hier ist jetzt in genau demselben Zustand wie der andere, die Einschlagentfernungen sind ähnlich. Ich denke, wir sind dicht dran.«

»Dann sag noch mal, welche Größe der Sprengkörper hatte«, bittet Paalosmaa und fingert an seinem Handy herum. Er hat es eilig, will Informationen weitergeben, reißt sich aber zusammen. Erkki wendet sich dem für die Sprengung verantwortlichen Hauptmann zu, der den Männern zugehört hat.

»Na ja, eine erste Schätzung – wie gesagt, mit vier umgerechnet – könnte lauten: anderthalb Kilo Sprengstoff«, meint der Hauptmann, ein ruhiger Mann aus Mittelfinnland. »Ein dreißig Zentimeter hoher Zylinder, fünfzehn Zentimeter Durchmesser, da paßt der ungefähr rein. Und noch die Zündkapsel. Und der Schrot. Insgesamt vier Kilo. Könnte auch ein bißchen mehr sein. Aber nicht vergessen, das ist Spekulation.«

»Für vier Kilo braucht man eine Tasche«, sagt Paalosmaa.

»Ganz genau. Und wer will die schon lange mit sich herumschleppen? Wenn man bedenkt, was drin ist. Der Sprengstoff ist empfindlich, man kann nie genau wissen, wie lange das Ding beisammenbleibt. Ist ja ein verdammt heißes Zeug, über das wir hier reden. Bei uns in der Gegend wurde mal erzählt, daß ein Mann aus der Nachbarschaft sein Haus damit komplett in die Luft gejagt hat.«

Der Hauptmann verstummt.

Auch die anderen beiden sind still. Paalosmaa wirft dem Hauptmann einen fragenden Blick zu.

»Wie transportiert man denn so eine Bombe, gibt es da Erfahrungswerte?«

»Die Zündkapsel kann man erst direkt vor der Explosion anbringen. Also ich würde die Bombe vor Ort fertigbauen. Mich auf dem Klo verstecken oder so. Und mich dann wegschleichen, und zwar schnell!«

Luhtanen beobachtet den Hauptmann. Äußerlich wirkt er ruhig, doch in seiner Stimme schwingt ein aufgeregter Unterton mit. Schwer zu sagen, was den Mann erregt: Die Ungeheuerlichkeit der Tat oder die der Explosion.

Paalosmaa murmelt eine Entschuldigung, wendet sich ab und telefoniert.

»Messen wir die Kartons vor Ort aus, oder bringen wir die alle hierher?« fragt der Hauptmann Erkki.

»Vor Ort. Die sind so hinüber – bringt sicher nichts, die herumzutragen.«

Eine weitere Gruppe von Rekruten steht um sie herum und wartet ungeduldig. Erkki schaut hinüber, die Jungs schauen zurück. Ja, ja, die Pionierkompanie und die Bombe! Fasziniert von allem, was knallt. Noch schweigen sie, aber ihre feuerroten Wangen verraten sie: Sobald sie ausschwärmen, werden sie wild über die Druckwelle diskutieren.

»Na, Jungs, wißt ihr, was ihr machen sollt?« fragt er die beiden Unteroffiziere, die neben ihm stehen.

Die Männer sehen einander an. Der Bombenbastler könnte glatt einer der beiden sein, fährt es Luhtanen durch den Kopf, einer, der so übereifrig ist, daß er nicht an die Folgen denkt.

»Ihr helft beim Ausmessen der Einschläge in die Gelatine. Wenn's Fragen gibt, fragt. Wir nehmen euch dann bei der Hand und erklären alles ganz genau. Ihr macht die Arbeit gründlich, nicht herumimprovisieren, klar? Noch Fragen?«

Stille. Dann fragt der eine: »Nur aus Interesse. Was sollen diese Kartons – waren die im Einkaufszentrum?« Er wird rot; an Hierarchien gewöhnt, hat er Respekt vor Luhtanen.

»Pappkartons waren da keine. Da waren Menschen. Die Kartons sind Menschen. Und in den Kartons ist Gelatine. Die entspricht der Durchlässigkeit des menschlichen Körpers. Wenn ihr die Kartons ausmeßt, meßt ihr Menschen aus. Jedes Metallstück, das sich in einen Karton gebohrt hat, hat sich in Wirklichkeit in einen Menschen gebohrt. So sieht's aus, Jungs.«

Der Mann schweigt; das Fieber der Begeisterung, das die Explosion ausgelöst hat, ist kuriert. Doch Luhtanen sieht einen unguten Funken in seinen Augen aufglimmen. Spielverderber. Er denkt »Spielverderber«. Jetzt kann er nicht mehr Krieg spielen, denn was passiert ist, ist Realität. Jeder Zentimeter Gelatine, den er von der Oberfläche ins Innere abmißt, ist ein gewaltsames Maß ins Innere eines Menschen. Jeder Millimeter ist zuviel.

Paalosmaa beendet das Telefonat und winkt Luhtanen zu sich. Die Rekruten und die Unteroffiziere laufen auf den ersten Karton zu, in einer Hand das Maßband, in der anderen Notizheft und Stift. Gut, Jungs, dann meßt mal schön, denkt Erkki und geht zu Paalosmaa hinüber.

»Kannst du mit in die Stadt kommen?« fragt Paalosmaa atemlos.

»Wieso?« fragt Erkki zurück.

»Die haben in Helsinki so einen Internetfreak aufgegabelt, der angeblich was über die Bombe weiß. Je mehr Leute da sind, um Fragen zu stellen, um so besser. Wir könnten jetzt mit dem Fototeam mitfahren. Und als Einsatzleiter befehle ich dir mitzukommen«, sagt Paalosmaa und grinst.

Luhtanen schnaubt kurz durch die Nase, läßt seinen Blick noch mal übers Gelände schweifen. Die Rekruten kleben phosphoreszierende Markierungen auf Bäume, Steine und Wurzeln, die Zettelchen leuchten rot in der Sonne. Unter Pujus Leitung mißt die zweite Rekrutengruppe die Einschläge in den Kartons aus, und die dritte Gruppe untersucht die Schäden an Bänken, Säulen und Rolltreppe. Der Ablauf ist gut organisiert, im Grunde kann er gehen. Trotzdem würde er lieber draußen bleiben, im Sonnenschein, an der frischen Luft. Fünf Tage lang hat er die Sache hier aufgebaut. Er würde sie gern zu Ende bringen. Die Stadt lockt ihn nicht, all die fensterlosen Innenräume. Er hätte später gern noch Würstchen gegrillt, zusammen mit den anderen.

»Komm schon.« Paalosmaa sieht ihn an.

Also kein Würstchen. Erkki nickt. Sie gehen zum Hubschrauber, dessen Rotorblätter sich schon drehen; als würden sie zur Eile antreiben. Auf den Scheiben der Türen blinkt die Sonne auf; die Männer steigen ein. Schon verschwindet der Kiefernwald unter einer Staubschicht, erneut werden Steine, Sand und Zapfen hochgewirbelt. Klein ist das Waldstück, klein sind die Menschen – vom Hubschrauber aus betrachtet.

Leise öffnet Erkki Luhtanen die Tür zum Verhörzimmer, er will die Anwesenden nicht stören. Er bleibt im Türrahmen stehen und lauscht der Unterhaltung, die zunehmend hitzig wird.

Der Junge, der in dem fensterlosen Zimmer am Tisch sitzt, ist höchstens zwanzig Jahre alt. Er trägt einen hellblauen Kapuzenpulli und hat die Kapuze über den Kopf gezogen. Die Kapuzenbänder hat man ihm abgenommen, ebenso den Gürtel der weiten Hose und die Schnürsenkel, doch ihn scheint das nicht zu stören. Er hat eine wichtige Funktion. Wenn es eine Begleiterscheinung dieser Funktion ist, daß die Hose hängt und die Schuhe noch schlabbriger sitzen als sonst, nimmt er das gern in Kauf. Sein Stil imitiert ohnehin den vermeintlichen Look amerikanischer Kleinkrimineller.

»Wenn ich genug Speicher auf der Festplatte habe, kann ich da installieren, was ich will. Das ist verdammt noch mal legal. Läuft alles mit Registrierung und so. Was geht mich das an, was irgend ein Verrückter in seiner Freizeit macht? Außerdem bin ich nicht der einzige, der da mitgechattet hat.«

»Okay. Aber du hast Kontakt zu uns aufgenommen. Und du pflegst diese Internetseite«, sagt Tamminen, ein ruhiger Typ mit Brille. »Wenn ich du wäre, hätte ich die ganze Sache für mich behalten. Also – weshalb hast du uns angerufen?«

»Der hat das alles allein gekonnt, ganz ohne mich, ich bin also draußen. Außerdem, woher wollt ihr wissen, daß das derselbe Typ ist, das kann doch auch wer anders sein.« Seine Aussagen werden nicht besser.

Aber Tamminen verliert nicht den Faden. »Ja, das kann auch jemand anders sein, aber jetzt erzählst du uns einfach mal, was du loswerden willst, und wir prüfen dann schon, ob das der Täter ist oder nicht.«

»Jeder kann eine Bombe bauen, wirklich jeder. Das ist lächerlich einfach«, sagt der Junge, jetzt mit weniger Aggression in der Stimme.

Es entsteht eine Pause. Der Junge sieht von Tamminen zu Heinula, einer jungen, dunkelhaarigen Polizistin. Einen Moment ruht sein Blick geringschätzig auf ihrem Gesicht, dann wendet er sich gelangweilt ab.

Tamminen, der mit Blickrichtung zu Luhtanen sitzt, schaut demonstrativ auf und nickt in Richtung Tür. Der Junge begreift, daß jemand ins Zimmer gekommen ist, dreht sich um und starrt auf Luhtanen. Der ist müde von der Fahrt, müde von fünf Tagen draußen. Doch als er den Jungen anschaut, kommt Leben in ihn. In diesen Augen ist etwas, das ihm bekannt vorkommt, er weiß nur noch nicht, woher.

Bewegungslos sitzt der Junge da. Unter der Kapuze leuchten seine Augen blaßblau wie Glaskugeln. In eins scheint das Licht direkt hinein, so daß es einen Moment aussieht, als würde die Iris auflodern und sich ablösen. Wie ein überflüssiges Element, das man jederzeit entfernen kann, funkelt sie auf dem Augapfel des Jungen.

»Verdammte Scheiße, wer ist denn das?« fragt er. Reine Provokation, wie die ganze Körperhaltung des Jungen, der Unterarm lässig auf dem Oberschenkel, in der Hand eine halbausgetrunkene Flasche Cola.

»Erkki Luhtanen von der Polizei Vantaa«, sagt Tamminen. »Er hört uns zu. Für den Fall, daß er weitere Fragen an dich haben sollte.«

»Okay«, sagt der Junge und zieht die zweite Silbe in die Länge, »ein Profi also. Gut, gut.«

»Ganz genau«, erwidert Tamminen unbeirrt. Luhtanen geht zum Tisch und gießt sich ein Glas Wasser ein. Der Flug mit dem Hubschrauber hat ihn angestrengt, er hat Durst. Der Junge mit den blaßblauen Augen registriert seine Schwäche, doch Luhtanen hat keine Kraft, seine Bedürfnisse zu verstecken.

Wortlos setzt er sich zu dem Jungen. Man hat ihn nach Helsinki geholt, um dem Jungen auf den Zahn zu fühlen, um herauszufinden, ob er tatsächlich etwas weiß – oder ob er sich nur wichtig macht. Er hat es nicht eilig.

Zwei Minuten verstreichen. Mindestens. Der Junge kapituliert als erstes, rutscht nervös hin und her. Denn Luhtanen tut nichts anderes, als sein Wasser zu trinken – als wäre das seine einzige Aufgabe hier in diesem Zimmer.

»Scheiße, Mann. Was sitzt du hier rum? Sag endlich was!«

»Wie heißt du?« fragt Luhtanen.

Der Junge schnaubt verächtlich. »Reden wir über die Bombe, oder reden wir nicht über die Bombe?«

»Wir reden schon noch über die Bombe. Sag erst, wie du heißt.«

»Veli Olavi Hirvas, genannt Vellu, freut mich außerordentlich«, wirft der Junge in den Raum.

»Hallo Vellu«, erwidert Luhtanen.

»Hallo Erkki.« Vellu wartet.

»Woraus bestand die Bombe?« fragt Luhtanen. Er kommt so schnell zur Sache, daß der Junge antwortet, ohne nachzudenken.

»Peroxid, Zitronensäure, Hexamin«, sagt er mit einem Seitenblick zu Tamminen. »Hab ich doch schon tausendmal erzählt.«

»Wie verpackt?«

»In eine Dose Pringles.«

»Wie groß?«

»Wie groß?! Die gibt's nur in zwei Größen.«

»Welche?«

»Die kleinere.«

Der Junge sieht ihn herausfordernd an, seine blaßblauen Augen flackern.

»Ist hier wohl so 'ne Art mündliche Prüfung, was?«

Luhtanen steht auf und wendet sich Tamminen zu. »Tja. Ich war jetzt eine ganze Woche draußen in Keuruu, und nun schleift ihr mich hierher, um mir diesen Lügner vorzuführen. Ich geb dir einen Rat, Tamminen: Vergeßt diesen Bengel. Sucht jemanden, der wirklich was weiß. Der redet den größten Mist, den ich seit langem gehört habe.«

Dabei läßt er es bewenden und geht zur Tür. Tamminen sieht ihm stoisch hinterher. Nur der Junge protestiert.

»Opa, hei, jetzt werd doch nicht gleich böse. Ich hab doch nur Spaß gemacht.«

Die Hand an der Türklinke, dreht Luhtanen sich um. Die Wangen des Jungen sind gerötet.

»Woher soll ich wissen, was du schon weißt und was nicht? Sorry.« Der Junge klingt kleinlaut.

Luhtanen sieht ihm direkt in die Augen. »Wenn du wirklich was zu sagen hast, dann hör auf, Mist zu reden. Raus damit. Du bist am Drücker. Brauchst nur loszulegen.«

Er läßt das Gesicht des Jungen keine Sekunde aus den Augen. Er kann sehen, wie hinter seiner zarten Stirn eine Mechanik einrastet – genau in der Position, in der Luhtanen sie haben will. Der Junge sieht sich als Hauptzeuge auf den Titelseiten der Abendzeitungen, »der Weggefährte des Bombenbastlers, sein Diskussionspartner«. »Polizei stößt auf zwanzigjährigen Bombenexperten«. Endlich ist seine Sichtweise gefragt.

»Nun gut. Dann erzähl uns mal, woraus die Bombe wirklich bestand«, fordert Luhtanen ihn auf.

»Nitromethan und Ammoniumnitrat, außerdem hochempfindliches Hexamin.«

»Wie wurde sie gezündet?«

»Ich schätze, mit ’ner Zeitschaltung, aus einem Wecker gebastelt oder so. Jedenfalls hatten wir mal über eine Uhr geredet.«

»Was für eine Art von Uhr?«

Der Junge sieht ihn mit seinen blassen Augen an. »Wir hatten erst an einen Radiowecker gedacht und sind dann auf einen ganz normalen batteriebetriebenen Wecker gekommen; Hexamin ist so empfindlich, daß man keinen wirklich starken Impuls braucht. Dann noch Drähte dran, und wenn der Weckimpuls kommt, peng!« Er läßt sich auf seinem Stuhl nach hinten fallen.

»Woher hatte er das Hexamin?«

Der Junge zuckt mit den Schultern. Darüber will er nicht reden. Er will Ruhm, natürlich – aber seine Netzwerke will er nicht gefährden. »Wahrscheinlich aus dem Internet«, sagt er.

»Woher hat er das Ammoniumnitrat?«

»Hat er sich gefiltert.«

»Wie?«

»Der ist Sportler. Kannste dir ja denken.«

In den Kühlbeuteln für Sportverletzungen, wie man sie in jedem Sportgeschäft bekommt, befindet sich reines Ammoniumnitrat. Man muß nur den Beutel aufreißen und den Inhalt durch einen Kaffeefilter gießen. Wenn die Flüssigkeit durchgelaufen und der Kalk draußen ist, hat man Ammoniumnitrat. Davon hat Luhtanen schon gehört.

»Und Nitromethan kriegt man in jedem Laden für Modellflugzeugbau. Superbillig«, sagt Vellu.

»Woher weißt du das?«

»Ich weiß es halt.«

»Und woher weißt du, daß der Junge aus deinem Forum die gesuchte Person ist?«

»Wir sind nicht gerade viele. Die meisten wollen nur herumböllern, mit Kartoffelkanonen und so. Die finden das schon toll, wenn sie Böller in Briefkästen schmeißen. Kinderkacke. Und keine Ahnung von Chemie. Für so eine große Sache muß man intelligent sein, da kann man nicht einfach so loslegen. Und von der Sorte gibt's echt wenige.«

Luhtanen schaut zu Tamminen. Seufzend schüttelt er den Kopf.

»Hei, was ist los? Hab ich was Falsches gesagt?« fragt Vellu trotzig.

»Er weiß nichts«, sagt Luhtanen zu Tamminen, ohne dem Jungen Beachtung zu schenken. »Von unserem Fall hat er absolut keine Ahnung.«

»Wie, ich hab keine Ahnung?!« Vellus Stimme ist jetzt lauter. »Ich hab euch doch gesagt, daß ich weiß, wer es ist! Ich bin mir total sicher!«

»Du wirst jetzt nach Hause gebracht. Die Ermittlungen gehen ohne dich weiter«, erwidert Luhtanen ungerührt.

Vellu steht auf, die Hosen hängen ihm in den Kniekehlen. Er will nicht wahrhaben, daß das Blatt sich so schnell gewendet hat.

»Wieso das?! Ich weiß, wer es ist, ich hab mit ihm gechattet! Ich hab euch doch gerade eben gesagt, wie er's gemacht hat!«

»Glaub mir einfach. Du weißt nichts. Du hast keine Ahnung, welche Substanzen er verwendet hat. Du weißt nicht, wieviel er verwendet hat. Und du weißt nicht, wie er heißt. Wir bringen dich jetzt zurück nach Pori. Nach Hause, wo du hingehörst.«

Tamminen und Heinula stehen auf, nur Vellu bleibt sitzen. Herausfordernd starrt er Luhtanen an.

»Was hat er denn nun verwendet?«

»Ich stell hier die Fragen.« Luhtanen ist zu müde, um höflich zu sein. Er nimmt seine Jacke von der Stuhllehne und marschiert zur Tür.

»DPPP«, sagt Vellu leise. »Diphoronpentaperoxid.«

Luhtanen bleibt wie angewurzelt stehen. Dreht sich langsam wieder um.

Der Gesichtsausdruck des Jungen hat sich verändert. Er wirkt unsicher, sein Körper dünner; er hat seine Verteidigungshaltung aufgegeben. Die Haare hängen ihm in die Augen, er streicht sie nicht aus der Stirn. Seine Stimme ist kaum hörbar. »Das ist es also gewesen?«

»Warum fragst du?« entgegnet Luhtanen.

»Und es hat tatsächlich geklappt?« fragt Vellu weiter. »Kann nicht wahr sein.«

»Warum nicht?«

»Es gibt eine Anleitung, aber die ist Bullshit.«

»Warum Bullshit?«

Schulterzucken. »Darum. Es bringt nichts, seine Zeit zu verschwenden mit etwas, das sowieso nicht klappen kann.«

»Und wenn es doch klappt?« fragt Luhtanen. »Bringt es dann was?«

Vellu setzt ein belustigtes Gesicht auf und will schon antworten, sieht dann aber an Luhtanens Blick, wie ernst die Lage ist. »Es hat wirklich funktioniert?«

Statt zu antworten, beobachtet Luhtanen den Wandel, der sich vor seinen Augen vollzieht: Die Augenlider des Jungen beginnen zu flattern, so überwältigend ist der Gedanke. Langsam, als würde ein Haus in Zeitlupe zusammenfallen, gleitet die letzte Maske der Selbstkontrolle von Vellus Gesicht. Für einen kurzen Moment befürchtet Luhtanen, daß der Junge in Tränen ausbricht.

»Er hat es wirklich geschafft?« fragt er ungläubig.

Luhtanen läßt ihn die Antwort von seinem Gesicht ablesen.

»Ist das wahr?« Der Junge räuspert sich, denn auch ihm fällt auf, wie dünn seine Stimme geworden ist. »Wie hat er das hingekriegt? Kann nicht sein. Außerdem war die Anleitung auf deutsch!«

Luhtanen schweigt. Jetzt weiß er Bescheid. Vor ihm sitzt ein neidischer Junge, der davon profitieren will, daß jemand, den er flüchtig kennt, etwas getan hat, wozu er selbst nie den Mut hätte. Deshalb möchte er in den Augen der Welt unbedingt mit dieser Tat in Verbindung gebracht werden, allerdings aus sicherer Entfernung, ohne selbst in die Schuld verstrickt zu werden. Deshalb sitzt er hier, mit seinen hungrigen, blassen Augen, und jagt dem Ruhm nach. Skrupellos gibt er seinen Bekannten preis, verstößt gegen die Loyalitätsregeln, die er seinem Internetforum selbst auferlegt hat.

Das ist die Antwort. Die Antwort auf die Frage, warum der Junge mit den blassen Augen hergekommen ist. Er mußte loswerden, was er weiß, wollte dazugehören. Nur: Er wollte nicht voreilig sein, sich nicht in die Karten schauen lassen.

»Weiß er also doch was?« schaltet Tamminen sich ein.

»Ja«, antwortet Luhtanen, ohne den Jungen aus den Augen zu lassen. »Er hat offenbar mit unserem Mann zu tun gehabt. Selber kriegt er allerdings nichts auf die Reihe.«

»Verarschen kann ich mich selbst, Alter«, zischt Vellu. »Es gibt Sachen, von denen ich tausendmal mehr Ahnung habe als ihr alle zusammen.«

Ihm ist klar, daß man ihn durchschaut hat. Ihn und seinen Neid. Das tut weh – aber nicht lange. Jemand, der so gierig ist, legt sich die Dinge schnell neu zurecht, so, wie es ihm paßt.

»Wie habt ihr miteinander kommuniziert?« will Tamminen wissen.

»Das hab ich doch schon erzählt«, erwidert Vellu genervt.

»Erzähl's noch mal«, mischt Heinula sich ein. Der Junge schaut zu ihr hinüber, seine Augen sind voller Verachtung. Die Wut über die Niederlage, die er einstecken mußte, richtet sich gegen die vermeintlich Unterlegene – eine Frau.

»Mit Nutten red ich nicht«, schleudert er ihr entgegen.

»Ein Anruf, und deine Festplatte ist auf dem Weg hierher«, erwidert sie.

»Ist mir scheißegal, mit dir red ich kein Wort, du Nutte.«

»Dann werde ich wohl mal telefonieren müssen.« Heinula geht mit höflichem Lächeln an Vellu vorbei und schließt die Tür hinter sich.

Es ist still im Zimmer. Der Junge versteckt sich hinter seiner Wut wie hinter einem Schutzschild. Dieser Art von Mensch ist Luhtanen schon oft begegnet: Söhne, die von ihren Vätern im Stich gelassen wurden, getrieben von der Sucht nach Anerkennung in der Männerwelt, wie hoch der Preis auch sei. Der Junge hat sein Wissen hergegeben. Doch selbst wenn er es damit in die Zeitungen schafft – seine Nichtigkeit ist entlarvt. Soviel ist auch ihm klar. Seine drohende Körpersprache ist in sich zusammengefallen, übrig ist nur noch eine schlechte Haltung.

»Ich kann ja mit *dir* reden«, wendet er sich an Erkki. »Die anderen checken das sowieso nicht.«

Erkki schüttelt den Kopf. »Deine Einschätzung spielt da keine Rolle. Ob du willst oder nicht, du wirst meinen Kollegen Bericht erstatten. Fang einfach von vorne an und erzähl alles, woran du dich erinnerst. Mit der Bombengeschichte sind wir ja schon durch.«

»Warum das?!« protestiert er.

»Darum. Du bist der einzige hier im Raum, der nicht kapiert, daß Bomben töten.«

Der Junge schweigt und verschwindet noch tiefer in seine Kapuze. Armes Kind, denkt Luhtanen, hat Publikum so bitter nötig. Und einen Vater. Zu spät. Er nickt Tamminen zu und will gerade hinausgehen, als Heinula kommt. Sie lächelt, die Sache ist erledigt. Die Festplatte ist per Eilboten unterwegs von Pori nach Helsinki; wenig später wird Heinula ihren Inhalt durchforsten. Sie wird mehr in Erfahrung bringen als alle anderen in diesem Raum zusammen. Doch das wird dieser orientierungslose junge Mann nie begreifen. Er redet lieber von Nutten, wie vermutlich schon sein Vater, und dieser Fehler wird sich nicht mehr korrigieren lassen.

Luhtanen hält Heinula die Tür auf und verläßt den Raum. Schnell einkaufen, nach Hause und ins Bett.

Ich bin zu spät. Alle anderen sind schon drin. Die Tür ist angelehnt, durch den Spalt sehe ich ein paar hängende Köpfe und eine Frau, die dasteht wie eine Lehrerin vor der Schulklasse; irgendwo leuchtet ein roter Rollkragenpullover. Hätte erwartet, daß alle Schwarz tragen. Falsch.

Leise betrete ich den Raum, bemühe mich, niemanden anzusehen, keinen Kontakt herzustellen, murmele eine kurze Entschuldigung. Die Leiterin der Gruppe nickt mir freundlich zu, unterbricht aber ihren Satz nicht. Gut, daß sie kein Aufhebens um mich macht. Ich setze mich an den ersten freien Tisch, grau und schäbig, wie der Stuhl. Die Situation ist mir fremd, und möglicherweise will ich sogar, daß das so bleibt. Ich bin nicht aus eigenem Antrieb hergekommen. Es ist die Versicherungsgesellschaft, die von mir verlangt, an einer Gruppentherapie teilzunehmen.

Doch ich brauche keine Therapie, denn ich bin okay. Meine Privatangelegenheiten gehen keinen etwas an. Schließlich beinträchtigen sie meine Arbeitsfähigkeit nicht – und werden das auch in Zukunft nicht tun. Mit mir ist alles in Ordnung. Ich bin nur einsamer als vorher. Das ist alles. Daran stirbt man nicht.

»Wir können diese Treffen so oft abhalten, wie die Gruppe das wünscht. Ich würde vorschlagen, daß wir als erstes den Raum umgestalten. Also, alle mal aufstehen und die Tische in der Mitte zu einem großen Tisch zusammenschieben, die Stühle drum herum.«

Die Anwesenden – wir sind etwa fünfzehn – zögern einen Moment. Dann steht der erste auf, ungelenk, er trägt eine blaue Plastiktüte um den Fuß. Die anderen folgen seinem Beispiel, schon knarrt und quietscht es im ganzen Zimmer. Einen Klassenraum umzuräumen hört sich einfach immer gleich an. Neben mir schiebt ein Junge seinen Tisch auffällig umständlich in die Zimmermitte. Als ich ihn von vorn sehe, bemerke ich seinen Gipsarm.

Ich will auf ihn zugehen und helfen, doch ein Mann kommt mir zuvor. Der Mann trägt eine Halskrause, beinahe muß ich kichern. Offensichtlich bin ich in eine Versammlung von Versehrten geraten. Ziemlicher Fehlgriff, ich habe nicht mal einen blauen Fleck. Einen Moment lang ärgert es mich fast, daß ich so gesund bin, unanständig gesund. Das ist die falsche Gruppe für mich.

In der Mitte warten jetzt die Tische, die letzten Stühle werden darum herum geschoben. Keine Ahnung, ob Sitzordnungen Situationen beeinflussen können. Gespräche sind nicht von Möbeln abhängig; manchmal entlastet es sogar, wenn man zwischen sich und den anderen maximalen Abstand wahren darf – wenn man sich schon nicht unsichtbar machen kann. Aber hier geht es wahrscheinlich gerade darum – den Weg ins Versteck zu versperren. Wir *sollen* hervortreten, uns den anderen zeigen. Unangenehme Vorstellung. Die Leiterin, eine kleine Rothaarige, nimmt Platz und sieht mich forschend an.

»Es kann gut sein«, sagt sie, »daß unter euch einige sind, die lieber nicht hier wären. Vielleicht denken sie, daß Gruppengespräche sinnlos sind, daß man hier in Dingen herumwühlt, die man besser schnell vergißt. Wenn hier jemand so denkt, dann ist das sein volles Recht. Man kann das aber auch so sehen, daß vielleicht die anderen eine seelische Nachbereitung brauchen. Wer also meint, selbst keine Hilfe zu benötigen, der kann wenigstens die anderen unterstützen – indem er anwesend ist und die Erfahrungen mit ihnen teilt.«

Niemand reagiert, auch ich schweige. Eine der Frauen nickt, ein Mann holt laut Luft. Die Sache ist klar: Wir haben diese Veranstaltung gut zu finden. Zumindest sollen wir brav mitmachen. In mir regt sich Widerwillen. Um das zu verbergen, schnappe ich meine Tasche und wühle nach Lippenbalsam. Ich creme mir die Lippen ein und versuche, meine Gedanken woanders hinwandern zu lassen. Ziemlich anstrengend, wenn man wildfremde Leute neben sich hat.

»Was hier besprochen wird, ist streng vertraulich. Ihr dürft also niemandem erzählen, worüber geredet wird. Natürlich dürft ihr euch untereinander über alles austauschen.«

Soso, »natürlich«. Danke für die Erlaubnis. Ich lege das Lippenbalsam zurück, behalte meine Tasche aber auf dem Schoß. Mir egal, wenn ich mit der Jacke über den Schultern und der Tasche vor mir rastlos wirke – ich brauche diesen Schutz. Ich bereue, überhaupt hergekommen zu sein.

Hier gehöre ich nicht hin. Ich bin viel zu sehr an Unglück und Schadensfälle *anderer* gewöhnt, als daß ich mich in eigenes Unglück hineinfühlen könnte. Habe zu viele erschrokkene Gesichter angeschaut, als daß ich die Situation von innen her empfinden könnte. Selbst wenn ich es versuche – ich sehe mich nur von außen.

Hinter dem Nebel aus Trauer weiß ich ganz genau, daß ich weiterleben muß, wenn ich nicht sterben will. Und deshalb gibt es auch keinen Platz für das Gefühl, dem ich mich hier aussetzen soll. Ich *weiß* um das Gefühl, aber ich will es nicht spüren. Das ist eine simple Tatsache, purer Rationalismus, absolute Ehrlichkeit.

»Wir können ja mit den Fakten beginnen. Vielleicht sagt jeder einfach seinen Namen, Alter und Beruf und inwiefern er von dem Ereignis betroffen ist. Im Uhrzeigersinn.«

Alle schweigen, doch die Frau hat diesen Kurs schon öfter geleitet, sie schert sich kein bißchen darum. Eine Teilnehmerin hebt die Hand. Sie ist um die Sechzig, hat blaue Lippen, niedrigen Blutdruck.

»Mein Name ist Irma Jalonen. Ich hätte eine Frage. Hat hier schon irgendwer Entschädigung bekommen? Also, hat schon jemand mit dem Staatskontor oder sonstwem geredet und Geld gekriegt?«

Die alte Frau blickt in die Runde, die anderen Teilnehmer sehen einander fragend an. Ein Mann kommt der Leiterin zuvor.

»Mir wurde beim Staatskontor gesagt, daß die Versicherung zuständig ist. Mehr weiß ich auch nicht.«

»Und was ist, wenn man keine Versicherung für so was hat?« platzt die Frau heraus. »Ich bin im Krankenurlaub, hab aber noch keinen Cent von der staatlichen Krankenkasse bekommen!«

»Das ist sicherlich eine Sache, die uns alle interessiert«, schaltet die Leiterin sich ein, »aber eigentlich sind wir hier, um über unsere emotionalen Reaktionen zu reden, und Geldangelegenheiten gehören nicht …«

»Ich hab schon überall gefragt, wann das Krankengeld kommt. Keiner weiß, wer eigentlich zahlen muß. Auch vom

Sozialamt gibt es kein Geld, die müßten das angeblich sowieso wieder von mir zurückfordern, sobald das Staatskontor gezahlt hat.«

»Irma, das ist in dieser Gruppe nicht das Thema ...«

»Wieso können die mir nicht vorab irgendwoher Geld geben, solange die sich streiten, wer zuständig ist?!« Die Frau kann kaum noch an sich halten. »Herrgott, ich habe nichts mehr auf dem Konto, nichts! Ich kann doch nicht aufhören zu essen, nur weil ich nicht arbeite!«

Einen Augenblick schweigen die beiden sich an. Ich muß mich einschalten, blitzt es mir durch den Kopf, ja, ich könnte helfen. Doch ich lasse den Gedanken weiterziehen. Ich trage keine Verantwortung für diese Gruppe. Und ich will nicht, daß sich jemand an mich klammert, der noch halb unter Schock steht und Geldsorgen hat – nur, weil ich zufällig in derselben Therapiegruppe gelandet bin. Nach ein paar Sekunden allgemeinen Unbehagens hat die Leiterin die Lage wieder unter Kontrolle.

»Wiederholen wir noch mal die Regeln. Sinn der Sache ist es, über das Erlebte zu sprechen, über unsere emotionalen Reaktionen. Das bedeutet, daß praktische Dinge wie Geldangelegenheiten nicht hierhergehören. Über die können wir gern extra reden, gar kein Problem. Ihr könnt auch selbst Kleingruppen bilden, in denen ihr euch mit diesen Dingen auseinandersetzt. Aber Gespräche über Geld sind in diesem Kreis nicht das Thema.«

So. Geld ist also kein Thema. Sondern Gefühle. Trauer, Sorgen, Ängste. Verlust. Bloß nichts Finanzielles. Allerdings löst finanzielle Unsicherheit genau diese Gefühle aus: Trauer, Sorgen, Ängste. Existenzängste. Ich verstehe diese Grenzziehung nicht. Sich ums Geld zu kümmern ist eine der besten Methoden weiterzuleben, nicht in der Trauer zu versacken. Geld zu haben bedeutet, daß das Leben weitergeht. Wieso will man uns an dieser Stelle im unklaren lassen? Und was will man uns statt dessen geben?

Moment mal. Ich muß hier nicht länger mitmachen. Ich nicke der Leiterin zu und stehe auf. Wahrscheinlich denkt sie, daß ich kurz zur Toilette gehe. Ich hänge mir die Tasche über die Schulter und versuche, den Anschein zu erwecken, ich wäre gleich wieder da. Meinen Stuhl schiebe ich ordentlich unter den Tisch. Ein Fehler, wie ich am Blick der Leiterin erkenne. Wer die Spuren seiner Anwesenheit beseitigt, kommt nicht wieder. Ich halte ihrem Blick stand und verbiete mir einen Anfall von Reue; nicht ich bin für die Situation verantwortlich, sondern sie.

Ohne größere Skrupel verlasse ich den Raum. Als ich draußen stehe, an der frischen Luft, kommt die Erleichterung. Ich bin einfach nicht der Typ, der mit Fremden redet oder ihnen zuhört. Ich will zurück nach Hause.

Ich hole mir rasch einen Kaffee und ein Baguette und schaue mich um. Es ist Nachmittag, Studentinnen mit Büchern, Zeitungen und unendlich viel Gesprächsstoff bevölkern das Café, bilden Zweier- und Dreiergrüppchen, haben inmitten ihrer Requisiten permanent etwas gemeinsam. Die anderen Gäste nehmen sie kaum wahr, selbst wenn diese an ihnen vorbei zu einem freien Tisch wollen. Zerstreut rücken die Mädchen zur Seite: Schauen kaum auf, heben ihre Hintern maximal einen Zentimeter und schieben die Stühle lautstark über den Fußboden, bis der Saum der Jacken darunter festklemmt; dabei stöhnen sie verhalten.

Ich habe früher nie dazugehört. Und auch heute fühle ich mich nicht wohl in Frauenrunden. In Männerrunden ebensowenig, eigentlich bin ich überhaupt kein Gruppentyp. Wahrscheinlich sitze ich auch deshalb alleine hier, statt meine Gedanken und Gefühle mit fünfzehn anderen zu teilen, wildfremden Menschen, mit denen mich nichts verbindet außer einer nicht mehr rückgängig zu machenden historischen Tatsache und der Erinnerung an körperlichen Schmerz.

Ich streue Zucker in den Kaffee und trinke, ehe er sich aufgelöst hat. Als ich vom Baguette abbeißen will, geht lautstark

Geschirr zu Bruch, danach herrscht Totenstille. Ich sehe, was auch alle anderen sehen: An der Kasse hat ein Junge das Tablett fallen lassen; sein Rucksack ist ihm von der Schulter gerutscht. Baumelt in der Armbeuge, hat die fragile Ordnung des Geschirrs zerstört. Die Getränke fließen über den Boden, der mit Glassplittern übersät ist, mittendrin liegt ein kleines Stück Apfelkuchen mit der Unterseite nach oben. Nichts zu machen, durch die Stille müssen alle durch. Und der Junge wird feuerrot. Keiner hilft ihm. Anscheinend reicht es schon, daß man sich so etwas anschauen muß. Das ist man nicht gewohnt, denn normalerweise gelangt das Kaffeegeschirr heil bis an den Tisch und auch heil wieder zurück. Sehr unangenehm für den, der den Fußboden saubermachen muß. Und unangenehm für den Jungen, der die Blicke auf sich zieht.

Natürlich fangen die Mädchen an zu kichern, denn der Junge sieht in seiner ausgeblichenen Windjacke aus wie eine in die Jahre gekommene Vogelscheuche, dürr und grau, bis auf die hektischen roten Flecken im Gesicht. Er kann sich nicht verteidigen, das spürt man sofort. Die Mädchen prusten, werfen sich verstohlene Blicke zu und bemerken erst dann den Gipsarm des Jungen. Nach einer verlegenen Stille lachen sie von neuem los, diesmal aus Scham. Kichernd wenden sie sich ab. Hilfesuchend blickt der Junge sich um, er schwitzt, sein Blick fällt auf mich.

Scheiße.

Jetzt erkenne ich ihn. Genau – der Gipsarm. Mein Baguette bleibt auf halbem Wege zum Mund in der Luft stehen. Dämlich sehe ich aus. Ich starre ihn an; keine Frage, er ist es. Mir bleibt nichts anderes übrig, als aufzustehen und schnell hinüberzugehen. Scheiße, ich hoffe nur, daß es auch wirklich halbwegs unverkrampft und selbstverständlich wirkt.

»Kann ich helfen?« frage ich ihn.

Die roten Flecken in seinem Gesicht werden noch dunkler. Er versucht, den Rucksack wieder auf die Schulter zu wuchten, garantiert tut ihm der Arm dabei weh. Automatisch strecke ich meine Hand aus, um den Riemen auf seiner Schulter zurechtzuschieben – wie idiotisch, wir kennen uns doch gar nicht. Aber er ist ohnehin schon einen Schritt zurückgetreten, mir ausgewichen.

Auch ich gehe einen Schritt auf Abstand, will die Verlegenheit auflösen. Irgend etwas an seinem Schamgefühl macht es mir leicht; weil er Angst hat, ist er vollkommen unbedrohlich.

Die Mädchen haben begriffen, daß das Leben weitergeht, ihre Gespräche kommen wieder in Gang. Eine Kellnerin eilt mit dem Kehrblech herbei und drängt sich zwischen uns, hat nur Augen für den Fußboden. Inmitten der Splitter, dann auf dem Kehrblech: das kleine Stück Apfelkuchen. Dieser Kuchen – auf irgendeine sonderbare Art berührt er mich. Dieser Junge, fast noch ein Kind, wollte etwas Süßes. Eine Welle von Mitleid schlägt über mir zusammen.

»Hast du schon bezahlt?« frage ich.

Die Kellnerin schaut hoch und schaltet sich sofort ein. »Tut mir leid, aber das war seine eigene Schuld, dafür können wir nicht aufkommen.«

Der Junge macht keine Anstalten, sich zu verteidigen; ohne uns anzusehen, fegt die Frau weiter. Mir wird klar, wie hilflos der Junge ist, besorgniserregend hilflos.

»Kommst du zurecht?« frage ich ihn.

Er nickt knapp. Es ist nicht leicht, mit jemandem zu sprechen, der so passiv ist.

»Entschuldigung, aber könntet ihr kurz aus dem Weg gehen?« tönt die Kellnerin. Ihr höflicher Pragmatismus ist ein klarer Protest gegen unsere Trotteligkeit, viel einschüchternder und verletzender, als wenn sie mit uns schimpfen würde.

Ich mache einen Schritt zur Seite, der Junge tut es mir nach. Hier kann ich ihn nicht zurücklassen. Vorsichtig berühre ich ihn am Ellenbogen, und tatsächlich, er versteht die Geste und setzt sich in Bewegung, Gott sei Dank.

Wortlos verlassen wir das Café. Gleich an der Tür schlägt uns der Straßenlärm entgegen. Ich trete von einem Bein aufs andere; wir wissen beide nicht, wie man die Situation korrekt beendet. Unbeholfen bleiben wir voreinander stehen – der Impuls hat gerade mal bis nach draußen gereicht, was jetzt?

»Du hast keinen Kaffee gekriegt«, sage ich. Der Junge nickt. Er hat einen wachen Blick, schaut einem aber nicht direkt in die Augen; nur ein flüchtiges Herüberblinzeln, dann ist sein Blick wieder woanders. Schüchtern ist er. Für mich kein Problem. Der Apfelkuchen fällt mir ein, und wieder trifft es mich tief, sein Bedürfnis, etwas Süßes im Mund zu haben, einen Geschmack, den er mag. Auf einmal bin ich fast überwältigt von seiner Menschlichkeit.

»Gehen wir nach nebenan, ich geb dir einen Kaffee aus«, höre ich mich sagen. »Kuchen kriegst du auch, versprochen.«

Er schaut mich an, woraufhin ich ein Lächeln probiere, etwas in der Art jedenfalls. Sofort wendet er sich ab und blickt ins Fenster des Cafés, aus dem wir gerade gekommen sind und in dessen Scheibe wir uns spiegeln. Hinter unserem Spiegelbild sitzen all diese Mädchen, die sich totlachen, Raum beanspruchen, unsere Gedanken in falsche Richtungen lenken. Ein letzter Blick hinein: Wir sind vollkommen anders als die anderen, die das Glück verbindet. Uns verbindet das Unglück, doch im Grunde reicht das, denn auf einmal wird mir klar, daß mich mit den anderen schon ewig nichts mehr verbunden hat, nicht einmal Unglück. Unglück und physische Schmerzen sind seit jeher meine Arbeitswelt gewesen, damit kenne ich mich aus – was jetzt ein großer Vorteil ist. Wirft ein ganz neues Licht auf diesen Augenblick, in dem wir mehr als nur zwei Fremde sind.

Der Junge reagiert nicht, doch ich spüre seine Zustimmung, mit der er weniger seiner eigenen Laune als dem Willen eines Stärkeren folgt. Ob das wirklich so eine gute Idee war … Ich höre auf zu lächeln. Wortlos gehen wir ein paar Schritte die Straße hinunter, wo nach wenigen Metern schon die Tür zum nächsten Café auf uns wartet.

Schweigend sitzen wir am Tisch. Auf der anderen Seite des Fensters gehen Menschen auf und ab; Busse donnern vorbei, während ich mit dem Löffel in meinem Kaffee rühre. Der Junge kann seinen Kuchen bestens mit links essen, wobei er eindeutig Rechtshänder ist. Ich schaue ihm zu. Was Süßes fürs Kind.

»Ich bin noch nie in diesem Café gewesen, obwohl ich oft hier vorbeikomme«, sage ich. Der Junge nickt.

»Wo wohnst du eigentlich?« frage ich.

»In Vantaa, Koivuhaka«, antwortet er mit belegter Stimme.

»Ah. Meine Schwester wohnt in Kaivoksela. – Wohnte«, entgegne ich.

Er nickt. Ihm sind das falsche Tempus und die Korrektur nicht entgangen. In die Augen schauen würde er mir nicht, doch sein Erröten zeigt mir, daß er begriffen hat. Er stellt keine Fragen. Schließlich erkundige ich mich auch nicht nach seinem Arm.

»Nun ja«, murmle ich. Ich schlürfe meinen Kaffee, er ißt. Konzentriert schaue ich ihm beim Essen des Apfelkuchens zu, der Ersatz für das mit Glassplittern bestreute Stück von vorhin. Wahrscheinlich wäre er am liebsten im Erdboden versunken, doch nun sitzen wir hier. Ich seufze und trinke meine Tasse aus. Womöglich habe ich ihn zu sehr gedrängt, und das nur aus Mitleid. Ob es wirklich Mitleid ist? Vielleicht brauche ich Gesellschaft?

Draußen halte ich ihm die Beifahrertür auf und zerre einen Zettel unter dem Scheibenwischer hervor. Ich bin dermaßen an Strafzettel gewöhnt, daß ich nicht einmal mehr nachschaue, wofür ich sie bekomme. Früher hatte ich noch die Energie, mich mit Politessen anzulegen, aber sie saßen stets am längeren Hebel. Sie waren auf so deprimierende Weise im Recht, daß ich ihre Überlegenheit akzeptieren mußte. Sie kennen diese Stadt und die Verkehrsregeln einfach besser.

Ich lasse mich auf den Fahrersitz plumpsen und pfeffere den Strafzettel aufs Armaturenbrett. Während ich starte, starrt der Junge auf das Papier.

»Du hast die Parkscheibe nicht rausgelegt«, sagt er. Ich schaue kurz zu ihm hinüber, lege den Rückwärtsgang ein und gebe acht, daß ich den Sierra hinter mir nicht demoliere.

»Hier steht, daß du keine Parkscheibe hattest«, wiederholt er.

»Soso«, entgegne ich und sehe am Straßenende einen regelrechten Schwarm von Politessen. Ich lege den ersten Gang ein, fädle mich in den Verkehr ein.

»Fünfzig Euro«, sagt er.

»Muß man als Kapitalübertragung sehen«, antworte ich.

»Bist du reich?« fragt er, offenbar überrascht, daß ich mich nicht ärgere.

»Nein. Aber ich weiß, wann ich verloren habe.« Ich lächle.

Er setzt sich gerade. Vorbei am Tiermuseum fahre ich mit ihm ins Unbekannte, Richtung Vantaa. Ich habe versprochen, ihn nach Hause zu bringen. Seit Ewigkeiten habe ich niemanden mehr nach Hause gefahren. Gab keine Gelegenheit.

»Hast du einen Führerschein?« frage ich ihn.

»Nein«, erwidert er. »Ich heiße Esa.«

Ich bin baff – damit hätte ich nicht gerechnet. Ich schaue ihn an, und er schaut zurück. Stimmt, wir haben uns einander gar nicht vorgestellt. Die Autos auf der Nebenspur verlangsamen. Zu spät sehe ich, daß die Ampel gelb ist, ohne in den Rückspiegel zu blicken, gehe ich auf die Bremse. Lautes Protesthupen des Fahrers hinter mir; ich muß lachen.

»'tschuldigung. Und ich bin Inkeri.«

Wir schütteln einander die Hand, er mit links. Also reiche ich ihm ebenfalls die Linke, die ich umständlich hinüberstrecken muß. Kompliziert. Nicht, daß es im engen Auto mit rechts wirklich leichter gewesen wäre. Seine Hand ist warm und trocken, jung; ich kann die Knochen spüren und die dünne Haut. Ich sehe mir sein Gesicht genauer an. Von nahem wirkt seine Haut reizbar, sein Profil, sein Kinn ist wie aus Pergamentpapier, der Wangenknochen scharf geschnitten wie bei einer Katze. Was hinter seiner Stirn vorgeht, kann ich nicht einmal erahnen. Ich sehe nur eins seiner Augen – und das wirkt wie ein dunkler Brunnen, wie Wasser in einem alten Zuber, wie alles, das schwarz, naß und glänzend ist. Der Gedanke an Wasser macht mich unkonzentriert, wobei mir nicht klar ist, weshalb ich gerade so leicht zu irritieren bin. Ganze Bilderströme ziehen durch meinen Kopf.

Schon wieder das Hupen hinter mir, es ist längst grün. Ich löse meine Hand aus seiner, gehe von der Kupplung. Vor lauter Händeschütteln habe ich vergessen, den ersten Gang einzulegen, doch das Auto säuft trotzdem nicht ab. Ich kupple, jetzt der erste Gang, beschleunigen, dann in den zweiten. Miserabel wie eine Anfängerin. Ein Rennfahrer war ich nie, aber das hier ist der absolute Tiefpunkt. Ich reiße mich zusammen, schließlich will ich es ohne Auffahrunfall aus Helsinki-Hakaniemi zum Abbieger nach Tuusula schaffen.

Mittlerweile ist es im Auto warm geworden, und mit der Wärme nehme ich auch einen Geruch wahr. Es dauert einen Moment, ehe mir bewußt wird, was für ein Geruch das ist, aber als es ruhiger und dämmriger wird und niemand mehr hinter uns fährt, macht es klick. Mich befällt ein perverser Gedanke, ausgelöst von diesem absolut puren Jungsduft. Ich will ihn gar nicht erst weiterdenken. Dieser Junge heißt Esa, ist fast noch ein Kind, hat sich erst kürzlich verletzt. Wie menschlich der Junge auch sein mag – mein Gedanke ist grundfalsch. Ich bin hier nur die Fahrerin, sage ich mir, ich bringe dieses Kind nach Koivuhaka, nach Hause – zurück zu den Menschen, die wissen, was er braucht, die sich um ihn kümmern werden, ohne daß er darum bitten muß.

Der Rest der Fahrt verläuft problemlos. Da ich Vantaa kenne, weiß ich genau, wie ich fahren muß; meine Erinnerung läßt mich bei so etwas nicht im Stich. Vor mir liegt der Lehmacker meiner Kindheit, heute übersät mit Häusern aus Kalksandstein, Backstein, weißen Ziegeln und Leichtbeton. Eins von diesen neuen Wohngebieten, bei denen man sich in der Bauphase nicht einmal ansatzweise vorstellen kann, daß daraus eine menschenfreundliche Umgebung wird. Ein Hokuspokus der Landschaftsplanung. Und dennoch geschieht dieses kleine Wunder, das den lehmigen Schlamm, den erdigen Hang und die Kieshaufen in eine sanfthügelige, gefällige und bewohnbare Landschaft verwandelt.

»Ich habe früher auf der anderen Seite vom Acker gewohnt«, sage ich, als wir in seine Straße einbiegen. »Von hier noch ungefähr einen halben Kilometer. Damals hat es diese Häuser noch nicht gegeben, war alles nur Land.«

»Ja«, erwidert er, »wir sind hergezogen, als das mit dem Bauen gerade losging. Hat alles völlig anders ausgesehen damals. Und war stockdunkel.«

Ich nicke, dann wird es still im Wagen. Er scheint über irgend etwas nachzudenken, und ich halte meinen Mund. Was soll man über den Acker auch noch groß sagen? Nach hundert Metern sagt Esa: »Ich steig jetzt aus.«

»Hier?« frage ich. Er hat nicht gesagt, in welches Haus er muß.

»Hier«, beharrt er, und mir dämmert, daß ich mit einer Informationslücke werde leben müssen: Er will seine Adresse nicht preisgeben.

Ich halte und ziehe die Handbremse. Mit der gesunden Hand öffnet Esa die Tür. Er schnappt sich den Rucksack aus dem Fußraum und wendet mir dabei den Rücken zu. Sicher keine Unhöflichkeit, sondern eine bedauerliche Notwendigkeit.

»Danke fürs Herbringen«, sagt er, steigt aus und schlägt die Tür zu. Weil sie nicht richtig schließt, muß er sie erneut aufmachen und demonstrativ zuknallen. Der Druck verschließt kurzzeitig meine Ohren; erst als ich schlucke, kann ich wieder hören.

Nachdem Esa hinter dem Auto verschwunden ist, löse ich die Handbremse und fahre weiter. Im Rückspiegel sehe ich, daß er mitten auf der Straße steht und keinen Schritt tut, eine schmale schwarze Gestalt gegen den dunkler werdenden

Abendhimmel. Gleich wird die Straßenbeleuchtung angehen. Ich setze meinen Weg fort und merke erst nach einer Kurve – als ich den Jungen aus dem Blick verloren habe –, daß ich in die falsche Richtung fahre. Das passiert einem öfter, wenn man nicht nachdenkt. Möglicherweise *hat* man sogar nachgedacht, ist aber zu nervös oder gehemmt, um sich den Raum zu nehmen, den ein Kurswechsel braucht. Es gibt Momente, in denen man die Aufmerksamkeit, die man auf sich zieht, indem man seinem Willen folgt, nicht erträgt. Trifft man zum Beispiel unerwartet einen alten Schulfreund wieder, marschiert man nach dem Händedruck und dem allgemeinen »Wie geht's« oftmals kopflos in die falsche Straße. Erst nach zwanzig Metern ist man wieder so weit man selbst, daß man seinen ursprünglichen Plan wiederaufnehmen kann. Ich halte an. Habe meinen Kompaß wiedergefunden, mache einen kühnen U-Turn und fahre zurück.

Hinter der Kurve kommt schon die Gerade, an der ich Esa abgesetzt habe. Mein Blick schweift über die lange Reihe von Einfamilienhäusern – in welchem wird er wohl wohnen? Meine Scheinwerfer fallen auf eine tiefe Mulde, die der Frost in die Straße gefressen hat. Ich gehe vom Gas, tuckere vorsichtig darüber hinweg. Gleichzeitig nehme ich am Rand meines Gesichtsfelds eine Bewegung wahr und schaue aus dem Seitenfenster. Zunächst tappe ich im dunkeln, doch dann, als ich die Gestalt, die Art, sich zu bewegen, erfaßt habe, kapiere ich.

Esa hat kein einziges der Häuser dieser Straße, in der er angeblich wohnt, betreten. Er hat mich belogen. Darüber besteht kein Zweifel, denn ich sehe seine schmale, schwarze Silhouette über den Acker hetzen und die Böschung hochstapfen. Es ist Esa. Er verschwindet hinter der Böschung, wo ein anderes Wohngebiet liegt.

Ich bremse, die Hinterreifen noch in der Mulde. Mit den Augen zeichne ich den Weg des Jungen nach. Er selbst ist schon fort, doch riechen kann ich ihn noch immer. Ich habe keinen blassen Schimmer, was ich von dieser Geschichte halten soll.

Ruck, schon ist das Auto wieder auf ebener Fahrbahn, und ich steuere mein Zuhause an. Den Gedanken an Esa und seine Lüge versuche ich abzuschütteln: Wir kennen uns nicht und haben kaum etwas gemeinsam, weshalb also sollte er mir die Wahrheit sagen? Etwa, weil er mit einem Gipsarm unterwegs ist?

Unfallversicherungen kommen für psychiatrische Maßnahmen nicht auf, wenn der Unfall, der Einbruch, die Gewalttat oder der Brand durch einen Angehörigen des Versicherten verursacht wurde, also durch den Ehe- oder Lebenspartner, das Kind, den Bruder, die Schwester, den Vater, die Mutter oder sonst eine Person, die im selben Haushalt lebt. Mit dieser Einschränkung weisen die Versicherungsgesellschaften dem Versicherten eine Art Mitverantwortung für die Opferrolle zu. Das Opfer wird zum Mitverantwortlichen, der der destruktiven Tat vorbeugen und sie verhindern hätte müssen. Auf diese Weise findet der Paragraph über Grobfahrlässigkeit, dem man oft im Zusammenhang mit Bränden begegnet, Anwendung auf jemanden, der selbst zum Geschädigten wurde. Indem jemand Opfer geworden ist, hat er es grobfahrlässig versäumt, angemessene Vorsichtsmaßnahmen zu treffen und für entsprechenden Schutz zu sorgen.

Wie also muß man leben, damit man als Opfer einer erfolgten oder versuchten Gewalttat, eines Einbruchs oder Brandes maximale Kompensation inklusive psychiatrischer Fürsorge bekommt?

Man sollte keinen unberechenbaren Lebenspartner mit Neigung zu Gewalttaten wählen. Am besten, man hat überhaupt keinen Lebenspartner. Keine Ehe, keine Lebensgemeinschaft, keine kürzere Partnerschaft. Vermißt man körperliche Nähe, so kann man dieses Bedürfnis mit Zufallsbekanntschaften stillen. Wem dieser Gedanke fremd oder sogar unsympathisch ist, der sollte sich ein Haustier anschaffen. Wem wiederum diese Alternative nicht gefällt, der kann seine Sehnsüchte mit Medikamenten bekämpfen. Warum nicht Bekanntschaft schließen mit Psychopharmaka oder Alkohol? Dabei ist allerdings zu bedenken, daß das Beurteilungsvermögen und die Selbstkontrolle eingeschränkt werden, weshalb genau das eintreten kann, was ursprünglich vermieden werden sollte: bis über beide Ohren verliebt beim falschen Partner zu landen.

Seine Angehörigen kann man sich nicht aussuchen. Und da Gewalttaten der Eltern, die sich gegen einen selbst richten, von der Versicherung nicht abgedeckt werden, sollte man Reißaus nehmen, sobald dies finanziell möglich ist. Dasselbe gilt für die Geschwister – auch von ihnen sollte man sich fernhalten. Gerade zu Hause ist Vorsicht geboten, denn hier ist die Wahrscheinlichkeit, Opfer von Gewalttaten zu werden, am allerhöchsten. Dies gilt im besonderen Maße für Nächte, Wochenenden und Feiertage – in diesen Phasen kann man gar nicht achtsam genug sein.

Sofern man ein eigenes Zimmer hat, kann man sich nachts einschließen. Wenn man den Pfadfindern beitritt, kann man der Familie so gut wie jedes Wochenende entkommen, jahreszeitenunabhängig. Feiertage stellen die größte Bedrohung dar: Alle versammeln sich auf engstem Raum; genau die Personen, die die eigene Unversehrtheit am stärksten gefährden, verbringen nun Tag und Nacht miteinander. In diesem Kontext wird zudem oft Alkohol genossen, weshalb es aufgrund eingeschränkter Selbstkontrolle zu unerwünschten Taten kommen kann.

Feiertage sind für alle unter Sechzehnjährigen eine immense Gefährdung, manchmal auch für ältere. Es gibt keinen Ort, an den man sich vor familiärer Gewalt zurückziehen kann. Das einzige, was ein minderjähriger Versicherter tun kann, ist, seine Geschwister und Eltern engmaschig zu überwachen, gewalttätige Tendenzen frühzeitig zu erkennen. Zu diesem Zweck muß man bestimmte Verhaltensmuster durchschauen, muß Anzeichen von Aggression, die entsprechende Gestik und Mimik, Körperhaltung und Wortwahl erkennen können. Im günstigsten Fall lassen sich Attacken also schon innerfamiliär verhüten, und das Unglück braucht gar nicht erst einzutreten.

Allein zu wohnen ist das beste Mittel, um potentielle Angriffe eines anderen auszuschließen. Man muß da genau sein: Auch eine fremde Person, die im selben Haushalt lebt, ein Mitbewohner oder Besucher etwa, kann sich als Aggressor erweisen. Wenn es einem finanziell nicht möglich ist, allein zu leben, beispielsweise im Studium, muß man seinen Versicherungsschutz erweitern, damit alle fremdverursachten Schäden abgedeckt sind. Auf diese Weise fließt natürlich das, was man an Miete spart, teilweise wieder der Versicherung zu. Für die eigene Sicherheit dennoch ein geringer Preis. Denn sollte es so weit kommen, daß die Schwere der Traumatisierung durch eine böswillige Tat die eigenen Ersparnisse oder die Unterstützung von Angehörigen übersteigt, muß man sich um mangelnde therapeutische Unterstützung nicht sorgen.

Auf vier Dinge also muß man achten:

Erstens: Man sollte von zu Hause ausziehen, sobald dies möglich ist, und davor sollte man so oft wie möglich wegfahren.

Zweitens: Jugendliche unter sechzehn müssen ihre Eltern und Geschwister unentwegt im Auge behalten, damit destruktive Züge rechtzeitig erkannt und Schäden verhindert werden.

Drittens: Bei der Partnerwahl muß man penibel sein; am besten, man wählt überhaupt keinen Partner.

Viertens: Man muß allein wohnen.

Um das Leben heil zu überstehen, sollten diese vier Voraussetzungen erfüllt sein.

Nicht mehr lange, dann ist es acht.

Von halb acht bis acht muß er Waren mit roten Etiketten auspreisen. Mit diesem Etikett ist ein Produkt nur noch halb so teuer. Anhand einer Liste geht er die Regale für Milchprodukte, Käse, Wurst, Fleisch, Brot, Gebäck und Obst durch. Manchmal muß er auch Haushaltswaren auspreisen, wenn Saisonartikel wegmüssen. Nach Weihnachten sind Kerzen und Kränze, nach Ostern Schokoladeneier und Kresseteller billiger.

Das Klacken der Preispistole wirkt genau wie ein verführerischer Duft, der die Leute auf ihrer Jagd nach Beute anlockt.

Eine Zeitlang hat ein Fuchs in der Nähe ihres Gartens gelebt, hat den kleinsten Hühnerknochen im Abfall gerochen. Egal wie gründlich man Fleischreste in Plastik einwickelte, der Fuchs roch sie. Sofort war er zur Stelle und bearbeitete die Mülltonne, wetzte und kratzte stundenlang an ihr herum, wie verhext vom Fleischgeruch. Für seine Natur kann er nichts. Trotzdem, ekelhaft.

Neben ihm steht eine Mutter mit fettigen Haaren, ihre Stepphose spannt an den Hüften. Hinter ihr quengelt die Tochter, deren Jacke zu groß ist. Der Blick der Frau folgt ihm wie ein scheues, hungriges Tier.

Der Abstand zwischen ihnen ist klar geregelt, die Frau würde ihm die Ware nie direkt aus der Hand nehmen. Doch sie weiß genau, was er macht und wo er sich befindet. Und jetzt kommt sie ihm zu nah. Obwohl er den Artikel schon zurück ins Regal gelegt hat, ist er an der Stelle, wo seine Hand eben war, garantiert noch warm. Ein Teil *seiner* Wärme haftet an der Ware, die sie in ihren Wagen legt.

Einmal hat er sich im Bus leichtsinnigerweise auf einen freigewordenen Platz gesetzt, der noch nicht wieder kühl geworden war. Als er mit Gesäß und Oberschenkeln die Wärme seines Vorgängers spürte, überfiel ihn Brechreiz. Sein Arsch berührte die Nachwirkung eines anderen Arsches, warm, womöglich stinkend! Widerwärtig, als hätte er sich in Shorts auf den Schoß eines Mannes mit behaarten Beinen gesetzt. Dieses Bild war so stark, daß er Angst hatte, zu verfaulen, wenn er noch eine Sekunde länger sitzen blieb. Er rannte hektisch durch den Bus, tat so, als hätte er die Haltestelle verpaßt. Als die Türen sich öffneten, sprang er hinaus; kaum war der Bus außer Sichtweite, übergab er sich in die Weidenröschen.

Er haßt die Wärme, die menschliche Körper abgeben. Das Schlimmste an der Schule ist die Luft, die man im Klassenzimmer atmen muß, die schon in den Lungen anderer gewesen ist. Wenn es nicht so auffällig wäre – er würde einen Mundschutz tragen. So aber versucht er, möglichst flach zu atmen. Er kann minutenlang die Luft anhalten.

Klack-klack, mit dem Gerät in seiner Hand verdient er sieben Euro pro Stunde. Einundzwanzig Euro am Abend; mit dem Geld nimmt er es genau. Wenn er erst einmal tausend Euro zusammenhat, wird die ganze Stadt sich wundern ... Er ist längst in einen Tagtraum geglitten, als ihn jemand am Ärmel packt. Vor Schreck weicht er zwei Schritte zurück, läßt fast die Preispistole fallen.

Es ist das kleine Mädchen.

Sie sieht ihn an. Und zum ersten Mal nimmt er sie richtig wahr. Blonde Haare, zerzauster Pferdeschwanz. Ein langärmliges Shirt mit Farbflecken an den Bündchen, die wie lange schlaffe Wurstenden unter der Jacke hervorschauen. Seltsam ruhig streckt sie ihm etwas entgegen. Ihm ist völlig schleierhaft, wie jemand ihm so nahe kommen konnte, ohne daß er es bemerkt hat, es abgewehrt hat. Dann löst er seinen Blick von ihr und schaut auf das, was sie ihm unter die Nase hält.

Ein Paket mit vier Fleischpiroggen.

»Hier ist kein Preis dran«, sagt das Mädchen.

Er versteht nicht, was sie will, nimmt nur das Paket entgegen. Es verbreitet den Geruch von Pflanzenöl und Salz, fühlt sich schlaff an in seiner Hand, vier gräuliche Klumpen. Außerdem überträgt sich die Wärme der Kinderhand in seine Finger. Er erstarrt.

»Mach ein Schild drauf, wie auf die anderen Packungen auch«, fordert das Mädchen.

Er glotzt das Paket an. Wirklich, das rote Preisschild fehlt. Er zückt schon die Preispistole, als ihm klar wird, weshalb es fehlt. Diese Piroggen sind absolut frisch, gerade erst gekommen. Der rote Aufkleber ist für altgewordene Waren bestimmt. Dieses Paket hat noch eine Woche lang Zeit.

Er sieht das Mädchen an, das schweigend zurückschaut und geduldig auf das Preisschild wartet. Schlagartig kapiert er, daß auch sie genau weiß: Dieses Produkt ist längst nicht abgelaufen.

Sie kann Daten lesen. Unzählige Male ist sie mit ihrer Mutter durch den Supermarkt gegangen. Sie weiß, wie die Sache funktioniert. Er hat oft genug beobachtet, wie sie zu ihrer Mutter läuft, ihr ein Paket hinhält und diese auf das Haltbarkeitsdatum zeigt und den Kopf schüttelt.

Ihm wird kalt. In seiner Seele gerät etwas in Bewegung. Obwohl er weiß, daß es weniger eine Seele ist; es ist der Herzmuskel, der losgaloppiert. Dieses Mädchen hat gelernt, daß seine Familie ausschließlich alte Piroggen kaufen kann. Und jetzt ist sie zu ihm gekommen – mit der Bitte, ihnen dieses eine Mal frische Piroggen zu geben.

Er schaut sich um. Keiner in der Nähe. Die Mutter steht am Regal mit Milchprodukten und prüft Käsestücke, die demnächst steinhart sein werden. Pauli wird stinksauer, wenn er ihn erwischt. Pauli hat eine durchdringende Stimme, dicke Oberschenkel und stößt heiße Atemwolken aus. Klack-klack, schon hat das Paket einen anderen Preis. Er reicht es dem Mädchen, das mit ernstem Gesichtsausdruck gewartet hat.

»Danke«, sagt sie und verschwindet.

Er bleibt zwischen den Broten und den Fertiggerichten stehen. Sein Herz rast noch immer. In seiner rechten Hand baumelt die Preispistole. Er beobachtet, wie das Kind der Mutter die Fleischpiroggen zeigt. Die Mutter dreht und wendet das Paket und legt es schließlich zu den anderen Waren in den Einkaufswagen. Akzeptiert. Das Mädchen schaut sich nach ihm um, doch ehe ihre Blicke einander begegnen, ist er hinter dem Brotregal verschwunden.

Sein Puls ist auf zweihundert, und plötzlich hat er eine Vision: Er steht im Zimmer des Mädchens, in einer Ecke hinter dem Hamsterkäfig, das Kinderbett riecht leicht nach Urin, auf dem Boden gammelt Brot. Aus dem Wohnzimmer das Geplärre von Zeichentrickfilmen, in der ganzen Wohnung keine andere Lichtquelle als der Fernsehbildschirm.

Er wird kündigen müssen.

Er legt die Preispistole auf die Packungen mit Kohlauflauf und läuft zur Schwingtür fürs Personal. Wenigstens eine Minute lang muß er sich zurückziehen. Falls jemand fragt, wird er behaupten, um eine Pause gebeten zu haben.

Er geht die Wendeltreppe hinunter in die Umkleide. Der Raum ist eng und voller schmaler Schränke. Seiner ist hinten in der Ecke, doch er geht daran vorbei zur Toilette, setzt sich auf den Klodeckel und legt den Kopf auf die Knie. Wenn sein Herz weiter so rast, wird er ohnmächtig.

Doch es kommt anders. Er atmet tief durch und flüstert beschwichtigend auf sich ein, so konzentriert jedoch, daß er erneut die Kontrolle über das Geschehen verliert: Jemand stößt die Klotür auf.

»Was zum Teufel machst du hier?« Die Stimme ist wütend.

Er hebt seinen Kopf, seine Augen sind feucht. Vor ihm steht Pauli, ein gehässiger Dreißigjähriger.

»Hockst hier rum, und oben wartet die Arbeit. Was soll das, hä?«

Pauli schnauzt ihn an wie einen Hund. Das ist seine Art. Er ist Aufseher auf dem Weg nach oben und hält es daher nicht für nötig, das Personal gut zu behandeln. Die Leute, die die Abend- und Nachtschichten machen, kommen und gehen sowieso, diese Jobs will niemand länger. Hinter Pauli geht eine Tür, und er gibt sich einen Ruck. Steht auf. Pauli tritt zur Seite.

»Auch wenn du ein armseliger Wicht bist – konzentrier dich wenigstens die letzten zehn Minuten«, ruft er ihm nach.

Ihm wird bewußt, wie dünn er ist, wie grau seine Haut; er sieht seine leisen Schritte von außen. Im Supermarkt versucht er immer, seine Füße so wenig wie möglich anzuheben, was nicht wirklich hilft. Statt, wie sonst, durch seine federnden Schritte aufzufallen, fährt er nun eher Ski. Als würde er auf ausgelaufener Dickmilch entlanggleiten. Er hat längst mitbekommen, daß die Kollegen ihn heimlich nachmachen.

Pauli schließt die Klotür hinter sich ab, endlich ist Ruhe. Langsam nimmt er die Stufen der Wendeltreppe; jede einzeln, damit seine Augen wieder normal aussehen, wenn er oben ist. Da hält eine Stimme ihn zurück.

Er dreht sich um. Es ist Heli. Sie hat ihren Putzkittel angezogen und ein Kopftuch umgebunden, ihre Hände stecken in Gummihandschuhen.

»Hat Pauli dich eben so angebrüllt?«

Er nickt, will weitergehen, nur zehn Minuten noch, er muß unbedingt das Riesenregal mit den Milchprodukten schaffen. Weshalb hat er sich nicht zusammengerissen? Wie konnte er so blöd sein? Pauli hat recht, er ist ein Wicht, ein Nichtsnutz, der nichts auf die Reihe kriegt, nicht einmal das, was vertraglich geregelt ist. Er ist der Witz des Supermarktes, und alle wissen das. Heli prostituiert sich nur, wenn sie sich herabläßt, mit ihm zu reden. Entschlossen nimmt er die letzten Stufen. Doch das Mädchen stapft hinter ihm her, und ehe er sich versieht, berührt sie ihn am Ellenbogen – schon wieder diese Geste, wie konnte das nur passieren! – und schaut ihn fragend an.

»Weinst du?«

Ruckartig reißt er sich los, völlig unkontrolliert, so daß er kurz meint, er selbst wäre es, der da brüllt. Doch es ist die Stimme Helis, die rücklings die Treppe hinunterfällt, acht Stufen tief, und brüllend auf den Steinfußboden prallt, mit der Schulter, mit dem Ellenbogen, mit dem Kopf.

Oben steht er. Alle Kraft ist aus ihm entwichen. Unten liegt das Mädchen wie ein kaputtes Spielzeug, schlimmer hätte es nicht kommen können. Heli zu verletzen, die ihm gar nichts getan hat! Pauli schreit und rennt zu ihr; das wird man ihm nie verzeihen, oje, und nur noch acht Minuten, um die Milchprodukte durchzugehen.

Er läßt die beiden allein zurück und betritt die Verkaufshalle.

Sepi hat angerufen.

Fast verschlägt es mir vor Schreck den Atem, nein, vor Scham. Ich schwitze, habe Angst vor einer Konfrontation. Aber als ich meinen Anrufbeantworter abhöre, wieder und wieder, kann ich seiner Stimme, seiner Wortwahl nichts Anklagendes entnehmen. Da ist nur eine furchtbare Einsamkeit, die mit jeder Pause zwischen den Wörtern tiefer in mich dringt.

»Wollte eigentlich nur sagen, daß du mal vorbeikommen kannst. Oder ich kann ja auch kommen. Also irgendwann. Könnten ein bißchen reden oder so. Aber fühl dich jetzt nicht gedrängt. Dann, wenn's dir paßt.«

Der Anrufbeantworter rauscht und tutet. Ich müßte die Kassette endlich mal auswechseln, sonst hört man mit den neuen bald auch die alten Nachrichten ab, gespenstisch. Ein kurzes Piepen, ein dichtes Rauschen, dann auf einmal Kindergeschrei und die Stimme meiner Schwester, ihre letzten Worte »... na, wir sehen uns dann ja, Viertel nach sieben, tschüüüs.«

Ich lösche die Nachrichten, das Gerät spult das Band zurück, das rote Lämpchen geht an, jetzt ist wieder Platz für neue Mitteilungen. Der Autoschlüssel hängt bereits am Haken, der Poststapel liegt ordentlich auf der Kommode. Ich könnte es mir eigentlich gemütlich machen. Die Schuhe ausziehen und im Mantel zum Kühlschrank schlurfen, den Weinkanister herausholen und picheln. Ich könnte mir einen ruhigen Abend machen und Sepi irgendwann später im Herbst treffen, wenn's mir besser paßt. Ein paar Sekunden stehe ich da, dann drehe ich mich um und schnappe mir den Autoschlüssel. Egal. Es kommt kein besserer Moment. Hinter mir fällt die Tür ins Schloß, der Knall hallt im Treppenhaus nach. Aus dem Fernseher eines Nachbarn tönt alberne Musik.

Ich fahre hin, sofort, dann ist es erledigt.

In Sepis Küchenfenster brennt Licht. Ein Schatten gleitet über die Wand; ein großer Mensch – der vielleicht gerade den Kleinen beim Hausaufgabenmachen beisteht und erst weint, wenn sie schlafen.

Ich kann nicht sofort aussteigen. Ich habe auf dem Besucherplatz geparkt, den Motor und die Scheinwerfer ausgestellt, habe kontrolliert, ob die Beifahrertür verschlossen ist und die Türen hinten. Noch sitze ich da. Prüfe mein Gesicht im Spiegel. Habe keine Ahnung, was ich sagen soll und was ich fühle. Ich sitze da, bis die Wärme aus dem Auto entwichen ist und mir kalt wird. Am liebsten würde ich den Motor wieder starten und wegfahren, aber als das Licht im Küchenfenster ausgeht, steige ich aus. Ich knalle die Tür zu und betrete mit leerem Kopf das Treppenhaus, gehe die Treppen hoch, drücke auf die Klingel.

Sepi ist kleiner, als ich in Erinnerung hatte.

Kaum hat er mich gesehen, schließt er mich schon in seine Arme und drückt mich fest an sich. Er ist warm und lebendig und traurig, ein Schatten von Mann. Jedenfalls ist er nicht mehr der Mann, bei dem ich Eihälften gegessen und etliche Longdrinks getrunken habe – das ist mindestens tausendvierzehn Jahre und achthundert Monate her. Er löst die Umarmung und schiebt mich ein Stück von sich weg, sieht mich an. Seine Haare sind länger, sein Kinn ist grau; er ist schmaler geworden. Auch seine Stimme scheint sich verändert zu haben.

»Willst du einen Longdrink?« fragt er.

Fast hätte ich abgelehnt, doch das geht nicht. Er wünscht sich so sehr, daß ich annehme, daß die Schwägerin Longdrinks trinkt wie immer. Also nicke ich, verschweige, daß ich mit dem Auto da bin. Es wäre sehr unpassend, den Abschied anzusprechen, kaum daß man zur Tür hereingekommen ist.

»Wo sind die Mädchen?« frage ich, die Wohnung wirkt merkwürdig still, dabei ist es nicht einmal acht Uhr. Sepi verschwindet hinter der Kühlschranktür; er hat das Licht in der

Küche nicht wieder angemacht. Ich bin durstig und will mir ein Glas Leitungswasser holen. Als ich den Wandschrank öffne, steht unten auf dem Gitter für das gespülte Geschirr die Schüssel, in der sich mein Nudelsalat befand. Ich klappe die Schranktür zu, verzichte auf das Glas Wasser.

»Die sind bei der Oma, die Katze hat Junge gekriegt.«

Sepi hat schon die Longdrinkflaschen in der Hand, doch ehe der Kühlschrank zugeht, sehe ich, daß so gut wie nichts drin ist: Dickmilch, Piroggen, welke Petersilie oder irgendein anderes Grünzeug; eine traurige Erinnerung daran, daß es zu anstrengend geworden ist, selbst zu kochen.

Sepi geht an mir vorbei und winkt mich ins Wohnzimmer, wo es heller ist, warmes gelbes Licht. Ich folge ihm, und jetzt erst rieche ich, daß er lange nicht mehr unter der Dusche war.

Als wir auf dem Sofa sitzen, betrachte ich meinen Schwager genauer. Er ist irgendwie geschrumpft, als wäre in der Mitte seines Körpers etwas in sich zusammengefallen. Während er die Flaschen mit einem Feuerzeug öffnet, stelle ich fest, daß sein Haar dünner ist, seine Haut fahl und sein Eigengeruch anders, mausartig, pappig, leicht säuerlich und zugleich süßlich.

Er bemerkt meinen forschenden Blick, kümmert sich aber nicht darum. Er beugt sich zu mir und reicht mir eine Flasche, und da rieche ich es: Er hat angefangen zu trinken.

Ich moralisiere nicht, ich bin selbst ein Schluckspecht. Versnobt bin ich auch nicht – manchmal ist es vollkommen egal, ob man teuren Kognak oder billigen Campari trinkt. Aber ich mache mir Sorgen, denn das, was Sepi mir reicht, ist anders als das, was es sonst bei ihm gibt. Billiger und stärker, direkter. Zum Saufen da.

»Wie steht's?« frage ich, als Sepi sich zurücklehnt und die Flasche zum Mund führt. Ich trinke ebenfalls. Kalt und gut, die erste Flasche fühlt sich immer gleich an, egal was drin ist. Sepi schließt die Augen. Ein winziger Spalt bleibt auf, seine Lider flattern unruhig. Ich habe das bei müden Tieren beobachtet, die sich vor der totalen Erschöpfung in einen kurzen Schlaf flüchten. Prompt ist das Mitleid da, und zugleich bekomme ich furchtbaren Zigarettenschmacht. Aber ich will die Situation nicht unterbrechen und zum Rauchen auf den Balkon verschwinden.

»Na ja, wie wird's schon stehen. Schritt für Schritt«, antwortet er und wischt sich über das Gesicht. »Und Tag für Tag. Irgendwie, zusammen mit den Mädchen.«

Wie wenig wir uns zu sagen haben. Nicht mich hat er geliebt, sondern meine Schwester, und ich habe ihn wegen dieser Liebe geschätzt. Damit hat sich's auch schon mit unseren Schnittstellen.

»Nun ja. Und danke übrigens für das Geld«, wirft Sepi in den Raum.

Seinen Tonfall kann ich nicht deuten. Ich weiß nicht, was er denkt. Wir könnten ein bißchen reden, hat er gesagt. Immerhin ahne ich jetzt, worauf er hinauswill.

Sepi beugt sich vor, nimmt einen Briefumschlag vom Couchtisch und wirft ihn mir zu. Ich rühre den Brief nicht an; ich warte ab, was kommt. Kommen muß. Ein weißer Briefumschlag mit dem Logo meines Arbeitgebers drauf, adressiert an Seppo Haapala.

»Lies.«

»Ich weiß, was drinsteht«, erwidere ich.

»So, das weißt du also. Ich allerdings habe es nicht gewußt, bevor ich den Brief gelesen habe. Kapierst du überhaupt, was du gemacht hast, Inkeri?«

Aha, Sepi ist wütend, will seine Wut aber nicht zeigen. Betont langsam nimmt er eine weitere Flasche und das Feuerzeug vom Tisch, pling, der Kronkorken fliegt auf den Fußboden. Sepi nimmt einen Zug, zeigt dann mit der Flasche in der Hand auf mich.

»Was soll ich mit all dem Geld anfangen, hm?«

Ich brauche einen Moment, ehe ich begreife, was los ist. Es ist alles viel zu plötzlich gekommen für ihn. Und auch für mich – jedenfalls diese Situation.

»*Du* brauchst das Geld ja nicht auszugeben. Denk dir einfach, daß es für die Mädchen ist«, sage ich leise.

»Für die Mädchen, für die Mädchen. – Nie im Leben hätte ich selbst so eine Summe beiseite legen können!«

»Damit hat das doch gar nichts zu tun.«

»Hat es wohl. Und die Tatsache, daß du behauptest, es wäre *nicht* so, zeigt nur, daß du keinen blassen Schimmer davon hast, wie sich das anfühlt.«

Wieder dasselbe Phänomen: Die Leute glauben, daß eine Lebensversicherung sich irgendwie anfühlen müßte. Dabei geht es nur um Geld. Geld muß sich nicht irgendwie anfühlen.

»Ich hab die Versicherung abgeschlossen, als Ellu elf war. Das ist eine uralte Geschichte.«

»Ist es nicht. Wir sind die Begünstigten. Und das ist keine uralte Geschichte, weil wir nämlich noch gar nicht auf der Bildfläche waren, als Ellu elf war.« Sepi äfft meinen Tonfall nach. »Wär schlimm genug, wenn wir als Familie diese Versicherung abgeschlossen hätten. Selbst dann würde einen diese Summe völlig überfordern. Aber so ist es noch schlimmer: Wir kriegen Geld, das uns jemand anders aufgedrückt hat. Ohne daß wir davon wußten.«

»Ach Mensch! Das mußt du anders sehen, Geld soll doch nicht überfordern!« Immerhin, ich versuche, dem Gespräch eine konstruktive Wendung zu geben.

»Tut es normalerweise auch nicht!« schleudert Sepi mir entgegen. »Ich bin voll und ganz in der Lage, allein für die Mädchen zu sorgen. Aber du hast eingegriffen, als wäre es *deine* Ehefrau! Als würde das, was passiert ist, ausschließlich dein Leben betreffen, deins-deins-deins!«

Er sieht mich an, beruhigt sich ein wenig.

Mir wäre es nie in den Sinn gekommen, daß man die Sache auch so betrachten kann. So habe ich das nicht gemeint.

»Du hast dich aus dem Schlamassel rausgekauft, so sieht's aus. Du schiebst uns einen Riesenbatzen Scheine rüber und willst, daß ich mitsamt den Mädchen verschwinde, denn alles, was dich je interessiert hat, ist Elina. Und jetzt, wo es Elina nicht mehr gibt, sind wir dir gleichgültig.«

Da sitze ich, den Briefumschlag auf dem Schoß. Ich spüre, wie Sepis Blick an meinen verhärteten Gesichtszügen abprallt. Nichts dringt zu mir durch. Sepi entgeht das nicht.

»Wie bringst du das nur fertig? Uns einfach so beiseite zu schieben, zack. Ganz allein weiterzumarschieren, uns zurückzulassen. Als hättest du überhaupt keine Gefühle.«

Forschend sieht er mich an. Die Ausbildung der Kinder, ihre Altersvorsorge, überhaupt die ganze finanzielle Absicherung – ich habe es doch nur gut gemeint, doch in Sepis Augen ist das ein großer Haufen Scheiße.

»Dir ist überhaupt nicht klar, wie sehr du uns damit verletzt, *mich* damit verletzt. Zum Teufel mit deiner Lebensversicherung! Wir wollen kein Geld von dir.«

»Das ist doch gar nicht mein Geld, das kommt doch nicht von mir!« Ein letztes Mal versuche ich, dieses himmelschreiende Mißverständnis zu korrigieren – Versicherungen funktionieren anders.

Doch als ich Sepis drohenden Blick sehe, erspare ich uns weitere Erklärungen. Es gibt nichts mehr zu sagen. Und ganz langsam bekomme ich eine Ahnung davon, wie er sich in diesem Moment fühlt. Du liebe Güte, ich wollte ihm doch nichts Böses.

Sepi hat sich abgewendet. Ein großer Mann in einem stillen Wohnzimmer. Der Anblick seines gekrümmten Oberköpers bricht mir fast das Herz; Scham steigt in mir auf, am liebsten würde ich mich rechtfertigen. Ihm erklären, weshalb er danebenliegt – seine Sichtweise ist so was von falsch! Ich wollte doch nur, daß alles glattläuft, daß das Leben weitergehen kann.

Dieses Gespräch ist völlig in die Hose gegangen. Dabei hätte dies das Treffen sein sollen, bei dem wir in Fotoalben blättern, uns an schöne Weihnachtsabende erinnern, an lustige Mißgeschicke in den Sommerferien. Dies sollte der Abend sein, an dem ich von meinen Erinnerungen an Ellus Kindheit erzähle. Von ihren Kopfbewegungen, ihrem kleinen kräftigen Körper, der erstaunlichen Biegsamkeit ihrer rundlichen Glieder. Sepi hätte mich im Arm halten sollen, und wir hätten sämtliche verfügbare Flaschen leer getrunken. Morgens wären wir verkatert aufgewacht, und das Leben wäre weitergegangen. »Ich besuch dich bald wieder«, »ja, wir telefonieren«, »klar, wir bleiben in Verbindung«. Er hätte dankbar dafür sein sollen, daß ich alles so geregelt habe, daß sie sich nicht sorgen müssen.

»Du kapierst gar nichts, hm? Mit dieser Versicherung hast du Elina meiner Familie weggenommen und einen tiefen Graben zwischen dir und uns gezogen.«

Du liebe Güte. Hier kann ich keine Sekunde länger bleiben.

Ich sitze im eiskalten Auto und kann nicht losfahren. Was eben geschehen ist, steht fast unwirklich klar vor mir und lähmt mich. Wie festgewachsen liegen meine Hände am Lenkrad. So habe ich das nicht gemeint.

Mein Vertrauen in diese Welt wurde an dem Tag erschüttert, als eine fremde Stimme die Nachricht vom Tod meiner Eltern überbrachte. Sofort nach der Beerdigung habe ich eine Lebensversicherung für mich abgeschlossen. Wenn mir etwas zustößt, muß Elina sich um nichts sorgen, so dachte ich. Ein halbes Jahr später sprang Elina zum Spaß vom Dach des Plumpsklos.

Ich weiß es noch genau, als wär's erst gestern passiert. Mit einer Angst, die kaum auszuhalten war, saß ich hinten im Taxi, meine vor Schmerzen kotzende Schwester im Arm. Ich war erst siebzehn und dachte, jetzt stirbt auch sie. Wir fuhren den Schotterweg entlang, Elina schrie wie am Spieß. Der Regen hatte liefe Löcher in die Straße gegraben, die die laute Planierraupe, die morgens hier langgefahren war, nicht hatte ebnen können. Das Auto hüpfte wie ein Gummiball, das gebrochene Bein meiner Schwester ragte seltsam verdreht aus ihrem Körper. Unter uns lagen leere Düngersäcke, damit das Blut, das durch Elinas Hose sickerte, nicht das Taxi beschmutzte.

Als ich am nächsten Morgen das Krankenhaus verließ, ohne meine Schwester und vor Übermüdung wankend, nahm ich das nächste Taxi und fuhr direkt zum Büro der Versicherungsgesellschaft.

Ich wollte nie wieder Angst haben. Und wenn ich heute darüber nachdenke, wird mir klar, daß ich auf eine sonderbare Art tatsächlich daran glaubte. Daß nichts meiner Schwester etwas anhaben kann, wenn sie anständig versichert ist. Ich habe geglaubt, daß das Unglück die in Ruhe läßt, die sich dagegen absichern. Alles andere erschien mir zu unwahrscheinlich. Ja, ich habe mir eingebildet, daß eine Lebensversicherung eine Versicherung gegen jegliche Gefahr ist.

Ich war siebzehn. Nachdem die Versicherung abgeschlossen war, hatte ich weniger Angst. So war es nun mal. Und dafür soll ich mich jetzt entschuldigen? Wer wäre da überhaupt die richtige Adresse?!

So sehr ich mich mühe, mein Auto will nicht anspringen.

Heinula zieht die Schiebetür hinter sich zu und geht durch den Raum. Ausnahmsweise muß sie nicht erst um Ruhe bitten. Ihre Kollegen haben bereits fünf Minuten gewartet, todernst, viel zu angespannt für Witzeleien.

»Okay, ich fang mal an. Wir haben die Festplatte untersucht. Ums gleich vorneweg zu sagen: Eine klare Aussage kann ich leider noch nicht treffen. Also, der Moderator des Forums speichert alle IP-Adressen und verfolgt, wer wann mitdiskutiert. Soweit ist also alles okay. Unser mutmaßlicher Täter hat sich allerdings über wechselnde IP-Adressen eingeloggt, beziehungsweise nicht über wechselnde Adressen, sondern immer von verschiedenen Computern aus. Der saß nie zweimal hintereinander am selben. Ich zeig euch jetzt mal« – sie zieht die Dialeinwand herunter –, »wo diese Computer sich befinden.«

Heinula schaltet den Overhead-Projektor ein, wird dabei für ein paar Sekunden zu einer strahlenden Gestalt mit illuminierten Seidenhaaren. Hinter ihr leuchtet die Karte von Vantaa.

»Das ist Vantaa, und hier sind wir.« Heinula zeigt auf einen Punkt in der Mitte. »Die Computer, von denen aus er im Forum mitgechattet hat, sind hier, hier und hier. Und hier.« Sie markiert die Stellen mit schwarzen Punkten. »So weit, so gut. Aber jetzt kommt's. Wo *genau* befinden sich diese Computer?«

Schweigen. Einige wissen es tatsächlich nicht, die anderen wollen zu Heinulas Vortrag nichts beitragen. Die Kollegen sind mal wieder neidisch, blitzt es Luhtanen durch den Kopf. Was ist eigentlich bei uns los?

Aber Heinula wartet erst gar nicht auf Unterstützung. Sie ist es längst gewohnt, daß ihre Vorträge ohne Echo bleiben.

»Das sind alles Orte, die für jeden frei zugänglich sind, man braucht für den Computer nicht einmal eine Benutzerkennung. Was für Orte sind das wohl, hm?«

Juha Huttunen, die gute Seele, hebt die Hand; Heinula nickt.

»Bibliotheken.«

»Genau. Bibliotheken. Und das entscheidende daran ist, daß unser potentieller Täter sich ohne Benutzerkennung eingeloggt hat. Was bedeutet, daß es von diesem Benutzer momentan keinerlei Spur gibt.«

Und wieder: Schweigen. Luhtanen ist enttäuscht – keinerlei Spur also. Ein Computer weiß also tatsächlich nicht, wer ihn benutzt?

»Tja. Er hat offenbar einen Ausweis hinterlegt und durfte dann im Internet surfen. Und die Liste derjenigen, die sich per Ausweis für die Computer anmelden, wandert Abend für Abend in den Schredder.«

»Was soll denn der Scheiß?!« ruft jemand aus dem Dunkel.

Heinula zuckt mit den Schultern. Jemand anders aus den hinteren Reihen – Luhtanen kann nicht erkennen, wer – mischt sich ein. »Die Büchereitanten haben irgendwann mal ihre Listen durcheinandergekriegt – die für die Computeranmeldungen und die Liste, wer von den Kollegen beim Lotto mittippt. Was zur Folge hatte, daß die Aushilfskraft plötzlich als Betrügerin verschrien war, weil das mit den Listen nicht aufging. Plötzlich gab es x Anmeldungen für die Computerwarteliste, und beim Lotto hatte angeblich niemand mitgemacht. Da stimmten natürlich die internen Bilanzen nicht mehr.«

Riesengelächter.

Auch Heinula amüsiert sich, obwohl der Kollege im Dunkeln das Feedback erntet, das sie verdient hätte. Luhtanen lacht nicht mit. Er bewundert Heinulas Tapferkeit. Sie hat es nicht leicht. Luhtanen fällt der Grünschnabel ein, den Heinula verhört hat. »Nutte«, hatte er gezischelt. Ein vaterloser Junge, seine stechenden wasserblauen Augen auf Heinulas hübschem Gesicht.

»Der Tatverdächtige ist also in den Bibliotheken von Vantaa unterwegs, und zwar in Koivkuylä, Hiekkaharju, Tikkurila und Pakkala. Seine Zeiten wechseln, aber in den drei Wochen vor der Explosion war er meistens zwischen siebzehn und zwanzig Uhr in den Bibliotheken, also kurz bevor sie zumachen. Davor war er eher tagsüber im Netz, abends so gut wie gar nicht. Aus irgendeinem Grund also hatte der Täter plötzlich abends frei, was natürlich eine intensivere Phase ist.«

»Was meinst du damit?« fragt Luhtanen.

»Abends kann man in der Regel in Echtzeit chatten, hat direkten Kontakt zum Gegenüber. Das ist dann fast wie ein Gespräch; man bekommt Anregungen, entwickelt Ideen. Das schöne an Internetforen ist ja, daß man in Gesellschaft ist und trotzdem unsichtbar. Man kann sich völlig frei äußern, ohne daß einen jemand sieht. Keiner weiß, wer du bist.«

Sie holt Luft. Stille. Ihre Wangen sind leicht gerötet, sie ist auf der Zielgeraden.

»Klar kann man auch die dicksten Lügen verbreiten – wenn man will. Aber gerade da hat man die Möglichkeit, radikale Wahrheiten auszusprechen, denn andere sehen nur deinen Nickname, einen ausgedachten Benutzernamen. Du kannst also jemand völlig anderes sein – oder auch hundertprozentig der, der du bist. Du kannst extrem verlogen oder extrem ehrlich sein, ganz nach Laune.«

Heinula holt wieder tief Luft und will weitersprechen, als jemand laut pfeift. Heinula ist irritiert, hält inne.

»Worüber reden die denn in diesem Forum eigentlich genau?« fragt der, der sie unterbrochen hat.

Luhtanen würde am liebsten unwillig grunzen. Männer und ihr ewiges Konkurrenzdenken. Nach diesem unhöflichen Pfiff verliert Heinula sichtlich an Fahrt, ist wenig später völlig ausgebremst.

Schade, denkt Luhtanen, ihr Vortrag war bislang die beste Analyse zur Geschichte überhaupt.

»Also, unser kleiner Freund hat vor allem die anderen berichtigt und ergänzt. Er ist systematisch, nimmt die Sache sehr ernst und hat ein umfassendes Wissen. Aber mit diesem Teil der Auswertung sind wir noch nicht ganz fertig.«

»Mann oder Frau?«

»Mann.«

»Woher willst du das wissen?«

»So was weiß man einfach«, erwidert Heinula. »Ich kann's nur noch nicht belegen. Wie gesagt, die Auswertung ist noch nicht ganz fertig. Eine Sache noch: Er hat seit der Explosion keinerlei Kontakt mehr zum Forum aufgenommen.«

Auf einmal sind alle mucksmäuschenstill. Keiner hat einen Kommentar parat.

»Der Moderator hat versucht, ihn übers Forum und direkt per E-Mail zu erreichen, aber keine Antwort. Wir haben sein komplettes Chatprotokoll durchgeprüft. Nichts Persönliches dabei, nur Tips und Tricks, Chemie und Bomben. Seine Mailbox ist seit der Explosion nicht gelöscht worden.«

Schweigen.

»Als wäre er in ein Cyberuniversum abgetaucht«, murmelt Heinula. »Hat sich einfach in Luft aufgelöst.«

Schweigen.

Eigenartig, denkt Luhtanen. Ein absolut spektakuläres Verbrechen und ein absolut unsichtbarer Mann.

»Danke«, sagt Paalosmaa aus der hintersten Riege. Heinula schaltet den Projektor ab; einen Moment sitzen alle im Dunkeln, sogar bildlich gesprochen.

Endlich zaubert jemand in Türnähe das Licht an. Heinula wirkt ruhig, nur das Rot ist noch nicht von ihren Wangen gewichen. Sie richtet ihren Blick auf Luhtanen, der sich von ihren dunklen Augen nicht losreißen kann.

Ich muß mir ihr reden, denkt Erkki. Es gibt etwas, das sie noch nicht gesagt hat. Paalosmaa steht auf.

»Hat jemand dazu etwas anzumerken?« fragt er.

Keiner.

»Alles klar. Also: Das Befragen der Chemiestudenten fortsetzen; müßte man sogar langsam auf andere Städte ausdehnen. Das kann sonstwer gewesen sein, der ist schließlich vorher völlig unauffällig gewesen.«

»Vielleicht bist du es ja«, will jemand den Chef veräppeln, »obwohl: Du chattest nicht, du erteilst Befehle.«

Alle lachen. Arbeitsplatzhumor. Luhtanen steht auf, läßt Heinula nicht aus den Augen. Sie sammelt die Folie und die runden Markierungen ein, die sie auf dem Stadtplan hin und her geschoben hat. Die Sitzung ist zu Ende.

Sie hat *nicht* gelacht, keinen der anderen Kollegen angesehen. Schnurstracks geht sie durchs Zimmer, hinaus in den Flur. Sie ist bereits an der Glastür, als Luhtanen sie einholt. Schwupps, schon ist sie ihm entwischt, die Tür schließt sich vor Erkkis Nase. Er sieht sie ein Stockwerk tiefer gehen, ihr Haarschopf wippt auf den Treppenstufen. Luhtanen wühlt in seinen Taschen nach der Zugangskarte für die Tür, aber nein, die hängt zusammen mit seiner Jacke über der Stuhllehne im

Konferenzzimmer. Er starrt durch die Glasscheibe, wägt die Dringlichkeit der Angelegenheit ab. Er beschließt, das Gespräch auf den nächsten Tag zu verschieben. Es ist spät; Zeit, nach Hause zu kommen, zur Abwechslung mal.

Luhtanen geht durch das karge Foyer der Kripo Vantaa, das nicht als Ort zum Plaudern entworfen wurde. Das spärliche Mobiliar ist aus Metallgeflecht, der Fußboden aus glattem Stein – gut für die, die putzen müssen, schlecht für die, die Atmosphäre wollen. Das Foyer ist das perfekte Bild dafür, wie die meisten Leute um Luhtanen herum ticken. *Sein* Arbeitsplatz ist chaotisch, fast labyrinthisch, voller Kram und Papier. Ständig kommen Leute hereingeschneit. Was sagt das über ihn?

Im Gehen hängt er sich die Jacke über und zieht das Handy aus der Tasche. Draußen regnet es, er tippt die Nummer der Taxizentrale noch im Foyer ein. Mit dem Handy am Ohr nickt Luhtanen den beiden Schutzpolizisten zu, die ihm entgegenkommen. Einer trägt eine Pappschachtel, in der ein paar Gegenstände im Takt seiner Schritte hin und her rutschen.

»In die Jokiniementie drei«, sagt Luhtanen.

»Moment«, tönt es aus dem Handy. Luhtanen beobachtet, wie seine Kollegen ein Gespräch mit dem Wachmann anfangen.

Nachdem die kriminaltechnischen Untersuchungen im Einkaufszentrum abgeschlossen waren, wurde dort vorübergehend eine Art Fundbüro eingerichtet – für die Leute, die in der Panik jenes Freitagabends ihre Taschen liegenließen. Mittlerweile war das Warenlager von Lieferwagengröße auf Schuhkartongröße geschrumpft.

»Reservierungsnummer 536«, tönt es aus der Taxizentrale. Luhtanen dankt und beendet das Gespräch; die beiden Kollegen kommen auf Luhtanen zu.

»Wir wollten die Reste vorbeibringen. Das hier hat anscheinend keiner vermißt, und wegwerfen können wir's ja schlecht. Vielleicht ist eine heiße Spur dabei«, grinst der eine und hält eine großbrüstige Plastikfigur hoch. Luhtanen wird mal wieder von seinem Gedächtnis in Stich gelassen: Er weiß zwar, daß dieser Kollege bei der Weihnachtsfeier in einen Papierkorb gekotzt hat, doch sein Name fällt ihm nicht ein.

»Wir sind alles losgeworden: Schals, Handschuhe, Portemonnaies, Handys; die Leute haben nichts verkommen lassen. Und was haben wir uns nicht für Geschichten angehört: Jeder wußte ganz genau, wo er gerade stand, was er gerade gemacht hat, oft sogar, woran er gerade gedacht hat.«

»Ja«, erwidert Luhtanen nachdenklich.

Der Mann hält ihm die Schachtel unter die Nase. Ein Leuchtball, ein kleiner Handschuh mit Sonnengesicht auf dem Handrücken, eine Pfeife, drei Wäscheklammern, ein Sicherheitsschlüssel oder eine Art Stift, ein Filzkäppi, ein Armreif, die großbrüstige Plastikfigur und ein dickes Buch. Wenig, in der Tat. Der Mann streicht über den Sicherheitsschlüssel.

»Das wundert mich ziemlich«, sagt er. »Alles andere ist überflüssiger Kram, Wäscheklammern!, aber das hier wollte keiner wiederhaben, obwohl's ein echtes High-Tech-Ding zu sein scheint. Könnte ein Schlüssel sein, oder?«

Tervanen, genau. So heißt der Mann. Gutgelaunt schnappt Luhtanen sich den Sicherheitsschlüssel. Mitten im hallenden Foyer hat sich ein Dreiergrüppchen gebildet, ein entspannter Augenblick unter Männern, in dem spaßhaft, zum Zeitvertreib, das Wunder der Technik bestaunt wird.

Der schmale Stift sieht aus wie der Steckschlüssel eines Fahrradschlosses. Luhtanen schnuppert daran – geruchlos. Nur ein paar feine Schrammen sind zu sehen.

»Tja«, sagt Luhtanen. »Das ist wohl ein Autoschlüssel. Ohne den kriegt man das Auto nicht in Gang. Und den wollte keiner wiederhaben? Sieh mal einer an.«

»Das hat uns auch gewundert.«

Auf einmal hat Luhtanen eine Idee. Sicher ist er sich nicht, aber ausprobieren muß man's. Er hat kürzlich etwas über diese Sicherheitsschlüssel gelesen, und wenn er sich richtig erinnert, könnte die Geschichte spannend werden.

»Darf ich mir den Schlüssel vorübergehend ausleihen?« fragt er.

Tervanen zögert. Da kommt das Taxi.

»Was willst du damit machen?« fragt Tervanen.

»Du kriegst ihn morgen wieder.«

»Okay, meinetwegen. Aber nicht kaputtmachen.«

»Den kriegt man nicht kaputt«, beruhigt Luhtanen.

Tervanen nickt, immer noch etwas unsicher, aber sei's drum. Luhtanen schaut nach draußen; das Taxi wartet. Sieht ganz so aus, als würde er schon wieder nicht zum Einkaufen und Schlafen kommen. Hoffentlich hat Inkeri Essen im Kühlschrank.

Es gab Zeiten, in denen ich mich geärgert habe, wenn ich einschlief, während das Licht noch brannte. Das fühlte sich seltsam unfertig an, erinnerte an eine Näharbeit, die unbeendet auf dem Tisch liegengeblieben war. Beim Aufwachen schien es mir, als hätte ich etwas Wichtiges vom Vortag nicht richtig kapiert oder zu Ende gedacht. Als hätte ich aus Unachtsamkeit das Beste aus den Händen gleiten lassen – furchtbar. Und im nachhinein weiß man nicht einmal mehr, wann und wie genau es dazu kommen konnte.

Mittlerweile will ich über das Ende des Tages nicht mehr nachdenken. Am liebsten ist es mir, wenn ich – wie jetzt – in voller Montur aufs Sofa falle, ohne überhaupt zu merken, daß Nacht ist. Ich mag es nicht, im Schlafanzug im Bett herumzuliegen, sauber und eingecremt auf den Schlaf zu warten, der nicht kommt und einen Stellvertreter schickt: die Erinnerung. Denn an die exakte Wirklichkeit des Tages kommt man nicht mehr heran, nur die Erinnerung senkt sich einem auf die Brust wie eine schwere Katze. Besser ist es, wenn die Müdigkeit mich abknallt wie einen Vogel mitten im Flug, so daß ich in den Schlaf plumpse wie eine Ente ins Schilf.

Es klingelt, doch ich brauche eine Weile, ehe ich den Klang als meine Türklingel identifiziere. Ich mache die Augen auf und stemme mich, nein kugle mich vom Sofa, stoße mit dem Knie gegen den Couchtisch. Ein Zipfel meiner Jacke hängt fest und bremst meinen ohnehin nicht sonderlich koordinierten Bewegungsablauf. Ein Ruck mit dem Hinterteil, und ich bin frei, falle aber noch mal zurück in die Kissen, ehe ein weiteres, forderndes Klingeln mich auf die Beine bringt.

Durch den Türspion kann ich niemanden sehen. Wenn das mein nerviger Pornonachbar ist, bringe ich ihn um. Mit diesem Gedanken als letzter Waffe mache ich auf. Doch vor mir steht nicht mein Herr Nachbar »Ekliger-als-Hundescheiße«, sondern Erkki Luhtanen.

»Was machst du denn hier?!« krächze ich, so freundlich ich kann. Luhtanen hat meinen rauhen Charme schon immer zu schätzen gewußt, der heutige Tag ist da keine Ausnahme. Er lächelt, wenn auch müde.

»Hast du was zu essen da?« antwortet er mit einer Gegenfrage, und ich weiß, daß er bleiben wird.

»Nein, aber wir bestellen was«, sage ich, und auf einmal freue ich mich unbändig über meinen grauen, etwas klapprigen Bekannten, der an diesem regnerischen Abend beschlossen hat, mich zu besuchen.

»Zieh deine Jacke aus, und laß dich von der guten Stimmung anstecken«, scherze ich.

Luhtanen lacht; ich bin selbst einigermaßen stolz auf meinen Spruch. Der Tag war scheiße – der einzige Semi-Verwandte, den ich habe, hat sich als undankbares Nilpferd erwiesen. Aber auf eins kann man sich anscheinend verlassen: auf die Polizei von Vantaa.

Toll. Schon habe ich das Telefon in der Hand und bestelle unser Abendessen.

Wenn man unglücklich ist, kann man nicht essen. Man empfindet sich nicht als lebendiges Wesen, als Organismus. Vor lauter Verzweiflung ist man nichts als verzweifelt. Man ist ein knochiger Geist, der vor Schmerz keinen Raum mehr hat für konkrete Dinge wie essen. Praktisch heißt das: Ein unglücklicher Mensch ist nicht in der Lage, Essen zu bestellen. Wenn er sich aber erst mal einen Ruck gibt, bestellt er Unmengen.

So jedenfalls ging es mir. Ich bestellte uns Pizza, Pasta und Döner. Erkki saß neben mir, versprach zu bezahlen und sagte ansonsten kein Wort. Er hörte zu, nickte, wenn ich ihn fragend ansah. Er redete nicht dazwischen, riß mir nicht den Hörer aus der Hand. Ließ mich gewähren. Und so habe ich losgelegt.

Der freundliche, nach Essig und Öl riechende Lieferant kam mit zwei raschelnden Tüten und zwei Pappschachteln. Ich nahm die Tüten entgegen, die Schachteln stellte er auf einen Stuhl, Erkki zahlte. Als ich die Tüten in die Küche brachte, schien es mir mit einemmal furchtbar anstrengend, den Mund aufmachen und etwas hineinschieben zu müssen. Schon Geschirr aus dem Schrank zu holen war anstrengend.

Und weil das alles so anstrengend war, habe ich meine Tränen nicht bemerkt. Sie haben nämlich gar kein Geräusch gemacht.

Ich schob mir Pizza in den Mund, die völlig neutral schmeckte. Und zwar nicht, weil sie nicht gut war – das war sie. Nein, mir fehlte einfach jegliche Geschmacksassoziation, so eingefroren waren meine Sinne. An Erkkis Gesichtsausdruck sah ich, daß etwas nicht in Ordnung war. In seinen Augen lag tiefer Schmerz; was ist nur los, dachte ich noch. Aber da kitzelte und brannte es schon an meinem Hals, und ich begriff, daß salzige Flüssigkeit in meinen Kragen rann.

Ich weinte.

Seltsam.

Denn eigentlich habe ich an gar nichts gedacht. Ich habe nur gegessen. Vielleicht war es ja das Essen. Daß ich begriff, daß ich am Leben war, an meinem Küchentisch saß und aß, daß ich allem zum Trotz ein Mensch war, der weitermacht mit Dingen wie Sitzen und Essen. Dieser Gedanke hakte sich in mir fest wie ein Angelhaken in eine Lippe, zog mich hinauf an die Oberfläche, oder hinab in die Tiefe – ganz wie man's sieht.

Da saß ich, den Mund voll mit salziger Pizza und Spucke, und weinte. Thunfischspeichel troff mir von den Mundwinkeln, und ich konnte es nicht ändern.

Nachdem ich kapiert hatte, daß ich weinte, sah ich mich von außen: eine braunhaarige, vierzigjährige Frau mit stabilem Schneckenhaus, deren Verbindung zur Welt schon vor fünfundzwanzig Jahren gekappt worden war.

Erkki legte seinen Döner aus der Hand und setzte sich neben mich. Es muß schwierig sein, eine Frau zu umarmen, die deutlich größer ist und in einer Nische zwischen Wand und Kühlschrank auf einem wackligen Klappstuhl sitzt. Für Erkki aber war das kein Problem. Er schlang einfach seinen Arm um meine Schultern und zog mich an sich. Wir sahen vermutlich aus wie ein bizarres Postkarten-Pärchen beim Angeln, mein schiefer Kopf an sein Ohr gelehnt. Ich heulte, Pizza fiel mir aus dem Mund, unappetitlich, aber da saßen wir, Kopf an Kopf, und sahen in dieselbe Richtung. Der Kühlschrank begann zu surren, hörte auf, begann wieder zu surren, hörte auf, fünf- oder sechsmal, ich zählte mit, obwohl ich weinte, denn ich hatte Angst, Erkki zur Last zu fallen.

Irgendwann richtete Erkki mich auf und brachte mich zum Sofa. Dann ging er zurück in die Küche und kam mit seinem Döner wieder. Er setzte sich neben mich und aß, das Papier raschelte leise. Mit diesem Rascheln im Ohr, müde vom Weinen, glitt ich in den Schlaf, fand einen Ort, an dem ich mich eine Weile niederlassen konnte. Kurz bevor ich fort war, fiel mir ein, daß Erkki gar nicht gesagt hatte, weshalb er gekommen war.

Ein Auto mit elektronischer Wegfahrsperre läßt sich praktisch nicht klauen. Dafür braucht man den Schlüssel. Er wird Schlüssel genannt, obwohl er absolut nicht aussieht wie ein herkömmlicher Schlüssel. Er ist schwarz oder silbern, eine Art

Mischung aus Fahrradsteckschlüssel und USB-Stick, auf den ersten Blick völlig unscheinbar. Aber ganz gleich, wie unscheinbar er wirkt – keine einzige Versicherung kommt für Autodiebstahl auf, wenn es sich dabei um einen Wagen mit Wegfahrsperre handelt.

Die Werkstatt unserer Firma macht um fünf nach acht auf; wir kommen sofort dran. Luhtanen hält den Schlüssel bereits in der Hand; der Techniker schaltet das Lesegerät ein und wartet, daß der Computer hochfährt.

»Wollt ihr Kaffee trinken?« fragt er und hofft, daß wir ja sagen, er hat sichtlich einen stressigen Morgen hinter sich. Ich schüttle den Kopf. Wir waren schon um sieben wach und haben bereits Kaffee getrunken.

Es war eigenartig, aufzuwachen und Besuch zu haben.

Ich war später doch noch in mein Bett gegangen und hatte Erkki auf dem Sofa ein Lager gebaut. Als ich wach wurde, war er schon auf den Beinen, lief in der Küche umher und suchte die Filtertüten. Freundlich lächelte er mich an. Mir fiel auf, wie dünn sein Oberkörper war. Sein Hemd lag eng am Brustkorb an, betonte eine Knochigkeit, wie man sie von greisen Frauen kennt. Vogelskelettartig und alt. Verheißt nichts Gutes.

Er hätte mein Vater sein können. Und das war er auch für einen Moment – als ich zur Mikrowelle ging, ihm einen Kaffeefilter reichte und ihn bat, den Wasserhahn eine Weile laufen zu lassen. Ich schlurfte ins Bad und hatte keine Lust, mich über meine Tränensäcke zu ärgern. Erkki setzte den Kaffee auf, es begann zu blubbern, ich duschte. Ich war weniger allein; das hatte es lange nicht mehr gegeben.

Der Techniker hält seine Hand hin, Luhtanen reicht ihm den Schlüssel. Ich quetsche mich hinter das Lesegerät; der Techniker sieht mich kurz an. Prinzipiell hat er nichts dagegen, daß man ihm über die Schulter schaut, aber weil er ein Mann ist und das Gerät brandneu, gelten heute andere Regeln.

Er steckt den Schlüssel in eine kleine Box, und schwups, schon verkündet die rote LED-Anzeige einen simplen Tatbestand:

UUN-294, Saarinen Mirja Irmeli, Luhtitie 18, 00760 Vantaa, 2000 km, Xeks589-bu.

«Da. Kennzeichen, Besitzer und Adresse, Kilometerstand und Fahrgestellnummer«, erklärt der Techniker. Als er mein Gesicht sieht, verschluckt er sich fast an seinem Kaffee – ich muß ziemlich geschockt aussehen.

Ich schnappe nach Luft. »Verdammt noch mal.«

Luhtanen schaut mich fragend an.

»Das ist der Volvo, der am Vantaajoki in die Luft gejagt wurde. Der zweite Schlüssel fehlt.«

»Was wurde in die Luft gejagt?«

»Ein Volvo V70, brandneu, vor einem Monat geklaut. Wurde am Fluß gefunden, und zwar am selben Tag, an dem …«

Meine Stimme versagt.

»Scheiße noch mal«, sagt Luhtanens tonlos.

Der Techniker drückt auf einen Knopf; das Gerät spuckt eine Quittung aus, wie der Leihbeleg in Bibliotheken. Er reißt den Beleg ab, Luhtanen nimmt ihn an sich und läßt auch den Schlüssel schnell in seiner Tasche verschwinden.

»Okay. Ich muß sofort los.«

»Weshalb das denn?« frage ich.

»Ich muß Puju und Paalosmaa anrufen«, antwortet er. »Wir müssen die Besitzerin des Wagens treffen.«

»Die ist schon zig Mal befragt worden. Puju und Huttunen waren da, als das Auto gefunden wurde, und auch das Auto selbst ist schon gecheckt worden.«

»Trotzdem«, beharrt Luhtanen.

Irgend etwas ist anders, Luhtanen ist nicht mehr offen. Wie Betrug fühlt sich das an. Wir sind gemeinsam hergekommen, weil er meine Hilfe brauchte. Und jetzt, wo er sie bekommen hat, will er mich abschütteln, mir nichts, dir nichts. So geht das nicht.

»Ich komme mit«, sage ich und gehe Richtung Tür.

»Weshalb?« fragt Luhtanen.

»Sie ist unsere Versicherungsnehmerin«, sage ich und bin schon draußen. »Interessiert mich brennend.«

Luhtanen folgt mir zum Auto, mit dem wir gekommen sind, packt mich am Ellenbogen. Ich verstehe diese Berührung sehr gut. Ich drehe mich um, schaue ihm streng ins Gesicht und entziehe ihm meinen Arm.

»Luhtanen. Sie ist auch *mein* Fall, ich habe genauso mit der Sache zu tun. Und es ist gar nicht schlecht, wenn jemand dabei ist, den sie kennt. Sonst kriegt sie doch keinen Ton raus.«

»Ich muß erst Paalosmaa fragen, ob das geht.« Erkki bleibt stur.

»Jetzt hör mir mit Paalosmaa auf, was weiß der schon von Versicherungsbetrug!«

»Hör mal, du bist jetzt eindeutig zu voreilig.«

»*Du* bist derjenige, der voreilig ist. Es geht schließlich um Betrug oder versuchten Betrug, und wenn hier irgendwer zu der Frau fährt, dann ich und sonst keiner.«

Ich öffne die Fahrertür meines Wagens. Luhtanen holt kommentarlos sein Handy aus der Tasche und telefoniert. Es ist das Labor, das höre ich – mehr jedoch nicht; Erkki paßt auf, daß ich nicht zuviel mitkriege.

Mir gehen tausend Sachen auf einmal durch den Kopf. Mirja Saarinen hat ihr Auto in die Luft jagen lassen, ganz sicher. Aber was zum Teufel hatte ihr Schlüssel in dem Einkaufszentrum zu suchen? War derjenige, der die Autogeschichte ausgeführt hat, gerade mit dem Schlüssel in der Tasche einkaufen, als es peng machte? Saarinen erwähnte ja, daß sie von der Explosion im Fernsehen erfahren hat. Ich lasse mich auf den Fahrersitz sinken.

Luhtanen beendet das Gespräch und reißt die Tür auf.

»Gib mir das Auto. Ich muß sofort los.«

»Ich komme mit«, erwidere ich und starte.

»Kommst du nicht. Du gibst das Auto mir und holst dir einen von euren Dienstwagen. Ich muß so schnell wie möglich nach Vantaa. Und du fährst nach Juvanmalmi und machst dort die Wagenübergabe.«

»Welche Wagenübergabe?«

»Gott noch mal, die vom Volvo! Puju ist schon auf dem Weg dorthin, sieh zu, daß du loskommst!«

»Wieso denn das? Die haben den Volvo doch längst durchgecheckt«, schreie ich Luhtanen an. So schnell ist die gute Stimmung vom Morgen vergessen.

»Du übergibst das Auto Puju, und zwar flott! Los jetzt. Ich werd mich hier nicht länger mit dir herumstreiten, während andere Leute versuchen, Morde aufzuklären, Scheiße noch mal!«

Mir dämmert, wie die Dinge miteinander zusammenhängen, worum es hier eigentlich geht – und weshalb er gerade mich nicht mitnehmen will. Diese Erkenntnis kommt wie ein Stromschlag, mein Mund ist staubtrocken. Ich versuche zu schlucken, aber meine Kehle ist wie zugeschnürt, nur meine Zähne stoßen aneinander. Ich bekomme Angst. Luhtanen wirkt aufgeregt und verärgert; auch er hat Angst, was ich allerdings erst jetzt begreife. Kaum bin ich aufgestanden, sitzt er auf dem Fahrersitz und knallt die Tür zu. Er setzt zurück und fährt rückwärts die Rampe hinunter. Weg ist er. Ich will von der ganzen Geschichte nichts mehr wissen, nichts. Ich will nur noch schlafen.

Doch dann fällt mir das stille Haus der Frau wieder ein, ihr Wunsch nach einem Haustier. Gleich wird das Haus voller Polizisten sein, die ihr Fragen stellen, die sie vielleicht gar nicht beantworten will. Du lieber Himmel. Ich kann die Frau nicht alleine lassen.

Mein Handy versetzt mich wieder ins Hier und Jetzt.

»Wir bräuchten den Volvo.« Puju kommt sofort zur Sache.

»Der ist in Juvanmalmi ...«

Er würgt mich ab: »Wir brauchen ihn so schnell wie möglich. Ich kann dir das Beschlagnahmeprotokoll dort gleich in die Hand drücken, da gibt's dann nichts mehr dran zu deuteln.«

»So?«

»Zwangsmaßnahmeerlaß Nummer vier und fünf«, antwortet er; wir wissen beide, daß ich das auch ohne seine Erklärung weiß. Der Paragraph dient der Untersuchung von Objekten, die bei der Aufklärung krimineller Handlungen wesentlich sein könnten. Scheiße – der Volvo könnte also zum Beweisstück werden.

»Okay. Ich bin in einer halben Stunde da.«

»Erst?« fragt er. »Wir sind gleich am Tor.«

Ohne tschüs zu sagen, beendet er das Telefongespräch. Die Situation ist für uns beide stressig, und ich will es mir nicht schwerer machen, indem ich mangelhafte Umgangsformen persönlich nehme.

Mit Vollgas fahre ich zum Autoschadenszentrum. Es regnet wie aus Kübeln, im Rückspiegel sehe ich Matsch hochspritzen. Der kleine Weg zum Eingangstor ist voller schäumender Pfützen. Wo gestern Schnee lag, befindet sich heute Matschwasser, das tiefe Löcher in die Wegstrecke hineinfrißt. Wird also ein Weihnachten mit Hunderten naßgeregneten Weihnachtsmännern geben, die durch die schlammfarbene heilige Nacht stapfen.

Puju wartet auf dem Parkplatz, sitzt mit heruntergekurbelter Scheibe im Auto und spielt Snake. Der Ton seines Handys ist leise gestellt, aber wegen des hektischen Piepsens höre ich es trotzdem. Ich habe weder Regenschirm noch Regenjacke dabei, meine Schuhe sind aus dünnem Leder. Obwohl Puju meinen jämmerlichen Aufzug registriert, kommt von ihm kein Ton des Mitgefühls.

»Steig ein und unterschreib«, sagt er, ohne zu grüßen, und stopft sein Handy in die Tasche. Ich trotte also auf die Beifahrerseite und setze mich zu ihm in den Lieferwagen. Im Auto ist es trocken und warm, es riecht nach Pappe und Sand und Chemikalien.

»Hintern hoch«, sagt Puju; ich habe mich auf die Papiere gesetzt, die ich unterschreiben soll. Peinlich berührt, ziehe ich die Bögen unter mir hervor. Die Seite ganz oben ist zerknittert und feucht.

»Verdammte Scheiße«, brumme ich.

»Nicht fluchen«, sagt Puju.

»Du fluchst selber«, erwidere ich sehr originell.

»Stimmt, aber du bist eine Frau.«

»Und du ein Idiot«, murmle ich und versuche, die Seite mit den Eckdaten zum Auto glattzustreichen. Ich will sehen, unter welcher Art von Verbrechen die Wagenübergabe läuft. Da steht es, ganz oben: Acht Morde, Herbeiführen einer Sprengstoffexplosion.

Puju sieht, daß ich nachgelesen habe, und reicht mir ungeduldig den Stift.

Ich blättere weiter. Die nächste Seite ist das Übergabedokument; hier muß ich – als Vertreterin der Versicherungsgesellschaft – meine Unterschrift hinsetzen. Damit überlassen wir das Fahrzeug zu Untersuchungszwecken der Obhut der Kripo. Acht Morde, Herbeiführen einer Sprengstoffexplosion.

»Wo steht das Auto?« fragt Puju, als ich den Kugelschreiber zücke und unterschreibe, viel zu schwungvoll.

»Was passiert damit?« stelle ich eine Gegenfrage. Puju muß schließlich klar sein, daß ich wissen will, wie es weitergeht.

»Wieso fragst du, wenn du weißt, daß ich dir sowieso nichts sagen darf«, erwidert er. »Außerdem kannst du doch eins und eins zusammenzählen.«

Mir wird unwohl, schon wieder meldet sich die Angst. Ich muß sofort raus aus dem Auto, ob es nun regnet oder nicht.

»Ich hole Markus«, sage ich noch, steige aus und gehe.

Markus sitzt in seinem Häuschen und hat mich bereits gesehen, nimmt seinen Helm und kommt auf mich zu. Ich bleibe stehen und lasse mich durchregnen.

Markus öffnet das Vorhängeschloß zum Autohof und stemmt die schwere Pforte auf. Lautes Quietschen. Schon tuckert hinter mir ein Abschleppwagen heran, ich trete beiseite. Erst fährt Puju, dann der Abschleppwagen an mir vorbei, Markus hüpft auf den Beifahrersitz des Lieferwagens und verschwindet zusammen mit Puju hinter den Bergen aus Schrott.

Ich habe Kopfschmerzen. Ich will einfach nur nach Hause und mein simples Leben, das unterbrochen worden ist, weiterführen. Ich will schlafen, schlafen, schlafen. Ich steige ins Auto und fahre los.

Frau Saarinen, Luhtitie 18 in Vantaa, wird jeden Moment einen Riesenschreck bekommen.

Als ich in die ruhige Straße einbiege, sehe ich, daß ich richtig getippt habe: Gleich drei Zivilstreifen haben vor der Garage geparkt. Sofort stoppen mich die Schutzpolizisten – die Männer haben sich für jeden gut sichtbar mitten auf dem Bürgersteig aufgestellt. Dieser Riesenaufwand, diese Inszenierung läßt mich erkalten vor Wut.

»Wo wollen Sie hin?« fragt ein Mann höflich und wirft einen Blick in meinen Wagen.

»Ich will genau dort hin, wo alle anderen auch sind«, sage ich und halte ihm den Dienstausweis mit meinem hundert Jahre alten Foto und dem Firmenlogo vors Gesicht.

»Die Frau ist bei mir versichert, und ich will sie sprechen. Und zwar in derselben Angelegenheit wie die anderen auch.«

Der Mann lächelt freundlich, weicht zur Seite. Ich weiß auch nicht, weshalb ich unfreundlich sein muß zu Leuten, die mir nichts getan haben, sich mir nicht einmal in den Weg stellen.

Ich parke meinen Wagen neben den anderen und steige aus. Vor der Haustür steht Paalosmaa und raucht. Ich bin immer wieder überrascht, was für ein Klotz er ist. Riesig, mit derart großem runden Kopf, daß man sofort Vertrauen zu ihm faßt. Er sieht wie ein Eishockeytrainer aus in seiner Sportjacke und zeigt keinerlei Regung, als er mich sieht. Erst als ich in Hörweite bin, sagt er einfach hallo.

»Hallo«, antworte ich und bleibe neben ihm stehen. »Ich will da übrigens rein.« Ich deute auf die Haustür.

»Jetzt noch nicht«, sagt Paalosmaa. »Luhtanen hat erzählt, daß du sie schon mehrfach getroffen hast.«

»So sieht's aus«, erwidere ich und beschließe, nicht mehr zu erzählen als nötig.

»Was hat sie dir über den Schlüssel gesagt?«

»Daß sie ihn verloren hat. Daß er vom Haken verschwunden ist.«

Paalosmaa nickt und schaut auf sein Handy. Ich öffne die Tür, warte noch einen Moment.

»Kommst du mit?«

»Noch nicht. Alppu und Raija können jeden Moment anrufen. Ich bin lieber allein hier draußen, wenn das Handy klingelt.«

Er zieht an seiner Zigarette, bläst den Rauch aus. Paalosmaa wartet also auf einen Bescheid vom Labor. Ich zögere – obwohl ich weiß, daß er mir keine weiteren Informationen geben wird. Und ich behalte recht. Also betrete ich den schmalen, gedämmten Flur.

Hinter mir fällt die Tür ins Schloß, vor mir steht eine Schachtel mit blauen Schuhüberziehern. Ich beschließe, sie zu benutzen, und während ich sie ungeschickt balancierend über die nassen Schuhe streife, höre ich aus dem Wohnzimmer Stimmen. Frau Saarinen ist offenbar kurz davor, hysterisch zu werden. Durch die Glastür sehe ich einen kleinen Schatten – aha, eine Katze ist aufs Fensterbrett gehüpft und schaut aufmerksam ins Zimmer.

»Ich habe den Schlüssel nicht da weggenommen, und nicht mal in der Nähe vom Einkaufszentrum bin ich gewesen! Herrgott noch mal, ich war zu Hause, als das passiert ist, ich hab aus dem Fernsehen davon erfahren!«

»Kann denn jemand bezeugen, daß Sie ...«

»Keine Ahnung! Wohl kaum, oder? Es ist niemand zu Besuch gewesen, ich war den ganzen Abend allein.«

Ich gehe leise Richtung Wohnzimmer. Obwohl die Tüten an meinen Füßen rascheln, bemerkt niemand, daß ich mich an den Türrahmen lehne. Außer der Katze, die vom Fensterbrett springt und irgendwohin verschwindet. Das Bild setzt sich in mir fest und irritiert mich, bringt mich auf einen Gedanken, den ich jetzt nicht weiterverfolgen kann.

Frau Saarinen sitzt auf dem Sofa und verknotet ihre Hände. Ihr grauer Haaransatz ist deutlicher zu sehen – also keine neue Tönung –, und beim Anziehen hat sie nicht auf die Farben geachtet. Sie trägt eine lila Jogginghose, schwarze Tennissocken und ein ausgeleiertes orangefarbenes Shirt.

»Wieso haben Sie Ihren Schlüssel nicht abgeholt?«

»Entschuldigen Sie, ich verstehe nicht.«

»Wieso sind Sie nicht gekommen und haben Ihren Schlüssel gesucht, wo Sie ihn doch im Einkaufszentrum verloren haben?«

»Himmel! Ich habe doch schon gesagt, daß der Schlüssel aus dem Flur verschwunden ist, und in dem Einkaufszentrum bin ich nie gewesen, wirklich nicht!«

An dieser Stelle klinke ich mich ein. »Guten Tag.«

Der Einsatzleiter sieht mich an. Noch bewahrt er Ruhe, aber froh ist er nicht über die Unterbrechung. Die Frau schaut erleichtert vom Sofa auf und nagelt mich mit hilfesuchendem Blick fest.

Bei unserem letzten Treffen war sie noch halbwegs in Form und ziemlich lebendig – mit ihrer Steppweste, dem Sportprogramm und dem Wunsch nach einem Haustier. Als ich ihr jetzt in die Augen sehe, erschrecke ich.

Sie scheint völlig die Fassung verloren zu haben – und das, was sie zur Frau macht. Vor mir sitzt ein verstoßenes Tier, aus dessen Nase Rotz und Wasser laufen. Mich ergreift eine Welle von Mitgefühl, und ich bahne mir an den Polizisten vorbei einen Weg zum Sofa; dankbar nimmt sie meine Hand und zieht mich neben sich.

»Ich bin von der Versicherung und untersuche den Fall

ebenso. Ich bin hier, um zu hören, was es in diesem Kontext Neues gibt«, sage ich zum Einsatzleiter, der mich streng ansieht.

»Haben Sie eine Erlaubnis?« fragt er.

»Habe ich. Paalosmaa steht draußen vor der Tür und hat mich nicht aufgehalten. Und ich will auch nur zuhören. Höchstens beisteuern, was ich selber weiß.«

»Da können wir eventuell später drauf zurückkommen. Jetzt machen wir erst mal mit Frau Saarinen weiter.«

»Kann sie nicht bei mir bleiben?« fragt diese ihn. Er sieht mich erneut an, dreht sich dann zur Wohnzimmertür. Dort steht Paalosmaa, der besänftigend nickt.

»Gut, das geht klar, wir machen weiter. Sie waren also nicht im Einkaufszentrum, am 29.11. um siebzehn Uhr zwanzig, als die Explosion erfolgte?«

»Nein.«

»Und Sie haben keine Ahnung, wie der Schlüssel dorthin gekommen sein könnte?«

»Nein. Daß der Schlüssel überhaupt weg ist, habe ich erst vor ungefähr einer Woche festgestellt. Frau Aho von der Versicherung war da, als ich das bemerkt habe. Du erinnerst dich doch?«

Ich nicke und registriere, daß sie mich duzt.

»Haben Sie eine Idee, wie der Schlüssel weggekommen sein könnte?« fragt der Einsatzleiter.

»Nein.«

»Haben Sie Kinder?«

»Nein.«

»Gibt es jüngere Verwandte?«

»Meine Güte, natürlich gibt es die! Mein Patenkind ist zehn Jahre alt – hat der etwa das Auto in die Luft gejagt? Der kommt nicht mal ans Gaspedal ran!«

Jetzt kreischt sie beinahe und weiß nicht, ob sie lachen oder weinen soll.

Die Lage ist kurz davor zu entgleisen.

»Kannst du mal zu mir kommen, Inkeri?« bittet mich Paalosmaa unvermittelt. Ich sehe die Frau an, die völlig aufgelöst ist, stehe aber auf und gehe zur Tür.

Paalosmaa nimmt meinen Arm und zieht mich mit sich in den dunklen Flur.

»Die gute Dame scheint mir auffällig durcheinander zu sein«, sagt er und sieht mich scharf an. »Vielleicht hat sie den Schlüssel ja selber weitergegeben?«

Auf diese Frage will ich nicht antworten. Nicht, ehe man mir mehr über den Fall gesagt hat.

»Du verstehst schon ganz richtig. Wir sind hier, weil wir annehmen, daß das Auto der Frau von dem Bombenbastler benutzt wurde. Entweder es wurde ihm gestattet, oder er hat das Auto geklaut. Eben haben wir die Laborergebnisse gekriegt. Raija hat gesagt, daß beim Auto dieselben Chemikalien im Spiel waren.«

Mir wird flau. Aber ich beschließe, daß das vom Durst kommt, der mich seit Stunden quält und mir schon einen Wadenkrampf beschert hat. Und mir geht diese elende Geheimniskrämerei mit all den Andeutungen auf die Nerven.

»Diese Autogeschichte liegt seit Wochen bei euch auf dem Tisch«, provoziere ich. »Ich bitte seit Ewigkeiten um Ergebnisse. Aber als *ich* die brauchte, war das wohl noch nicht wichtig.«

»Nun mach mal halblang«, beschwichtigt Paalosmaa. »Bitte. Sei so gut und sag mir, was du von dieser Frau hältst. Ihr Gerede wirkt so fahrig, daß es mir schwerfällt, ihr zu glauben.«

Er fingert an seinem Handy herum. Alle Tatsachen sprechen dafür, daß sie den Schlüssel weitergereicht hat. Ganz egal an wen – Hauptsache, sie wird das Auto los. Und sie hätte auch ein Motiv: Sie kommt an vierzigtausend Euro.

Wenn ich das Ganze jetzt als Betrug abhake, muß ich über die Angelegenheit nicht weiter nachdenken. Ich könnte diesen komplizierten Fall endlich vergessen, die Frage, wie ihr Auto, das Einkaufszentrum, ich, meine Schwester und irgendein Streuner am Vantaajoki miteinander zusammenhängen. Ich könnte die Lösung der Polizei überlassen und einfach abwarten, daß sie den Fall zu Ende bringt.

Aber das tue ich nicht. Ich kann das nicht. Im Namen der Wahrheit. Statt dessen sage ich Paalosmaa etwas, das in mir gearbeitet hat, seitdem ich die blauen Plastikbeutel über meine Schuhe gestreift und die Katze auf dem Fensterbrett gesehen habe.

»Hat sie euch etwas über Haustiere erzählt?« beginne ich.

»Was für Haustiere?« fragt Paalosmaa.

»Na, daß sie zum Beispiel vorhat, sich einen Hund anzuschaffen.«

Paalosmaa sieht mich belustigt an. »Dreimal darfst du raten, ob wir sie zum Thema Tiere verhört haben.«

Im Wohnzimmer bricht die Frau gerade in Tränen aus. O nein.

»Als ich sie letztes Mal getroffen habe, hat sie mir was Interessantes gesagt ... warte mal kurz.«

Ich quetsche mich an Paalosmaa vorbei und gehe zurück ins Wohnzimmer, wo die Frau auf ihrem Sofa heisere Tränen heult. Ihr Gesicht ist ganz verquollen. Trauer steht nur wenigen, und sie zählt nicht zu dieser Minderheit.

»Mirja«, sage ich. »Was war das noch mal, was du mir über die Katze erzählt hast?«

Sie starrt mich an, kapiert nicht. Ich helfe ihr auf die Sprünge, denn ich weiß, wie es sich anfühlt, verkatert zu sein und den Halt verloren zu haben.

»Erzähl mir von der Katze. Du weißt schon – wie neulich, als ich hier war.«

»Aber von einer Katze habe ich doch gar nichts gesagt. Einen Hund will ich haben.«

Sie versteht's nicht. Der Einsatzleiter sieht mich prüfend an, will etwas einwerfen, doch mein warnender Blick stoppt ihn. Er klappt den Mund wieder zu und begnügt sich mit Zuhören.

»Mirja, du hast erzählt, daß hier öfter eine Katze herkommt. Was für eine Katze ist das, und wie kommt sie hier rein?«

Ihre Miene hellt sich auf. Sie dreht sich zur Tür, die zum Garten führt, zeigt mit dem Finger auf die Klinke und beginnt zu reden, tastend.

»Die Katze hat gelernt, daß diese Tür tagsüber aufsteht; hier muß ja irgendwie Luft rein. Sie schleicht sich einfach in die Wohnung. Einmal kam ich vom Einkaufen zurück, da hat sie im Bücherregal auf dem Spitzendeckchen geschlafen.«

»War diese Tür auch auf, als das Auto gestohlen wurde?«

»Ja, das war sie. Der Supermarkt ist gleich um die Ecke, und hier wandert ja niemand in den Gärten herum. Nachts mach ich sie natürlich immer zu.«

Ich starre sie an und sie mich. Nach und nach, von meinem Blick geleitet, begreift sie, was sie da gerade ausgesprochen hat, und legt die Hand auf den Mund.

»Aber wer soll hier schon herumstreunen. Niemand, das seht ihr doch selbst. Ich wohn hier schon seit fünfzehn Jahren.«

Ich gehe zur Tür, die zum Garten führt, und rüttle am Griff – sie öffnet sich, nach außen. Sie ist auf. Ich schaue zu Paalosmaa, zu Mirja. Die Tür ist auf.

Der Garten ist klein, von einer dichtgewachsenen Hecke umzäunt. Ich teste, ob man irgendwo hindurchkriechen kann, bin fast schon in der Hecke.

Hinter mir höre ich Mirjas Stimme, ich drehe mich um.

»Paß auf!« schreit sie.

Ehe ich weiß, wie mir geschieht, raschelt es im Laub und etwas Stinkendes, Schwarzes springt mich an. Ich weiche zurück und falle auf den Rücken, versuche mich abzustützen und wieder hochzukommen. Die ganze Hecke wackelt, als das hirnlose Tier seinen Körper wieder und wieder ins Gesträuch wirft; seine Kette rasselt. Es hat mich gerochen, und auch ich kann es wittern: seine nach Würmern stinkenden Pfoten, seinen fauligen Speichel. Das heisere Gebell hallt durch meinen gesamten Körper. Diese Laute sind rasend, blutrünstig; sie verbergen nicht, daß das Tier mir am liebsten in die Kehle beißen und den Kopf abreißen würde.

Mirja ist als erste bei mir. Das Bellen des Ungeheuers hat meine Ohren verschlossen, wie im Flugzeug. Sie bewegt ihre Lippen, doch ich höre nichts. Sie hilft mir hoch, und ich schlucke kräftig, endlich höre ich wieder.

Ein entsetzlicher Köter, bei dem einem wirklich Hören und Sehen vergeht.

»Hast du dir weh getan?« fragt Mirja. Paalosmaa kommt zu uns, nimmt meinen Arm. Die beiden stützen mich, doch ich schüttle den Kopf, mit mir ist alles in Ordnung, ich bin nur froh über ihre Nähe. Das Tier hat mich zu Tode erschreckt.

»Wir haben hier in der Nachbarschaft schon versucht, uns diesen Hund vom Hals zu schaffen – nichts zu machen«, sagt Mirja.

»Wem gehört er denn?« fragt Paalosmaa.

»Ach, der sitzt im Stadtrat und ist der Ansicht, daß er einen Wachhund braucht. Hat sich dann dieses Raubtier angeschafft. Man kann also nicht überhören, wenn jemand versucht, das Grundstück zu betreten.«

Ihre Stimme erstirbt, als ihr klar wird, daß es trotzdem einen Moment gegeben haben muß, in dem der stadträtlich geprüfte Hund versagt hat. Sie sieht mich an. Mit einem Nicken zeige ich ihr, daß ich dasselbe gedacht habe.

»Der bewacht also das Nachbargrundstück, habe ich das richtig verstanden?« fragt Paalosmaa mehr rhetorisch. »Und Sie haben gedacht, da kann man doch zwei Fliegen mit einer Klappe schlagen?«

Wenn die Lage nicht so ernst wäre, würde mich Paalosmaas Unschuldsmiene köstlich amüsieren. Außerdem steckt mir der Schreck über meine Begegnung mit dem Ungeheuer noch tief in den Knochen.

Ich setze mich auf einen Teppichhaufen, lasse den Kopf zwischen die Knie sinken und kämpfe gegen den Brechreiz an.

Die Welt schrumpft auf ein paar Betonfliesen zusammen, das Sausen in meinen Ohren wird stärker. Ich habe Durst, und mein Wadenmuskel tritt wie ein Hühnerei aus meinem Bein hervor. Mirja steht mit zitterndem Kinn zwischen Grill und Teppichhaufen.

Jetzt bricht sie in Tränen aus. »Ihr denkt bestimmt, ist das eine dämliche Alte«, schluchzt sie. »Aber hier kommt schließlich nie irgendwer vorbei. Und dann gibt es ja noch diesen schrecklichen Köter.«

Paalosmaa schaut leicht betreten drein; vielleicht gewöhnen sich sogar Kriminalbeamte nie an die Tränen von Frauen. Ich werfe einen Blick auf unsere verheulte Gastgeberin, und auf einmal verspüre ich große Erleichterung. Ich bin beinahe froh. Diese Frau in dem ausgeblichenen orangefarbenen Shirt und der häßlichen lila Hose hat uns die ganze Zeit die Wahrheit gesagt.

Und: Wir wissen jetzt, wie der Schlüssel abhanden gekommen ist.

»Wir müssen hier eine umfassende Spurensicherung durchführen«, sagt Paalosmaa. »Am besten, Sie packen eine Tasche mit dem Nötigsten, und ich schicke unseren Fahrer, der sie vorübergehend in ein Hotel bringt. Ihre Fingerabdrücke brauchen wir noch.«

Mirja erschrickt. »Aber ich hab doch nichts gemacht! Ich dachte, das hätten Sie jetzt kapiert. Jemand anders ist im Haus gewesen!«

»Ja, ja. Die Abdrücke brauchen wir nur, um unterscheiden zu können. Bitte hören Sie auf zu weinen. Es kommt alles wieder in Ordnung.«

Sie schluchzt ein letztes Mal auf und lächelt Paalosmaa vorsichtig an – und der ist erleichtert. Die Dinge werden sich schon aufklären lassen, jetzt drängt die Arbeit.

Mirja Annikki Saarinen und ich sehen einander an. Sie macht einen Schritt auf mich zu, setzt sich neben mich auf den Teppichhaufen und schließt mich fest in ihre Arme. Sie ist warm und schwer.

So verharrt sie einen Moment; gerade lange genug, daß ich ihre Umarmung erwidern kann. Obwohl wir uns praktisch kaum kennen, fühle ich mich merkwürdigerweise überhaupt nicht blöd. Wir passen zwar nicht besonders gut nebeneinander auf diese Teppiche, aber aller Unbequemlichkeit zum Trotz halten wir uns eine Weile gegenseitig fest. Dann macht sie sich los und geht ins Haus. Ich sehe ihren Kopf, ihre Schultern, ihren Hintern, ihre Wade und als allerletztes ihren Fuß in der Tür zum Wohnzimmer verschwinden, und ich weiß, daß zumindest sie bessere Zeiten vor sich hat.

Meine gute Laune hält sogar noch an, als ich vor meiner Firma halte. Ich bin dankbar dafür, daß ich mich bei Mirja gründlich geirrt habe. Und dafür, daß jemand in das Haus einer gut Versicherten eingedrungen ist. Ich bin zufrieden – obwohl wir dafür werden bezahlen müssen. Die traurige Eigenheimbesitzerin ist frei und kann sich endlich ihren Hund kaufen.

Und ich? Ich nehme mir für den Rest des Tages frei, gehe nach Hause, lüfte und wasche Wäsche. Meine Haare hängen mir wie schäbige Gardinen ins Gesicht, ich könnte sie mal wieder waschen und vielleicht zwei Zentimeter abschneiden.

Doch als ich die Handbremse ziehe, fährt mir ein stechender Schmerz durchs Handgelenk. Mir fällt ein, daß ich auf meine Hände gefallen bin, als das Höllentier mich angebellt hat; mein Handgelenk ist blau und geschwollen. Mist, ich muß zum Arzt.

Ich steige aus und betrete mit piepsender Zugangskarte die Eingangshalle. Wo *ist* eigentlich der Firmenarzt, frage ich mich, schließlich bin ich noch nie dort gewesen. Andererseits: War ich wirklich so kerngesund all die Jahre über?

War ich nicht. Ich bin nur einfach nicht der Typ, der zum Arzt geht. Wenn ich scharf nachdenke, fällt mir alles wieder ein: Fieber, Schnupfen, Husten. Bindehautentzündung, geschwollene Lymphdrüsen, einmal ein Schlangenbiß. Ich hatte eine Prellung an den Rippen, eine Zerrung in der Wade und einen verstauchten Knöchel. Und bin nie beim Arzt gewesen.

Das liegt daran, daß ich nicht zur Patientin tauge. Ich kann das einfach nicht. Wie soll man auf einem Stuhl sitzen und dem anderen seinen Körper präsentieren, wenn man weiß, daß der das alles zum x-ten Mal sieht? Mir fällt es schwer zu akzeptieren, daß ich keine einmalige Grippepatientin, sondern eine von Tausenden bin. Da regt sich mein Bedürfnis nach Individualität erst recht; ich will die witzigste oder jovialste oder einfach die beste, vernünftigste und gelassenste Patientin sein, die der Arzt je gesehen hat. Diese unzähligen identisch aufgebauten Körper erwecken in mir den dringlichen Wunsch, anders zu sein, erinnerungswürdig, ja, unvergessen zu sein. Und daher werden meine Arztbesuche für alle Beteiligten schnell peinlich – so sehr versuche ich, die ideale Patientin zu geben, eine kranke, aber heitere Person, die dem Arzt im Gedächtnis bleibt. So daß er seiner Familie am Abendbrottisch eine beispielhaft positive und amüsante Geschichte erzählen kann.

Ich will unvergessen sein. Das macht den Arztbesuch so kompliziert.

Im Sprechzimmer setze ich mich nur mit einer Pohälfte auf den Stuhl. Da hänge ich also, halb in der Luft, und habe keine Ahnung, ob die Welt noch dieselbe sein wird, wenn ich wieder aufstehe. Doch nachdem mir mein Patientenproblem noch mal klarer geworden ist, nehme ich mich zusammen. Ich zimmere keine Pointen zurecht und behalte mein Wissen über das menschliche Skelett für mich. Ich halte lediglich mein Handgelenk hin und gebe, als ich dazu aufgefordert werde, einen kurzen Rapport über das, was passiert ist. Ich erspare uns detailreiche Würze, wie Leute aus der Region Savo sie normalerweise einbringen würden, lasse den Höllenhund und die Kripo und meine Arschlandung weg. Ich sage schlicht und einfach, daß ich im Garten einer Bekannten hingefallen bin. Und offensichtlich genügt das dem Arzt, der – soweit ich ihn vor lauter Selbstbeobachtung überhaupt wahrnehme – männlichen Geschlechts ist.

Letztlich ist alles ganz einfach. Der Arzt diagnostiziert eine Bänderzerrung, schreibt mich eine Woche krank und stellt mir ein Rezept für ein Schmerzmittel aus; das Handgelenk bekommt einen Stützverband verpaßt. Dann stehe ich auf und reiche ihm zum Abschied meine Linke. Ich habe den Arztbesuch würdig gemeistert, endlich mal, und bin beim Hinausgehen sehr zufrieden mit mir.

Ich rufe Siiri an.

»Ich bin's. Weißt du, ich bin heute ...«

»Von wo rufst du an?« unterbricht sie mich.

»Vom Handy.«

»Ja, aber wo bist du?«

»Hier im Erdgeschoß, ich war beim Arzt und bin eine Woche lang krank geschrieben, hab mir das Handgelenk gezerrt.«

»Geh schleunigst zu Heinonen«, sagt Siiri, »sofort. Der hat schon den ganzen Vormittag nach dir gefragt.«

»Wieso das?«

»Hat er nicht gesagt. Aber er hat extrem schlechte Laune. Wenn ich du wäre, würde ich mich beeilen.«

»Ich geh jetzt aber nach Hause, ich hab schließlich Krankenurlaub!«

»Ich ruf ihn an und sag, daß du unterwegs bist«, bestimmt Siiri und legt auf. Ich kenne sie gut genug, um zu wissen, daß es zwecklos ist, ein zweites Mal anzurufen. Statt die Firma zu verlassen, warte ich also auf den Fahrstuhl.

Heinonen ist unser Personalchef, hat eine warmherzige Art und schlechte Nerven. Er ist ein prinzipientreuer Mann – verzeiht unwesentliche Kleinigkeiten, aber geht an die Luft, wenn jemand Regeln verletzt.

Während der Lift mich nach oben fährt, überlege ich, welche Laus ihm wohl über die Leber gelaufen ist. Ich habe absolut nach Vorschrift gearbeitet, bin sogar aus dem Krankenurlaub an meinen Arbeitsplatz zurückgekehrt, obwohl ich viel länger hätte krankmachen können. Ich habe weder gebummelt noch geschlampt, habe meine Sache so gut gemacht, wie ich kann; obendrein habe ich jeglichen Gedanken an Elina beiseite geschoben. Daß ich die Techniker aus unserer Werkstatt eingespannt habe, um weiterzukommen, ist erlaubt, und in Sachen Volvo habe ich mich voll und ganz an die Spielregeln gehalten; ab jetzt trägt die Kripo die Verantwortung.

Die Fahrstuhlglocke klingelt leise; ich bin im richtigen Stock und mache mich auf die Suche nach Heinonen. Er sitzt in seinem Zimmer und versucht, kochendheißen Automatenkaffee zu schlürfen, ohne sich dabei den Mund zu verbrennen. Als er mich sieht, stellt er den Becher auf einen Papierstapel und steht auf. Nach einer kurzen Begrüßung schiebt er mir einen Stuhl hin und schließt die Tür. Huch? Bei meinen früheren Visiten blieb sie stets offen.

»Den ganzen Vormittag habe ich nach dir gefahndet«, eröffnet er das Gespräch.

»Ich war in Juvanmalmi und bei einer Klientin, habe der Kripo ein Auto übergeben und eine Geschichte zu Ende gebracht.«

»Wieso gehst du nicht zur Therapie?« schleudert Heinonen mir entgegen.

»Entschuldigung, *worum* geht's?« frage ich, denn ich verstehe nur Bahnhof. Ich habe mich auf eine Rüge wegen schlampiger Arbeit eingestellt, und jetzt scheint es hier um das Gegenteil zu gehen.

»Ein einziges Mal bist du bei den Sitzungen gewesen, die du den Versicherungsvorschriften zufolge zehnmal besuchen mußt, mindestens. Dann kann man weitersehen. Aber du hast dich dort nur einmal blicken lassen und bist mittendrin verschwunden. So jedenfalls wurde es mir erzählt – stimmt das?«

»Was für Versicherungsvorschriften?«

»Na, dein Arbeitgeber hat dich versichert, wie du wohl weißt, und Bedingung ist, daß du dich in therapeutische Aufsicht begibst, wenn du vorzeitig aus einem psychisch bedingten Krankenurlaub zurückkehrst. Wir können nicht allein die Verantwortung für dein Einschätzungvermögen und dein emotionales Gleichgewicht tragen. Solche Probleme müssen auch woanders beobachtet werden.«

»Ich habe keine Probleme«, sage ich. »Mir tut nur das Handgelenk weh, und deshalb bin ich wieder krank geschrieben, vorübergehend. Mein Einschätzungsvermögen ist in Topform, und alles Weitere ist meine Privatangelegenheit.«

»Schön und gut«, erwidert Heinonen, »über deine Privatangelegenheiten will ich auch gar nichts wissen. Aber ich muß mit dir über die Dinge reden, die die Firma was angehen. Und jetzt liegt der Fall nun mal so, daß uns deine Therapie sehr viel angeht. Also: Entweder du gehst zu den Sitzungen, oder du setzt deinen Krankenurlaub fort. Dir sind drei Monate verschrieben worden, und du bist schon nach zwei Wochen wieder hiergewesen. Kannst dir also ausrechnen, wieviel Urlaub du nehmen mußt.«

Stumm sitze ich da. Verdammt. Ich hatte angenommen, daß eine Therapie freiwillig gemacht wird, andernfalls ist sie doch nutzlos. Verdammt, verdammt.

»Und ich muß wirklich hin?« hake ich nach. »Das bringt mir nämlich überhaupt nichts.«

»Kann's ja auch nicht, wenn du nicht hingehst«, stellt Heinonen trocken fest. Er sieht mich scharf an; es gelingt mir nicht, meine Gefühle vor ihm zu verbergen.

»Ich will aber nicht«, protestiere ich schwach, wobei mir auffällt, wie kindisch das wirken muß. Als wäre Heinonen ein unnachgiebiger Vater und ich eine Sechsjährige. Sein Gesicht wird weicher; er möchte weder seine Macht ausnutzen noch mich in die Klemme bringen. Nachgeben kann er trotzdem nicht.

»Nanana. Schau, du mußt doch nur hingehen und dasitzen, brauchst gar nichts zu sagen. Einfach nur dazusein kann doch manchmal ganz gut tun.«

»Aber ich will nicht«, wiederhole ich.

»Hilft nichts. Entweder du gehst hin, oder du darfst nicht arbeiten. Du hast die Wahl.«

Ich überlege kurz, wie es wäre, zweieinhalb Monate Krankenurlaub zu machen. Ich könnte unbehelligt vor mich hin leben. Lange schlafen, Kaffee trinken. Zeitung lesen, irgendeinen Kurs belegen. Nähen oder stricken und am Meer spazierengehen.

Ojemine.

Klar, ich habe schon oft Urlaub gemacht. Eine Woche lang mag das auch ganz schön sein. Aber dann werde ich nervös.

Im Urlaub hat man nämlich den lieben langen Tag Zeit, all das zu tun, was einem in den Sinn kommt. Und vor lauter Alternativen wird der Tag schlicht und einfach zu lang. Es ist so viel einfacher, zur Arbeit zu gehen, denn dann schrumpft die Zeit. Man kann gerade so viel machen, wie in den Rest Freizeit hineinpaßt. Im Urlaub aber kann man tausend Dinge tun. Und ich habe nun mal keine tausend Dinge, die ich tun will. Ich habe nichts.

Heinonen sieht mich aufmerksam an und hört meine Gedanken mit, die offenbar durch meine Schläfen hindurch ins Zimmer hallen. Na ja, alle meine Kollegen wissen, daß ich mich in meine Arbeit vergrabe und stolz darauf bin. Eine andere Wahl habe ich auch gar nicht.

Ich stehe auf.

»Ich habe jetzt eine Woche Krankenurlaub«, sage ich.

»Dann mach ihn auch. Aber geh zur Therapie.«

»Und wenn ich erst *nach* dieser Woche hingehe?« versuche ich es noch einmal.

Heinonen bleibt stur. »Neenee, du fängst jetzt gleich wieder mit den Sitzungen an. Gib dir einen Ruck. Es geht ja nicht allein um versicherungstechnische Auflagen. Auch du bist zerbrechlich.«

Da stehe ich, und auf einmal fällt mir ein, wie ich mit dem Wecker in der Hand an meinem Schlafzimmerfenster über meine Verwundbarkeit geweint habe. Die Erinnerung daran rüttelt mich wach. Ich bin zerbrechlich.

Ich schaue unserem Personalchef in die Augen, nicke und verlasse den Raum. Er weiß, daß er mich überzeugt hat. Und ich weiß, daß er recht hat.

Der vorletzte Besucher, ein Mann mit großem Knubbel auf dem Nasenrücken, hat schon seine Fäustlinge und die Benutzerkarte in der Hand und wird gleich gehen. Endlich ist er allein. Der letzte.

Wenn er um fünf herkommt, ist der Zeitungssaal meist noch völlig überfüllt. Die Schals der Leute sind von den Stuhllehnen geglitten, man trampelt gegenseitig darauf herum.

Er findet das widerwärtig. Leute, die sich Zeitungen unter den Nagel reißen und vor lauter Eifer ihre Schals vergessen – gibt es Dämlicheres? Wie Tiere. Genau wie bei den Kaffeeproben im Supermarkt. Die Leute schnaufen vor Gier und lassen ihre Hüte und Taschen liegen. Sie drängen sich um einen kleinen Tisch und hamstern sich gegenseitig den Kaffee vor der Nase weg. Ein nichtiger Schluck Kaffee in einem dünnwandigen Plastikbecher wird zu einer kostbaren Beute, die man heimlich und allein zwischen den Regalen in sich hineinschlürft.

Ein ekelhaftes Schauspiel. Das Animalische daran hinterläßt den Eindruck einer großen Unordnung, die ihn immer schon nervös gemacht hat. Unbegreiflich, wie jemand einen Schal um seinen nackten Hals wickeln kann, über den andere mit ihren Straßenschuhen geschlurft sind.

Gegen halb sieben wird es allmählich ruhiger, und die Jugendlichen, die jetzt noch kommen, benehmen sich besser. Verschwunden sind die Mädchen, die aneinanderhängen wie Kletten und sich vor dem Bildschirmen fast bespringen, um einen besseren Blick auf die Jungsfotos im Internet zu haben, die sie laut kichernd kommentieren. Mit den Mädchengruppen ist auch der Geruch von Kaugummi, süßem Parfüm und hartnäckig in den Kleidern haftendem Zigarettenrauch verschwunden.

Jetzt, kurz vor Feierabend, sind die Leute auf andere Orte ausgewichen, an denen man sich umsonst aufhalten darf. Väter haben Kinder in verdreckten Schneeanzügen nach Hause gefahren.

Er gibt seine Benutzerkarte grundsätzlich nicht heraus. Statt dessen reicht er den Bibliothekarinnen einen Ausweis. Er weiß, daß die Benutzerkarten eingelesen und die Daten gespeichert werden. Die Liste aber, in die sein Name eingetragen wird, wandert jeden Abend in den Reißwolf. Es geht niemanden was an, wo er sich aufhält und was er tut. Ihm ist es recht, wenn er unsichtbar bleibt, keine Spuren hinterläßt. Im Fernsehen hat ein vermeintlich unsichtbarer Mann Fußabdrücke in einem weichen Teppich hinterlassen. Ein derartiger Fehler wird ihm nicht unterlaufen.

Und wer soll sich auch schon für ihn interessieren? Bestimmt nicht diese dünne Frau, die seine Krankenversicherungskarte entgegennimmt und bei jeder Bewegung Schnaps ausdünstet.

Eine Säuferin. Er verabscheut Alkohol. Was bringt einem der Rausch, wenn man sich am Tag danach scheiße fühlt?

Er wendet sich von der Bibliothekarin ab. Zwei Meter vor ihm steht eine weißhaarige Alte, kramt in ihrer Tasche und versucht, den Stapel Bücher, der unter ihrem Arm klemmt, nicht fallen zu lassen. Sie bemerkt ihn nicht und kommt auf den Tresen zu. Die Alte ist sich so sicher, daß sie in diese Bibliothek gehört und sich benehmen darf, wie rüstige Rentnerinnen sich nun mal benehmen, indem sie der Bibliothekarin schon aus ein paar Schritten Entfernung etwas entgegenmurmeln und fest davon ausgehen, daß diese jede Silbe aufnehmen wird.

Diese alte Frau also kommt auf ihn zu. Er bemerkt sie sehr wohl, sie ihn hingegen nicht, murmelt nur weiter vor sich hin.

Er stellt sich genau vor den Tresen, weicht keinen Millimeter mehr zur Seite. Er hält sich bereit, atmet tief ein. Eine halbe Sekunde noch.

Und dann passiert's. – Das Wunder, auf das er sein ganzes Leben lang gewartet hat: Die Frau marschiert durch ihn hindurch und tritt an den Tresen. Als wäre er ein Hologramm oder eine Rauchwolke.

Aus irgendeinem unerklärlichen Grund hat er angenommen, daß das weh tun müßte. Aber es tut nicht weh. Es hinterläßt überhaupt kein Gefühl, auch bei der Alten nicht. Die hat das nicht einmal kapiert, hat einfach ihren Satz weitergemurmelt und ein schwarzes Portemonnaie aus ihrer Tasche gekramt.

Man kann durch ihn hindurchgehen, ohne daß sich das auf ihn auswirkt. Man kann durch ihn ganz oder auch nur halb hindurchgehen. Wahrscheinlich kann auch er durch Leute oder Gegenstände hindurchgehen, eine Hand hindurchstrecken.

Noch immer lehnt er am Tresen. Die Rentnerin steht teilweise in ihm drin und holt umständlich ihre Benutzerkarte aus dem Portemonnaie. Die Bibliothekarin läßt sich seufzend auf ihren Drehstuhl plumpsen und wünscht garantiert das Ende der Arbeitszeit herbei. Er macht einen Schritt zur Seite und steht wieder ganz für sich, außerhalb der Rentnerin. Gespannt sieht er die Frauen an: Haben sie mitgekriegt, was gerade passiert ist? Nein, keine begreift, daß sie soeben zur Statistin einer ungeheuren Szene geworden ist.

Das Lesegerät am Ausleihtresen piepst vor sich hin; die Alte erzählt von ihrem Umzug und nennt die neue Adresse. Das Leben der Frauen geht einfach weiter.

Seins hat sich verändert. Die Rentnerin ist durch ihn hindurchgegangen. Er muß lächeln, beinahe lachen. Und er spürt, wie seine Seele sich noch weiter entfernt. Er kann sehen, wie sie sich rückwärts in einen langen dunklen Gang verkriecht, als würde sie sich ganz und gar zurückziehen. Er fühlt, wie sie endgültig außer Reichweite ist.

Endlich ist er frei.

Alles, was man von ihm jetzt noch sehen kann, ist bedeutungslos, nutzlos, unwesentlich. Er kann die Tür zu seinem Zimmer öffnen, kann alle seine Kleider und jeden beliebigen Gegenstand herzeigen. Er kann *mit* Mädchen reden und *über* Mädchen reden und einfach sagen, ob er schon geküßt wurde oder nicht. Er kann alle seine Schreib- und Rechenhefte, alle Hausaufgaben herausgeben, und wenn irgend jemand scharf drauf ist, kann er auch seine Unterwäsche, seine Genitalien vorführen. Er kann sich jeder Art von Blick aussetzen, denn sein Innerstes ist so weit entfernt, daß kein Auge dort hingelangen kann. Er ist nicht mehr hier. Er ist längst fortgegangen.

Gut.

Er huscht in den Seitengang; geht durch eine große Plastikpflanze und eine Glasvitrine hindurch zu den Computern. Er hinterläßt noch nicht einmal ein Geräusch. Und das DIN-A4-Blatt, auf dem sein Name und seine Personenkennziffer stehen, verschwindet am Ende dieses Tages im Reißwolf.

Aus seinem Mund ist schon seit Ewigkeiten kein Laut mehr gedrungen. Selbst seinen Namen braucht er nicht mehr.

Mein letzter Urlaub ist mindestens drei Jahre her. Klar, ich habe alle Feiertage eingehalten, Pfingsten und Himmelfahrt, Ostern sogar immer von Anfang bis Ende, aber ich habe mich nie nach mehr Freizeit gesehnt.

Natürlich ist mir bewußt, wie wertvoll es ist, herumgammeln zu können. Ich glaube keineswegs, daß Arbeit das ganze Leben ist und daß mein Alltag zusammenkracht, wenn ich ohne Job bin. Aber die Arbeit hält meinen Verstand beisammen und mein Organisationstalent aufrecht.

Wenn ich nicht arbeiten würde, würde ich wahrscheinlich ziemlich schnell meine Beziehung zur Außenwelt, ja, zur Realität verlieren. Ich bin nun mal menschenscheu und fühle mich einfach zu wohl in meinen vier Wänden – garantiert würde ich wochenlang nicht aus dem Haus gehen, kurze Gänge zum Supermarkt ausgenommen. Aber da ich ja glücklicherweise arbeite, schaue ich jeden Tag bei fünf, sechs verschiedenen Leuten vorbei. Meine Arbeit gibt mir Struktur.

»Lennes?«

»Hier.«

»Vihavainen?«

»Hier.«

»Koskelo?«

»Hier.«

»Aho?«

Ja, ja, auch ich bin anwesend. Ich hebe meinen Arm gerade mal so hoch, daß die Leiterin mich am Rand der Stuhlreihe entdeckt. Wie beim letzten Mal habe ich die Jacke an und meine Tasche auf dem Schoß, nur darf ich jetzt nicht mehr mittendrin abhauen.

Ich habe oft versucht, Urlaub zu machen. Aber Urlaubsstimmung läßt meine menschlichen Grundbedürfnisse spürbar werden, zum Beispiel den Wunsch nach gutem Essen oder mehr Schlaf. Diese Bedürfnisse wahrzunehmen macht mich wiederum verletzlich, etwa so, als wäre ich ein krankes Tier oder ein müdes Kind, dem der Brei vom Löffel tropft, weil ihm beim Essen die Augen zufallen. Urlaub macht mich traurig. Und deshalb ziehe ich es vor zu arbeiten.

»Hemmi?«

»Hier.«

»Puolanto?«

»Hier.«

»Kaipainen?«

»Hier.«

Ich erkenne die Stimme sofort wieder: Schräg hinter mir sitzt Esa, der Junge, der in den Glassplittern herumstand. Erst als die Leiterin mit ihrer Fragerei weitermacht, schaue ich mich um; ganz langsam drehe ich meinen Kopf, die anderen werden die Bewegung kaum registrieren. Als aber Esa in mein Blickfeld rückt, sehe ich, daß er mich durchschaut hat. Unsere Blicke kreuzen sich, und eine Sekunde lang kann ich in ihn hineinschauen. Dann verschließt er sich, schiebt als Geste des Grußes das Kinn vor. Ich wende mich ab, jetzt schneller. Nehme mir vor, ihn nicht mehr anzusehen.

»Okay, wir sind also alle da. Gut. Fällt jemandem vorneweg gleich irgend etwas ein, das wir besprechen müssen, bevor wir zu unserem heutigen Thema kommen?«

Ein Mann mit Halskrause probiert eine andere Haltung, irgend jemand seufzt laut. Die Frau mit den bläulichen Lippen, die sich bei der ersten Sitzung nach Entschädigung erkundigt hat, starrt auf ihre Hände; ihre geschwollenen Finger werden von billigen Plastikringen eingezwängt. Auch die übrigen schweigen. Spätestens in der zweiten Klasse verstummen wir, und die restliche Lebenszeit sind wir damit beschäftigt, nicht mehr zu genau hinzusehen, geschweige denn mitzumischen.

Die Leiterin macht sich nichts aus der Stille. Neben ihr stehen drei Gäste, zwei Männer und eine breitschultrige Frau. Sie sind es gewohnt, daß andere nur zugucken, und sie wissen, daß Menschen erst dann aktiv werden, wenn sie in Bedrängnis geraten.

»Wir haben heute Besuch, und zwar vom Rettungsdienst, von der Kripo und vom Krankenhaus Töölö. Unsere Gäste haben sich bereit erklärt, aus ihrem beruflichen Blickwinkel über die Geschehnisse zu berichten. Die Idee ist, den Fokus auf den Moment der Explosion, die Stunden und Tage direkt danach zu richten. Also uns vor allem die Fakten anzuschauen.«

Eine Frau nickt eifrig. Sie ist frisch frisiert und trägt eine leuchtendrote Spitzenbluse, der Adventszeit zu Ehren. Sie hat beschlossen, am Leben zu bleiben; ihre Frisur und ihre weihnachtliche Aufmachung sollen neues Leben verkünden, auf Teufel komm raus womöglich. Sie schaut motiviert auf die Breitschultrige, doch ich befürchte, daß sie nicht einmal bis zum Tag der Heiligen Drei Könige durchhalten wird.

»Dann fangen wir mal an. Vielleicht mit dem Rettungsdienst? Wo der doch auch sonst immer als erstes da ist.«

Die Besucher grinsen verhalten. Trotz der steifen Klassenzimmeratmosphäre sind alle gespannt, was sie zu erzählen haben.

In den folgenden drei Stunden erfahre ich detailliert, was alles passiert ist, nachdem ich gegen die Parkplatzmauer geschleudert worden war. Ich bekomme einen minutiösen Bericht über die Rettungsmaßnahmen, die erfolgten, während ich bewußtlos war. Anhand von Schaubildern und Kurven vergegenwärtigt man mir den Ablauf der Explosion. Und Dias und Videos zeigen mir die Schäden, die sie verursacht hat.

Ich sitze im Dunkeln, höre die offiziellen Berichte und muß mir eingestehen, daß ich bisher keinem erzählt habe, was überhaupt passiert ist. Ich wollte nicht daran denken müssen. Der Vorhang der Bewußtlosigkeit war auch mein Schutz, der gnädig Dutzende Gedanken fernhielt. Und ich habe gut aufgepaßt, daß niemand nachfragt. Ich bin überall als letzte hingegangen und habe es vermieden, Gespräche unter vier Augen zu führen. Es war ganz einfach, auszuweichen, nicht antworten zu müssen, denn die Leute weichen ihrerseits dem Fragenstellen aus. Genau wie ich.

Fünf lange Minuten lag ich auf dem Asphalt. Ich atmete unregelmäßig, mein Kopf hatte eine schlimme Prellung abbekommen. An meinem Pulli wurde mit einer Sicherheitsnadel ein Zettel mit einer roten Eins befestigt. Bis der Rettungsdienst Vantaa da war und mich ins Krankenhaus Peijas-Rekola brachte, kniete ein Sanitäter neben mir. Als ich im Wagen war, eilte er im Laufschritt zu den nächsten Verletzten. Der Mann, der neben mir lag, war bereits tot.

Dutzende von Verletzten rannten unter Schock nach Hause und vergaßen ihre Autos, ihre Taschen und Tüten, sogar ihre Angehörigen und Freunde. Zwei Kinder wurden zu ihren Eltern gefahren – bei der Übergabe stellt man fest, daß in ihrer Haut Hunderte winziger Glassplitter steckten. Ein Mann war erst eine Woche später gefunden worden; er hatte seinen Hund und das Auto in der Parkgarage stehenlassen und war zu einer Schiffsreise aufgebrochen, völlig orientierungslos und ohne jemandem von den Ereignissen zu erzählen.

Ich höre zu. Esas Auge sticht wie ein dunkler Edelstein aus seinem Profil hervor. Als die drei Stunden um sind, stehen alle auf, Zeit für eine Pause.

Die Tür zu einem anderen Klassenzimmer wird geöffnet, der Duft von Glühwein und Pfefferkuchen breitet sich aus. Ich fühle mich zurückversetzt in die Zeit, als Elina in der sechsten Klasse und ich auf ihrem Elternabend war. Ich lehnte an der Wand und versuchte, inmitten der vielen Erwachsenen ernsthaft und verläßlich zu wirken. Die blonde Lehrerin war nur fünf Jahre älter als ich und suchte ständig nach einer Anrede für die Eltern, die auch mich einschloß. Es endete damit, daß sie zuviel lächelte und mir ihre Unterstützung derart deutlich anbot, daß ich mich immer tiefer in mein dunkelblaues Kostüm verkroch, das an den Schultern viel zu breit war.

Als der offizielle Teil des Abends zu Ende ging, nahm ich meinen Cavalet-Koffer – so einen hatten an der Hochschule für Wirtschaft damals alle –, holte verstohlen meinen Mantel von der Garderobe und glitt zur Tür hinaus; ohne Glühwein, ohne Piroggen. Ich konnte nicht bleiben, denn ich wußte mit all der Anteilnahme und Empathie nicht umzugehen.

Heute aber nehme ich mir ein Weihnachtstörtchen und stelle mich mit den anderen nach einem Glühwein an. Ich vermisse Elina, ich vermisse mein sachliches dunkelblaues Kostüm. Damals habe ich tatsächlich noch geglaubt, mich in diesem Blazer verstecken zu können, darin für immer unsichtbar zu sein. Nun aber hat man mich aus diesem Versteck hervorgezerrt, um meinen Schmerz unter die Lupe zu nehmen, zusammen mit denen, die den gleichen Schmerz fühlen und in der gleichen Schlange auf Glühwein mit Rosinen warten. In meiner Hand zittert der Papierteller; bezeichnenderweise weiß ich nicht, ob ich die Serviette unter oder über das Weihnachtstörtchen legen oder besser in die andere Hand nehmen soll.

Der Mann vor mir trägt einen Polyesterpulli mit Jacquardmuster, die Karos sind ausgeleiert und wenig figurfreundlich. Sein Nacken ist faltig, sein Haar schütter, er könnte ein LKW-Fahrer sein oder jemand, der Schiffe schweißt. Obwohl er langsam und vorsichtig ist, zerstört er mit seinen Pranken den Törtchenstapel; hilflos hält er inne, weiß nicht, was er tun soll, und einen kleinen Moment lang fürchte ich, daß er in Tränen ausbrechen wird.

»Mach dir nichts draus«, höre ich mich sagen, »ist nicht so schlimm.«

Der Mann schaut kurz auf, lächelt aber nicht, er ist Finne. Er nimmt sich schnell ein Törtchen und geht weiter. Ich nehme ebenfalls eins der vom Stapel gefallenen, genauso die Frau hinter mir, der dritte nimmt das dritte, der vierte das vierte, und schon ist die kleine Katastrophe nur noch eine Erinnerung, eine zarte Schicht Puderzucker auf der Tischdecke.

Ich balanciere meinen Proviant zu einer Fensterbank, will mich abseits der Grüppchen halten. Doch im Schutz der Grünpflanze sitzt schon ein anderer Gesellschaftsscheuer.

»Darf ich mich setzen?« frage ich Esa.

»Bitte«, murmelt er, ohne aufzuschauen. Gar nicht so einfach mit dem Hinsetzen, der Pappbecher ist randvoll mit heißem Glühwein. Esa hat sich nichts genommen.

»Soll ich dir was holen?« frage ich, doch er schüttelt den Kopf.

»Ich mag keine Törtchen.«

»Dann löffel das Pflaumenmus aus der Mitte.«

»Nee«, blockt er ab, ich gebe auf, nein ist nein.

Wir schweigen. Obwohl ich ihn nicht ansehe, weiß ich, daß er zum Fenster hinaus in den Hof schaut, wo die Raucher sich bibbernd auf eine Zigarettenlänge zusammengefunden haben.

»Rauchst du?« frage ich.

Wieder schüttelt er den Kopf.

»Ich ganz selten«, fahre ich mit meinem kleinen Smalltalk fort, »meistens in Kneipen, wenn ich mal ausgehe.«

Er nickt, aha, er hört zu.

»Ist eine schlechte Angewohnheit«, füge ich hinzu.

»Total unsinnig. Viel zu teuer, und wenn man das lange macht, stirbt man dran«, merkt er an.

Zustimmend schnaube ich durch die Nase, leicht überrascht von der Länge seines Wortbeitrags, den er da hervorgezaubert hat.

»Gilt das nicht für alle Sachen?« probiere ich es mit Humor, woraufhin Esa sich umdreht und mich ansieht. Er schaut mir direkt in die Augen.

»Nein«, widerspricht er und beläßt es dabei.

Wow, was für eine Antwort, denke ich, bin aber nicht beleidigt. Ich verstehe ihn. Es ist nicht so, daß er keinen Sinn für Humor hätte – er mag nur keinen Humor. Das sind zwei verschiedene Dinge. Er ist lieber ernst. Ich lächle verstohlen in mich hinein. Er merkt das nicht, schaut wieder zu dem Grüppchen im Hof, Rauchschwaden ziehen vor den Gesichtern entlang.

Ich esse mein Törtchen, trinke meinen Glühwein. Schweigend sitzen wir auf der Fensterbank. Seine Beine sind länger als meine, reichen fast bis auf den Boden – obwohl er sich mit dem Rücken ans Fenster lehnt. Und obwohl er einen halben Meter entfernt sitzt, spüre ich die Wärme, die er abstrahlt. Ich habe das Bedürfnis, etwas zu sagen.

»Was ist mit deinem Arm?« frage ich.

Er antwortet nicht sofort. Vielleicht prüft er den Klang der Wörter, der hoffentlich so neutral wie möglich war. Ich will meine Frage gerade wieder zurücknehmen, als er Luft holt. Seine Stimme ist vollkommen ausbalanciert.

»Ich war unterwegs zu den Schließfächern und wollte meine Tasche holen, als ich den Knall gehört habe. Ich hab mich umgedreht, und da flog mir ein Stück Geländer entgegen, genau auf den Arm. Knochenbruch.«

Ich nicke. Dummerweise nickt mein Kopf einfach weiter, wie bei der Plastikkuh auf Großmutters Fernseher, die eine Rose im Maul hat und ein Halsband trägt und unablässig mit dem Schädel wackelt. Als Esa zu mir schaut, schaffe ich es, mit dem Nicken aufzuhören. Er läßt seinen Blick bis zu meinen Füßen hinunterwandern.

»Und dir ist gar nichts passiert?«

»Ich bin zu spät gekommen«, sage ich, sehr leise, wie zur Probe. Kaum habe ich diesen Satz ausgesprochen, muß ich weinen. Zu spät, mich noch in acht zu nehmen. Jetzt bin ich gezwungen, dem zu begegnen – der Sache, der ich die ganze Zeit ausweichen wollte.

Wäre ich pünktlich gewesen, hätte Elina nicht mehr im Café gleich neben dem Zentrum der Explosion gesessen. Wir wären in der Schuhabteilung des großen Warenhauses gewesen und hätten grellrote Angorasöckchen bestaunt. Ich hätte Elinas kleinen Vorträgen gelauscht, ihren eifrigen Worten, eins viel zu dicht am anderen. Ich hätte alles gekauft, was sie mir in die Hand drückte, und wäre schrecklich froh gewesen, daß sie ein Auge auf mich hat, mich dorthin mitnimmt, wo sie hingeht.

Und wenn wir dann von irgendwo weither einen Knall gehört hätten, hätten wir zerstreut zwischen den Einkaufsregalen aufgeschaut und uns zum Hinterausgang hinausleiten lassen. Wir hätten gesehen, wie die Polizei hineingeht und Menschen herauskommen, und wenn man uns vom Einkaufszentrum fortgeführt hätte, wären wir brav gefolgt. Wir hätten neben meinem Auto gestanden, einander rasch angesehen und insgeheim gewußt, daß wir gerade einer entsetzlichen Sache entronnen sind; wir wären, wo man uns nun mal fortschickt, gehorsam nach Hause gefahren, unversehrt, quicklebendig, gemeinsam – nach Hause.

Wenn ich nur fünf Minuten früher dagewesen wäre, hätte ich mich vielleicht vor sie stellen und sie vor den Glassplittern schützen können. Mein Körper, der blutleere, hätte zwischen ihr und dem Tod gestanden. Das wäre ihre letzte Versicherung gewesen. Der Tausch wäre so einfach gewesen, schaut mein Leben doch an! Aber nun ist *sie* gegangen, die Mutige, Dunkelhaarige, und dageblieben ist die Ängstliche, Kraftlose, Untaugliche.

Ich bin zu spät gekommen. Und die Strafe dafür ist, daß ich am Leben bin.

Hier sitze ich nun und weine. Esa starrt mich an. Und da passiert es. Tief in seinen Augen geschieht etwas, das die Fasern seiner Iris neu zusammensetzt. Seine Augen werden dunkler, beginnen zu glimmen. Er wendet den Blick ab, doch ich habe seinen Schmerz bereits gesehen, einen Schmerz, der so tief in ihm verborgen ist, daß mein Blick nicht bis auf den Grund gelangen kann.

Ich fühle mich wie ein Eindringling, ein Spanner. Keine Ahnung, wie es zu dieser Szene kommen konnte.

Als die Leiterin uns in den Klassenraum zurückbittet, steht er wortlos auf. Er hinterläßt mit dem Rücken einen feuchtwarmen Abdruck an der Fensterscheibe. Ich bleibe sitzen und beobachte, wie die Feuchtigkeit, die sein Körper zurückgelassen hat, allmählich verdunstet. Seine Wärme verschwindet, wie die Wärme aller anderen Menschen auch, ist erst sichtbar, dann unsichtbar.

Als die Leiterin die Tür schließen will, sieht sie mich am Ende des Flures auf der Fensterbank sitzen, läßt mich aber in Ruhe. Sie lehnt die Tür nur an, signalisiert mir, daß ich kommen kann, wann ich will. Ich sitze noch einen Moment da, stehe dann auf, klopfe mir die Krümel von der Hose und werfe Serviette und Pappteller in den Papierkorb. Ich schaue aus dem Fenster – die Straßenbeleuchtung wirkt an diesem dunklen Winterabend geradezu festlich – und gehe vor die Tür. Stehe ohne Jacke im Frost, atme die kalte, schimmernde Luft. Bald ist Weihnachten, noch sieben Tage, und zum ersten Mal seit fünfundzwanzig Jahren werde ich es allein verbringen. Die eisige Luft schneidet in meine Lungen; mittlerweile ist es mir egal, daß ich weine.

Ich bin hiergeblieben, in Elinas alter Schule, und sie ist fort, und ich weiß nicht, ob ich sie wiedererkenne, sollte ich ihr eines Tages wiederbegegnen. Ich habe nichts mehr zu verlieren. Ich weiß nicht mal genau, ob ich überhaupt noch existiere, jetzt, wo sie nicht mehr da ist und mich nicht mehr sieht.

Ich rauche eine Zigarette und gehe zurück zu den anderen. Als der Teil für freie Meinungsäußerung kommt, hebe ich die Hand. Ich komme dran. Ich gehe neun Schritte. Ich spreche mit fester Stimme und sehe niemanden an. Ich stehe vor der Klasse und erzähle, was passiert ist.

Elina hat im Café gesessen und genug gehabt von der Warterei. Sie ist aufgestanden, Richtung Ostausgang gegangen. Sie war in der Nähe des Zentralfahrstuhls, als die Explosion sie in die Luft riß und durch das Fenster eines Bekleidungsgeschäfts schleuderte. Zwerchfell und Lunge wurden vom Glas durchbohrt. Sie starb auf der Fahrt ins Krankenhaus, in ihrem Leib das zarte Gewebe eines neuen Menschen. Sie erwartete ein Kind, ihr viertes, und war doch für mich selbst noch ein Kind.

Ich gebe mein Bestes beim Erzählen, doch eins lasse ich weg. Das ist meine Angelegenheit und geht niemanden etwas an. Ich weiß, was sie als letztes gespürt hat, denn auch ich habe es gespürt, in derselben Sekunde: die kalte Hand eines Riesen im Nacken, danach tiefe Dunkelheit, Traum. Wir schwebten gleichzeitig in der Luft, sind vielleicht auf gleiche Weise wieder zu Boden gefallen: ich draußen, sie drinnen, wenn auch leblos wie eine am Boden liegende Puppe. Sie blieb da, und ich entkam, doch eines Tages gehe ich zu ihr. Und ich werde sie finden, im Café, mit der Jacke auf der Stuhllehne, üppig und verletzlich zugleich.

Als ich fertig bin, ist die Frau in der roten Bluse totenbleich und Esa verschwunden. Niemand hält mich zurück, als ich mich bedanke und den Raum verlasse. Zwischen der Gruppe und mir wird eine Weile Eintracht herrschen.

Ich lasse die Autos an mir vorbeisausen. Schaue nicht auf, als ich einen LKW vorbeidonnern höre, ignoriere die Beine, die neben mir stehenbleiben, den Koffer, der mich streift, als ein Reisender ihn auf der Bank abstellt. Ich höre Busse kommen und vorbeifahren, aus dem Gebüsch hinter mir dringt der rhythmische Ruf eines Vogels. Mit den Händen im Schoß sitze ich auf der Bank, wie gestrandet, fühle mein Gewicht auf der Sitzfläche aus Plastik und schaue zu, wie der feine Sprühregen zu Tropfen wird, dann zu Schnee. Ich bin hier, auf der Bank. Es ist eigenartig, innezuhalten, ganz bewußt die eigene Zeit anzuhalten und einfach dazusitzen, ohne einen Gedanken, ohne ein Gefühl, nur dazusein. Nirgendwohin zu wollen, obwohl einen keiner aufhält. Und auch nicht hierbleiben zu müssen. Ich kann jeden Moment wieder aufstehen. Aber ich tue es nicht. Ich sitze. Die Autos, die Menschen, die Taschen und Schuhe, sie bewegen sich und verschwinden, doch ich bin hier.

Irgend etwas hat sich entscheidend verändert. Es ist schwer zu beschreiben, und verstehen kann man es ohnehin nur bruchstückhaft, und zwar in genau solchen untätigen Momenten.

Irgendwann hebe ich den Kopf. Auf der gegenüberliegenden Straßenseite trägt ein Windstoß das Bild des gelbgekleideten Kindes herbei, es steht in Gummistiefeln am Randstreifen.

»Ist nicht so schlimm«, flüstert es, und als der nächste Windstoß kommt, nimmt er das Kind mit sich, das kleine Flüstermädchen gleitet durch die Lüfte, und mit ihm sind auch die Gummistiefel und die tröstenden Worte fort. Dann schiebt sich von links ein Bus in mein Blickfeld und wieder hinaus, und ohne nachzudenken, stehe ich auf, verschwinde selbst aus meinem Blickfeld. Auf der anderen Straßenseite bleibt ein Weidengebüsch mit vereisten Zweigen zurück, die im Laternenlicht gelblich glänzen. Ich muß müde sein.

Luhtanen findet Heinula frierend neben der Tür zur Parkgarage. Sie steht an der Verladerampe und zieht mit hohlen Wangen an ihrer Zigarette, sie trägt keine Jacke. Das Rot ist aus ihrem Gesicht verschwunden, ihre Wangen sind weiß vor Kälte, ihre Lippen blau. Sie holt eine zweite Zigarette aus der Schachtel und zündet sie an der anderen an. Sie registriert Luhtanens Blick und lacht auf.

»Wenn man schon mal hier rausgefunden hat, lohnt es sich, gleich mehrere auf einmal zu rauchen«, sagt sie.

Luhtanen nickt. Die Raucherzimmer der Polizei sind nach und nach zu Nichtraucherzimmern geworden, und auch dieser Ort ist nicht als Raucherecke gekennzeichnet. Eine alte Neonröhre in gelblicher Halterung flackert vor sich hin, auf dem Betonboden neben der Rampe wartet eine Konservendose auf die Kippen, vorher waren Gurken drin. Ja, ja, im Innenministerium wurde die nikotinfreie Zeit eingeläutet. Dieses Land kennt momentan nur ein Thema: die Abstinenz.

»Können wir mal reden?« fragt Luhtanen.

Heinula starrt auf den Boden. »Worüber?«

»Darüber, was du so denkst.«

Sie zuckt mit den Schultern und raucht weiter.

Irgendwo in der Ferne fährt ein Zug, die Bahnhofsglocke bimmelt. Luhtanen sieht seine Kollegin eindringlich an. Jetzt erwidert sie seinen Blick, beißt die Kiefer zusammen, damit die Zähne nicht klappern. An ihrer Kinnpartie zeigt sich eine Nuance Aschgrau, eine Farbe, bei der man nicht weiß, ob sie von Kälte, Hunger oder Anspannung herrührt. Vom Neonlicht beleuchtet, steht Heinula auf dem nassen Beton, es stinkt nach Benzin und dreckigem Schnee, und Luhtanen spürt, wie müde diese Frau ist.

»Gehen wir rein«, sagt er.

Heinula folgt ihm.

In ihrem Zimmer ist das Chaos perfekt. Jede waagerechte Fläche ist voller Computerausdrucke. Die Ausdrucke sind voller Nummern, Buchstaben und Fragezeichen, voller Schrägstriche, Paragraphen und eckiger Klammern. Es gibt Seiten, auf deren Rand unverständliche Reihen aus sechs oder acht Buchstaben stehen, die sich eine Zeile darunter ebenso mysteriös fortsetzen. In den eckigen Klammern stehen ein paar finnische Brocken, dann folgt wieder eine wirre Litanei: Oioioioio und 09a0jgiagnlan purutay75678q3246t280hkjakj lah.

Heinula räumt die Seiten vom Stuhl, Luhtanen nimmt dies als Aufforderung, sich zu setzen. Sie gibt der Maus einen Schubs, mit einem Knistern erwacht ihr Computer zum Leben. Heinula schließt die Tür. Müde, kompetent und traurig, denkt Luhtanen, als seine Kollegin, nach Zigarette riechend, sich hinsetzt und ihre Kette mit dem türkisäugigen Eulenanhänger zwischen Kinn und Unterlippe spannt.

Sie seufzt. »Schau dir das mal an.«

Luhtanen rückt seinen Stuhl näher an den Computer. Auf dem Bildschirm leuchten links diverse Namen und Überschriften auf; in der Mitte verläuft ein Textblock.

>> Ureanitrat/Nitrourea (11. 8. 2004 18:48)
Zur Gewinnung von Ureanitrat braucht man Urea, also Harnstoff, den man sogar in schlecht sortierten Läden für Landwirtschaftsbedarf bekommt, auch im Winter. Und Salpetersäure, nicht mal in sonderlich hoher Konzentration. Nitrourea wird aus Ureanitrat hergestellt, indem man UN bei niedrigen Temperaturen in Schwefelsäure auflöst und etwa 30 Min. reagieren läßt. Die Reaktivität der Stoffe: Ureanitrat etwa 4000 m/s, Nitrourea 6000–7000 m/s.
EK
IP: Gespeichert
Nachrichten: 170
Offline

RE: Ureanitrat/Nitrourea (12. 8. 2004 13:31)
Soweit ich mich erinnere, kostet Urea um die 7–10 Euro/4 Kilo im AgriMarket.

EK, hast du nähere Infos, wie man Nitrourea herstellt? Wie konzentriert ist die Schwefelsäure? Welche Mengen braucht man? Welche Reaktionsgleichung? Wie reaktiv ist das Ganze? Salpetersäure kostet in der Apotheke 26,50 pro Liter (60%ig). Ziemlicher Wucherpreis.

»Der Typ, der die Fragen stellt, ist der, den wir verhört haben, und der andere ist der Tatverdächtige«, sagt Heinula und starrt auf den Bildschirm. »Schreibt unter dem Kürzel EK.«

»Heißt das was, EK?« fragt Luhtanen.

Sie schüttelt den Kopf.

»Ist auf alle Fälle keine chemische Formel, kann alles mögliche heißen. Könnten auch seine Initialen sein. EK.«

»Ein Mann?«

Die Frage ist rhetorisch, Heinula schenkt sich die Antwort. Sie starrt auf den Bildschirm, die silberne Eule auf ihrem Kinn blinkt hell auf. Sie bewegt die Maus nach unten, der Frage-Antwort-Strang geht weiter.

»Ich bin die Nachrichten komplett durchgegangen. Die Mehrheit chattet über Silvester und Feuerwerkskörper, Zwölfjährige eben, die ein Jahr draufschlagen, wenn man nach dem Alter fragt, und den Briefkasten des Nachbarn mit Wunderkerzen vollstopfen. Und plötzlich bin ich auf diese kleine Diskussion gestoßen.«

Die Hand, mit der sie die Maus bewegt, hält inne, stoppt den Bildschirmausschnitt.

Luhtanen beugt sich vor, Heinula rückt beiseite, macht ihm Platz.

»Alppu hat gesagt, daß das hier das Rezept für Diphoronpentaperoxid ist.«

EK hat einen knittrigen, fleckigen Zettel eingescannt und in seinen Text hineinkopiert. Das Rezept ist mit Schreibmaschine geschrieben, das Farbband muß schwach gewesen sein. Der Zettel wurde gut gescannt: Farbflecken, Risse und Knitter sind deutlich zu sehen; die vom Falten abgenutzten Stellen und Unebenheiten bilden helle Linien und Flächen. Das Blatt war offenbar in einen Ordner geheftet, der leicht schiefen Lochung am linken Rand nach zu schließen. Auf die Ecke unten rechts hat jemand einen Stempel gedrückt: »Bad Original«. In Anbetracht seines Inhalts ist das Blatt äußerst unspektakulär und für den Laien völlig unverständlich.

Die deutschen Wörter und chemischen Formeln tanzen vor Luhtanens Augen auf und ab – so geht es ihm immer bei Heinulas Computerausdrucken, zudem hat Chemie nie zu seinen Stärken gehört. Heinula blickt stur auf den Zettel und spürt irgendeinem Gedanken nach. Er ist noch nicht ausgereift, zart wie ein Schleier, weshalb sie gar nicht mitbekommt, wie angespannt Luhtanen ihr zuhört.

»Erst mal hat er unglaublich viel Zeit darauf verwendet, diesen Zettel überhaupt zu finden. Eine deutsche Patentanmeldung aus den 30er Jahren, auf deutsch also.«

Ihr Blick scheint am Bildschirm festgefroren zu sein. Sie wirkt, als würde sie statt mit Luhtanen mit sich selber sprechen. »Er kann Deutsch. Er verbringt seine Zeit in Bibliotheken, und er sucht ein echtes Dokument. Er googelt nicht auf irgendwelchen Seiten herum, sondern geht los und sucht – und findet diesen Zettel …«

Nach einer Weile fährt sie fort. »Dann erzählt er, auf was er gestoßen ist, eine unglaubliche Entdeckung. Aus Papier, von einem Erwachsenen geschrieben, gestempelt; dieses Papier haben echte Menschen angefaßt, es ist authentisch, vollkommen anders, einzigartig. Er scannt es ein und zeigt es den anderen, und jetzt schau, was die ihm antworten.«

Mit einer schnellen Handbewegung versetzt Heinula der Maus erneut einen Schubs. Auf dem Bildschirm erscheint eine Folge neuer Beiträge, kürzerer.

RE: Diphoronpentaperoxid (22. 9. 2004, 21:46)
Hmm, Google findet nichts Derartiges, ich bin kein Experte, aber ich denke, das riecht nach Beschiß.

RE: Diphoronpentaperoxid (22. 9. 2004, 22:04)
Wie kann der Mist zu »DiphoronpentaPEROXID« oxidieren, wenn H_2O_2 nur Katalysator ist? Sieht nicht gerade nach einem offiziellen Patent aus, das Datum fehlt, und angenommen worden ist es offensichtlich auch nicht. Außerdem findet man im Web so gut wie keinen der Begriffe aus diesem dummen Rezept. Vielleicht irgendein neuer Gag? Und was soll das »Bad Original« unten am Rand?

RE: Diphoronpentaperoxid (23. 9. 2004, 15:43)
Ich denke mal, daß der Stempel »Bad Original« anzeigen soll, daß es sich um die Kopie eines schlecht erhaltenen Originals handelt, irgendein Geschmiere aus den 30ern, mit einer vorsintflutlichen Schreibmaschine geschrieben.

Heinula sieht Luhtanen an. Im Schein des Bildschirms sieht ihre Haut noch fahler aus als draußen.

»Das sind die letzten Antworten, die er gelesen hat. Das waren quasi die letzen Grüße. Keiner hat ihm geglaubt. Kein einziger.«

Die Silbereule flattert vom Kinn an die richtige Stelle, in den Kragen des schwarzen Polohemdes. Heinula spricht sehr leise. »Verstehst du?« fragt sie. »Der verbringt seine gesamte Freizeit in diesem Internetforum. Rennt in sämtliche Bibliotheken Vantaas, um mit diesen Leuten kommunizieren zu können. Aber sobald er eine Entdeckung macht und etwas findet, wovon die anderen noch nicht gehört haben, wird er nur verarscht. Keiner hat einen blassen Schimmer, worum es ihm geht. Deshalb hört ihm auch keiner zu. Die Leute hören immer nur auf das, was ihnen von vornherein bekannt ist.«

Ein weiterer Schubs mit der Maus – Heinula sucht weiter, hält an. Versinkt in ihre Gedanken, ihre Augen wandern zum Fenster. »Und rate mal, worüber ich die ganze Zeit nachdenke? Wenn irgend jemand ihn und sein Rezept ernst genommen hätte, wäre er dann losgegangen und hätte es wahr gemacht?«

Heinula steht auf und legt Luhtanen die Karte von Vantaa auf den Schoß. »Das sind die Bibliotheken, zwischen denen er hin und her gerannt ist. Wer in der Computerschlange hinter ihm stand, der hat ihn gesehen. Verstehst du? Es kann jeder sein, jeder! Jemand, dem man täglich begegnet, den man aber nicht wahrnimmt, weil man nicht richtig hinsieht. Wie Raben oder Spatzen – oder Bäume, Pilze! Wie jede beliebige Person, die sich stumm neben dich setzt. Wer weiß, vielleicht sind wir gestern erst an ihm vorbeigegangen! Jeder kann es sein, jeder.«

»Ich weiß«, erwidert Luhtanen.

»Jeder, der beschlossen hat, daß man nie wieder einfach so an ihm vorbeigeht.«

Es wird still im Raum.

Heinula spürt selbst, daß sie sich zu tief in die Sache hineinbegeben hat. Paalosmaa wird eine derartige Theorie nie akzeptieren, sei sie psychologisch gesehen auch noch so stichhaltig. Die Presse, die Öffentlichkeit, die Angehörigen der Opfer werden es kaum hinnehmen, daß man eine schier unbegreifliche Tat als emotional nachvollziehbar präsentiert.

Und da hat Luhtanen eine traurige Erkenntnis: Diese Welt ist voll von Leuten, für deren ungeheuerliche Taten es eine Begründung gibt. Man kann die Logik eines jeden Menschen verstehen. Und man kann Dinge von allen möglichen Standpunkten aus betrachten. Jede Prämisse ist letztendlich vollkommen beliebig; Regeln und Normen darüber, wie man Mitmenschen behandelt, sind nicht für die Ewigkeit gemacht.

Heinula sieht Luhtanen an, der still den Kopf schüttelt. Heinula kann seine Gedanken lesen und antwortet mit einem leisen Seufzer.

»Ich werde niemandem davon erzählen«, sagt sie nach einer Weile. »Mir gefällt's ja selber nicht, daß ich diese Gedanken habe. Was mir nur angst macht, ist die Vorstellung, daß man es hätte verhindern können, indem jemand ihn und seine Botschaft ernst genommen hätte. Der ist doch völlig allein gewesen mit seiner Entdeckung.«

»Das sind deine persönlichen Vermutungen«, merkt Luhtanen an.

»Richtig«, erwidert sie. »Aber ich hab da Erfahrung.« Sie lacht auf. »Ich habe nicht immer fünfundsechzig Kilo gewogen und bei der Kripo gearbeitet«, sagt sie trocken. »In der Technischen Hochschule wog ich hundertzwanzig Kilo und war die einzige Frau in meinem Jahrgang. Rate mal, wie sich das anfühlt, wenn man die Blicke der anderen haßt und trotzdem immerzu angestarrt wird? Und sich zugleich nichts sehnlicher wünscht, als *richtig* gesehen zu werden? Ist 'ne ziemlich schwierige Ausgangslage.«

Stille.

Luhtanen erinnert sich, gehört zu haben, daß Heinula nur heimlich ißt. Irgendwer hat erzählt, daß sie zwei Stullen mit zur Arbeit bringt und ab und zu verstohlen einen Bissen nimmt. Noch nie hat er sie in aller Öffentlichkeit essen sehen. In die Kantine geht sie nicht, und zu Festlichkeiten kommt sie immer so spät, daß das Buffet schon leergeräumt ist. Luhtanen spürt Sympathie und tiefes Mitgefühl: Diese talentierte Frau hat einen langen Weg hinter sich. Da knistert der Computer und wacht wieder auf; erstaunt schaut Luhtanen auf den Bildschirm.

»Ich dachte, der wäre schon aus.«

»Der schläft nur«, erklärt Heinula, »ist von der Erschütterung der Tischplatte aufgewacht.«

»Aha«, sagt Luhtanen. »Ich bin einfach zu alt.«

Heinula lächelt, sieht ihn aus ihren schönen Augen forschend an.

»Bist du nicht«, widerspricht sie. »Nett bist du.«

»Was soll ich dazu sagen …«

»Was *willst* du denn dazu sagen?« fragt sie verschmitzt.

»Nichts, schon gut«, würgt er ab.

Die Tür geht auf, am Schwung kann man ablesen, daß der Besucher Heinula gut kennen muß. Es ist Juha Huttunen, der rot wird und stehenbleibt, als er Luhtanen sieht. Er wirkt schuldbewußt.

Mein Gott, geht es Luhtanen durch den Kopf – Huttunen ist in diese Frau verliebt.

Heinula schaut ebenfalls zur Tür, und an ihrem Gesicht läßt sich ablesen, daß sie keinen Schimmer hat von dem, was hier vor sich geht.

»Hallo«, begrüßt sie Huttunen, der unglücklich im Türrahmen klebt, »wolltest du den Gameboy holen? Ich hab ihn endlich repariert.«

Wieder so ein Moment, in dem Menschen aneinander vorbeigehen, ohne die Wahrheit zu kennen, denkt Luhtanen. Er will nicht länger bleiben. Heinula hat ihm etwas anvertraut, was sie den anderen noch vorenthalten möchte. Luhtanen versteht sie gut. Die Kripo hat es gern blutig, ebenso die breite Öffentlichkeit. Das, was Heinula weiß, will niemand hören. Wenn der Junge ein Ungeheuer wäre, wäre das nicht schlimm. Schlimm, wirklich schlimm wäre die Gewißheit, daß er einer von uns ist, ein Mensch, ein Bruder.

Mit einem knappen Nicken geht Luhtanen an Huttunen vorbei und verläßt das Zimmer. Erst auf dem Flur fällt ihm ein, daß Huttunen eine Familie hat. Er hat genug gesehen, um zu wissen, daß solche Angelegenheiten niemals gut ausgehen.

Der Bus hält vor dem Einkaufszentrum – lange her, daß ich mit dem Bus nach Hause gekommen bin. Das flache Gebäude ist weiß gestrichen und beherbergt alles, was man braucht, sogar einen Friseur, einen Makler und einen Kiosk. Selbst die Kneipe fehlt nicht, mit maritimem Namen, obwohl es zum Wasser etliche Kilometer sind und das Meer dort eher eine verschilfte Bucht ist.

Ich erwäge, zum Friseur zu gehen. Als ich durchs Fenster hineinschaue, wird gerade einem alten Herrn ein schlammfarbenes Cape umgehängt. Prompt sehe ich mich selbst mit nassem Haar und häßlichem Umhang vor riesigen Spiegeln sitzen und weiß, daß ich meinen Kopf momentan lieber doch nicht als ein vom restlichen Körper losgelöstes Objekt erleben möchte.

Also kein Friseur für heute. Ich gehe hübsch nach Hause und nehme ein heißes Bad. Herrlich. Ich habe noch Wein und Blätterteig da und werde mir Pasteten machen. Und mit viel Wein und Butter im Bauch einschlafen.

Ich stapfe durch den Schneematsch, weiche den Pfützen aus. Das Haus, in dem ich wohne, ist ebenfalls weiß. Mein Pornonachbar hat das Licht in seiner Wohnung ausgeschaltet und steht am Fenster; er denkt, ich würde ihn nicht sehen. Falsch. Ich sehe ihn und weiß genau, was er macht. Wie kann man so dumm sein und glauben, daß die Blickachse zum Nachbarn nur in eine Richtung funktioniert? Die meisten scheinen zu vergessen, daß der Nachbar auch bei *ihnen* reinschaut; wenn nicht dieser Nachbar, so irgendein anderer. Unglaublich, wie empört manche tun und erzählen, daß der und der den ganzen Tag am Fenster lauert und herumspioniert. So etwas kriegt man doch nur mit, wenn man selbst spioniert!

Ich mache das Licht im Hausflur nicht an. Der Weg zu meiner Wohnung ist kurz, und ich will meinen Nachbarn hinter ihren Türspionen auf keinen Fall visuelle Abwechslung bieten. Ja, ja, meine Haare liegen schlecht, meine Hand tut weh, aber ansonsten gibt's nichts zu glotzen, ich bin nur eure Nachbarin und brauche Schlaf. Gleich bin ich an meiner Tür, und ich weiß: Heute läuft nichts mehr. Sehr erleichternd.

Doch auf dem Treppenabsatz richten sich plötzlich meine Nackenhaare auf. Es ist dunkel, nur schwacher Lichtschein kommt von irgendwoher. Mit extralautem Klimpern hole ich meinen Schlüsselbund hervor, aber der Klang beruhigt mich nicht.

Hier ist jemand.

Ich gehe Richtung Wohnungstür, finde nach sieben Jahren Erfahrung das Schlüsselloch auch ohne Licht, und drücke, als der Schlüssel steckt, pro forma den Lichtschalter neben der Wohnungstür.

Das Licht bleibt aus.

Aber die Tür geht auf. Ein paar Werbezettel wehen von der Schwelle in den Hausflur, ich stoße die zweite Tür auf und trample hektisch auf den Zetteln herum. Im letzten Fernsehkrimi ist die weibliche Hauptperson in genau dieser Situation umgekommen: an der eigenen Wohnungstür, zwischen der ganzen Reklame. Weil sie nicht schnell genug drin war.

Ich ziehe die Tür hinter mir zu, doch ein Prospekt wandert im Luftzug mit und klemmt im Türrahmen. Ich ziehe mit aller Macht, doch die Tür schließt nicht, der Prospekt ist zu dick. Ich bücke mich, zerre das Papier hervor und knalle die Tür zu, panisch.

Klick, das Schloß rastet ein. In Sicherheit.

Ich schalte das Licht in der Diele an, lege die Schlüssel auf den Tisch, kicke die Post beiseite und setze mich. Ich mag es gar nicht, wenn mir etwas Angst einjagt, wenn man mir zu nahe kommt. Schlimm, und das im eigenen Treppenhaus. Und weshalb ist das Licht nicht angegangen?

Das Blut in meinen Ohren hört langsam wieder auf zu rauschen. Mein Handgelenk schmerzt, die Panik hat ihm nicht gutgetan. Ich stehe auf und gehe Richtung Küche, will mir ein Glas Wein holen und durchatmen.

Doch da fällt mir etwas ein, und ich erstarre.

Wieso ist eigentlich mein Sicherheitsschloß nicht zugewesen?

Verflucht.

Ich mache Licht in der Küche, die Küche ist leer. Ich mache Licht im Badezimmer, das Badezimmer ist leer. Ich mache Licht im Wohnzimmer, das Wohnzimmer ist auch leer. Sogar auf dem Balkon ist niemand, und mein Schlafzimmer ist ebenfalls leer, illuminiert von 100 Watt.

Habe ich das Sicherheitsschloß morgens wirklich verriegelt?

Ich erinnere mich beim besten Willen nicht. Ich war auf Luhtanen konzentriert, keine Ahnung also, wie der Morgen genau abgelaufen ist. Aber wie sollte überhaupt irgendwer hier reinkommen können, ob nun mit oder ohne verriegeltes Sicherheitsschloß?

Noch nie habe ich jemandem meine Wohnungsschlüssel gegeben, keinem Freund, nicht einmal Elina. Das rächte sich regelmäßig, denn wenn ich die Schlüssel in der Wohnung vergessen hatte, mußte ich den Hausverwaltern fünfzehn Euro und mehr für ihre widerwillig ausgeführte Serviceleistung zahlen.

In mein Zuhause *kann* gar keiner reinkommen, und dennoch habe ich das ungute Gefühl, daß jemand hiergewesen ist.

Als ich aus dem Augenwinkel eine Bewegung wahrnehme, drehe ich mich blitzschnell um – zum Glück ist es nur eine Taube, die sich auf dem Geländer meines Balkons niederläßt und mich mit schiefem Kopf ansieht. Ich seufze erleichtert. Doch als die Taube unten auf dem Boden verschwindet, wird mir etwas Furchtbares klar.

Jemand könnte dort auf dem Bauch liegen. Auf meinem Balkon. Langsam und sehr leise gehe ich rückwärts in die Diele, damit man mich nicht sehen kann. Mein Herz schlägt wie wild, fast ersticke ich an meiner Angst. Ich muß sofort hier raus. Ich greife nach Jacke und Tasche, weiter, weiter, jetzt der Schlüsselbund, leise, leise. Noch nie habe ich eine solche Panik gehabt. Ich trete auf den Posthaufen, rutsche beinahe aus, stütze mich mit der verletzten Hand an der Wand ab. Ich finde das Gleichgewicht wieder und schleiche mich das letzte Stück zur Tür. Meine Hand ertastet das Schloß, es geht auf, leise, leise, und ich schiebe mich rückwärts aus der Wohnung in den dunklen Flur. Irgendwie schaffe ich es, die Tür zuzuziehen. Den Knall der Tür noch im Ohr, drehe ich mich um.

Vor mir steht jemand.

Ich kreische.

Da geht das Flurlicht an. Es ist der Pornonachbar, der mir erschrocken ausweicht. Irgendwo öffnet sich eine Wohnungstür. Mein Nachbar trägt einen Jogginganzug und hat etwas in der Hand. Er streckt es mir entgegen. Jetzt kapiere ich überhaupt nichts mehr. Ich starre ihn an und er mich, er drückt mir sein Mitbringsel fast in den Bauch.

Es ist ein Weihnachtskalender.

»Kalender gefällig?« fragt er.

Ich schaue den Kalender an, dann wieder ihn, mein Herz benimmt sich wie ein wild gewordener Schmied, ich kann kaum atmen.

»Ist von den Pfadfindern. Schauen Sie mal.«

Er hält mir die Rückseite des Kalenders hin: Dort steht's, Pfadfinder e. V. Dann zeigt er mir wieder die Vorderseite und tippt auf die Türchen mit den Zahlen.

»Hat ein paar mehr. Ging schon am 28. 11. los«, erläutert er.

Allmählich kehre ich wieder in meinen Körper zurück. Meine Güte, was für ein Streß. Mir dämmert, was von mir erwartet wird; also durchwühle ich meine Taschen.

»Aber die Hälfte der Zeit ist doch längst um«, stammle ich noch. Der Pornomann glotzt mich unverwandt an.

»Trotzdem«, beharrt er, seiner Meinung nach orientiert sich Wohltätigkeit nicht am Kalender. »Gucken Sie mal, so eine schöne Schneelandschaft, da hat sich jemand richtig was überlegt.«

»Wieviel kostet er?« krächze ich. Mein Nachbar ist zufrieden, endlich ist bei mir der Groschen gefallen.

»Fünf Euro. Gerne passend.«

Ich hole einen Fünf-Euro-Schein aus meinem Portemonnaie und drücke ihn dem Mann in die Hand. Er überreicht mir den Weihnachtskalender und lächelt.

»Frohe Adventszeit«, wünscht er.

»Danke«, erwidere ich. Das Licht ist noch immer an, die Panik vorbei. »Entschuldigung. Ich meine, ich hab mich ein bißchen erschrocken.«

»Ja, ja«, brummt er, »kann passieren.«

Ich lächle, er geht die Treppe hinunter. Jetzt, wo ich ein Geschäft gemacht und einen Weihnachtskalender unterm Arm habe, bin ich ruhiger. Der Impuls, meine Wohnung zu verlassen, hat sich verflüchtigt. Auf einmal fühlt es sich durchaus realistisch an, wieder hineinzugehen.

Nur: Als ich in der Wohnung bin und noch einmal zum Balkon spaziere, geht die Panik von vorne los. In der zarten Schneeschicht auf dem Balkonfußboden sind Fußabdrücke.

Hier kann ich nicht bleiben.

Weil ich keinen Zufluchtsort habe, renne ich zum Einkaufszentrum. Sepi kann ich nicht anrufen, und bei der Arbeit habe ich nichts zu suchen. Ich bleibe vor dem Kiosk stehen, wo Leute ihre Tippscheine ausfüllen, und vor dem Friseur, wo ein gepflegter Herr einer Frau Geld in die Hand drückt. Einer Eingebung folgend, betrete ich den Friseursalon, denn ich brauche Zeit zum Nachdenken. Vielleicht übernachte ich heute im Hotel? Genau: Während ich beim Friseur sitze, kann ich das Telefonbuch nach Hotels absuchen, und während ich das Telefonbuch nach Hotels absuche, kann ich endlich meine Haare schneiden lassen.

Das sind in etwa meine Gedanken, als ich den Salon betrete. Eine muntere Frau, Typ Sportlehrerin, sieht mich erwartungsvoll an und lächelt.

»Kann ich helfen?« fragt sie und nimmt bereits meine wirren Haare in Augenschein. Nicht, um mich in Verlegenheit zu bringen, sondern um die benötigte Zeit abzuschätzen. »Irgendein besonderer Wunsch?«

»Nein, nein, aber es sollte wohl mal wieder was gemacht werden.«

Ihr wird klar, daß ich ziemlich unerfahren bin, was mein Äußeres angeht. Daher kommt sie hinter ihrem Tresen hervor und übernimmt energisch die Regie, ehe ich den Laden wieder verlassen kann.

»Komm mit, dann fangen wir erst mal mit Waschen an. Und währenddessen können wir überlegen, was zu dir paßt.«

Sie spricht mit mir, wie man mit Menschen spricht, freundlich; das fühlt sich gut an. Und auch dieses Licht, das vor einer halben Stunde von der Straße aus noch zu hell schien, ist jetzt beruhigend. Es gibt keinen Grund zur Sorge, sage ich mir. Ich habe mich erschrocken, aber nun ist es vorbei. Kein Grund zur Sorge.

Und ich glaube mir sogar. Die Frau biegt meinen Kopf sanft nach hinten und läßt warmes Wasser über meine Haare laufen. Der feine Duft von Shampoo hüllt mich ein, und ich frage mich, wieso ich eigentlich so selten zum Haareschneiden gehe. Ich könnte mir das viel öfter leisten, mich als Frau zu anderen Frauen zu gesellen.

»Hast du an einen neuen Haarschnitt gedacht, oder etwas Farbe?«

»Äh, das war eher eine Spontanentscheidung«, krächze ich.

Und tatsächlich, ich habe absolut keine Vorstellung davon, wie ich aussehen will. Ich habe mich nur in Sicherheit gebracht. Natürlich ist mir klar, daß man irgendwie aussehen muß, doch jetzt einen konkreten Vorschlag zu äußern, wäre ein wenig viel verlangt. Ich wollte mich lediglich in stärkere Hände begeben, die Augen erst wieder öffnen, wenn alles vorbei ist. Auch im übertragenen Sinn.

»Okay«, sagt sie, registriert meine Hilflosigkeit, »schauen wir mal. Uns wird schon was einfallen.«

Sie macht den Wasserhahn zu und wickelt ein Handtuch um meinen Kopf. Als ich aufstehe, kommt es mir vor, als würde hinter der großen Fensterscheibe jemand stehen. Ich sehe genauer hin, doch weil es drinnen hell und draußen dunkel ist, kann ich nichts erkennen. Und trotzdem, ich habe das Gefühl, daß jemand mich anstarrt. Ich muß an die Fußspuren denken und kriege eine Gänsehaut. Die Frau geht an mir vorbei zum Friseurstuhl, ich nehme mich zusammen und folge ihr. Ich habe schlecht geschlafen letzte Nacht, und der Tag war lang, es ist also gut möglich, daß ich mich täusche und alles nur Einbildung ist.

Ich nehme Platz und bekomme das schlammfarbene Cape umgehängt. Die nächsten fünfundvierzig Minuten werde ich mich nur auf das Haareschneiden konzentrieren und alle Ängste aus meinem Kopf verbannen. Ich werde einfach eine Frau sein, die, einer spontanen Eingebung folgend, beschlossen hat, eine Prise Farbe in ihren Alltag zu bringen. So funktioniert das doch, oder?

Eine Dreiviertelstunde später habe ich eine neue Frisur. Die zuvor schulterlangen Haare gehen mir jetzt bis knapp ans Kinn, sind prinzenhaft, voller Volumen. Der Farbton ist heller, mein Gesicht sieht weniger erschöpft aus. Eigenartig, wieviel Einfluß Friseure auf das Äußere des Menschen haben. Als die Frau mir den Umhang abnimmt und ich aufstehe, wirkt mein Spiegelbild einen Tick größer und schlanker.

»Na, wie gefällst du dir?« fragt die Friseurin und geht zum Tresen.

»Das ist ja …« Mir fällt kein Kommentar ein. »Ich hab immer gedacht, daß ich mit kürzeren Haaren aussehe wie ein Türsteher, aber das stimmt wohl nicht.«

Die Frau lacht hell auf, hält mich für einen echten Sonderfall. »So kurz ist die Frisur gar nicht, das ist ein Pagenschnitt, jetzt im Winter wirklich praktisch. Einfach regelmäßig waschen und beim Fönen mit den Fingern aufwuscheln.«

Als ich zustimmend nicke und mein Portemonnaie hervorhole, fällt mir ein, daß ich mein eigentliches Anliegen vollkommen vergessen habe: die Übernachtung im Hotel. Die neue Frisur hat meine Angst bereits gedämpft.

»Du siehst wirklich gut aus«, lobt die Frau, während sie meine Kreditkarte entgegennimmt. »Jetzt raus zum Tanzen, die neuen Haare feiern.«

Ich lache, aber so ganz überzeugt mich der Gedanke nicht.

Fliehen ist noch schlimmer als Angsthaben. Als Kind habe ich mir immer verboten wegzulaufen. Wer wegläuft, gibt zu, daß er kein Vertrauen in seine Kraft hat. Zu flüchten heißt, sich dem Angreifer willenlos auszuliefern. Ein paarmal habe ich der Panik nachgegeben und bin weggerannt, und jedesmal hatte ich danach erst recht Angst.

Und dennoch: Als ich aus der Tür trete, gehe ich an der Seemannskneipe vorbei zum Taxistand und nenne dem Fahrer ein Restaurant im Stadtzentrum. Ich möchte nicht nach Hause. Wenn tatsächlich etwas passieren würde – ich wüßte niemanden, dem ich davon erzählen kann.

Deshalb nehme ich ein Taxi in die Innenstadt.

Ich habe schon immer Angst vor Männern gehabt. Das ist sicher auch der Grund für meine seltenen Friseurbesuche. Wer frisch vom Friseur kommt, erweckt den Eindruck, sich über sein Aussehen Gedanken zu machen. Und daraus läßt sich folgern, daß er oder sie das tut, um beim anderen Geschlecht anzukommen.

Ich bin noch nie gut angezogen herumgelaufen, geschweige denn richtig feminin. Sonst würde das andere Geschlecht ja auf mich aufmerksam werden. Am eigenen Aussehen zu arbeiten läßt sich als Einladung interpretieren – man könnte denken, daß ich Anschluß suche. Sorgfältig frisierte Haare erteilen zudem anderen die Erlaubnis, sich Gedanken über mich und meine Charaktereigenschaften als Frau zu machen.

Ich fand es schon immer bedrohlich, geschminkt und frisiert in Bars und Restaurants zu sitzen. Mir ist ständig bewußt, daß die Männer mich ins Visier nehmen, mit ihren Blicken mein Potential abschätzen. Sie mustern meine Beine und Arme, mein Gesicht, meine Proportionen, meine Art, mich zu bewegen. Die Tatsache, daß ich mich für mein Äußeres ins Zeug gelegt habe, gibt ihnen das Recht, das Endergebnis zu bewerten.

Klar, ich kann auch stur nach unten schauen, stumm herumsitzen und Gesten meiden, die Kommunikationsbedarf vermitteln, doch meine Frisur macht all diese Bemühungen zunichte. Denn ich selbst habe mich ganz offensichtlich von außen gesehen, und das läßt nur einen Schluß zu: Ich will angeschaut werden.

Ich habe es also immer äußerst gefährlich gefunden, in Bars und Restaurants herumzusitzen. Und nun habe ich ein Restaurant betreten, allein, was dem Code zufolge bedeutet, daß ich Gesellschaft suche. Meine Haare sind frisiert, was bedeutet, daß ich *männliche* Gesellschaft suche.

So, wie ich aussehe, ist es schlicht unmöglich zu vermitteln, daß ich nur das kleinere Übel gewählt habe. Daß ich keine Gesellschaft suche, sondern Angst habe vor den Fußspuren in der dünnen Schneeschicht auf meinem Balkon.

Ich setze mich an die Theke. Zwar bin ich dort bestens zu sehen, aber ich kann wenigstens schnell wieder abhauen. Wenn man am Tisch sitzt, verhält sich das anders. Dort wieder wegzukommen macht mehr Aufwand. Man muß aufstehen und sich zwischen Stuhl und Tisch hervorschlängeln. Die allerschlechteste Idee wäre es, in einer der Sofagruppen Platz zu nehmen. Es ist nahezu ausgeschlossen, von dort wieder wegzukommen, ohne die Sitznachbarn zu verärgern.

Ich bestelle einen Cocktail, denn Bier ist einladend kumpelhaft und Stärkeres ein Zeichen für Verzweiflung. Beides signalisiert nicht gerade, daß man allein bleiben möchte. Der Drink darf jedoch nicht zu kompliziert sein oder rein durchsichtig. Komplizierte Drinks zeigen, daß man auf sich aufmerksam machen will, klare Drinks verweisen auf Wodka mit was Sprudeligem, also auf Verzweiflung. Also nehme ich etwas ganz Gewöhnliches.

»Wodka-Cola.« Ich bekomme ein Glas direkt aus dem Zapfhahn. Praktisch. Kompliziertes unkompliziert zu machen fand ich schon immer gut. Noch eine Zitronenscheibe ins Glas, ist wohl gerade in – fertig.

Ich nehme den ersten Schluck und kann den Alkohol nicht herausschmecken. Gutes Zeichen. Das erste Glas trinke ich, ohne aufzuschauen. Man läßt mich in Ruhe. Zaghaft beginne ich ein Gespräch mit der Bedienung. Sie erzählt von ihrer Cousine, die die gleiche Frisur hat wie ich.

Ich bestelle ein zweites Glas und entspanne mich, die Frisur hat sich gelegt, sieht weniger neu aus. Außerdem wird mir klar, daß die Leute um mich herum nicht wissen, wie ich vormittags herumgelaufen bin. Für sie bin ich vielleicht tatsächlich nur irgendeine Frau, die sich an die Theke gesetzt hat, um Wodka-Cola zu trinken. Dieser Gedanke ist eine echte Erleichterung, und ich riskiere einen Blick in den Raum. Die Bar füllt sich allmählich. Leute ziehen ihre Winterjacken aus, führen muntere Gespräche. Kein Grund zur Panik.

Ich muß an meine letzte Urlaubsreise denken, vor fünf Jahren. Ich hatte Elina, die Arbeit und Puju aus meinem Kopf gestrichen und spontan einen Last-Minute-Flug genommen, weil ich dachte, ich wäre locker. Ich saß an einem Tisch ohne Tischtuch in irgendeiner Hacienda, oder was auch immer das war, so ein kleines Café, wo die Männer in weißen Hemden herumsitzen. Ich war ungebräunt, verschwitzt und den ganzen Tag in schlecht sitzenden Schuhen die Einkaufsstraße rauf- und runtergelaufen, hatte zwischen Flamenco-Puppen und Kastagnetten nach etwas Vernünftigem zum Mitbringen gesucht. Obwohl es erst der zweite Urlaubstag war, sah ich schon Elina und die Mädchen vor mir, wie sie mich freudig in Empfang nehmen, und aus diesem Grund hatte ich nur die Mitbringsel im Kopf.

Daß der Krug auf dem Tisch so viel Alkohol beinhaltete, hätte ich nie vermutet. Obenauf schwammen Früchte und Beeren, die eine spritzige Frische suggerierten. Dieselbe Irritation kennt man von Bowle: Wenn unschuldige Exemplare aus Mutter Natur für ästhetischen Esprit sorgen, ist es nahezu unmöglich, an die böse Wirkung von Alkohol zu denken – daran, daß man sogar umkippen kann, wenn man aufsteht, und der Länge nach auf dem Nachbartisch landet.

Ich hob mein Glas und trank, die späte Nachmittagssonne wanderte langsam hinter meinen Rücken. Ich streifte mir die Schuhe von den Füßen, setzte mich gerade und lehnte mich zurück, schlug die Beine übereinander und achtete darauf, mir am rauhen Rand der Tischplatte keine Splitter zu holen. Und obwohl ich allein reiste, drei zusätzliche Urlaubskilos auf den Hüften hatte und schnell außer Atem war, hatte ich in diesem

Moment keinen einzigen traurigen Gedanken im Kopf. Ich lehnte mich einfach nur nach hinten, schloß die Augen und ließ wildfremde Menschen ihre Sprache sprechen, hörte die Stimmen wie von weit her. Zum ersten Mal seit Jahren ließ ich mich treiben.

Ich trank die ganze Kanne. Eigentlich habe ich nicht einmal darauf geachtet, wieviel ich trank, ich schenkte mir einfach ein. Als schließlich nur noch die Früchte in mein Glas purzelten, wurde mir klar, daß es Zeit war, ins Hotel zu gehen. Die Sonne verschwand, ich hatte zwei Wörter Spanisch gelernt, und als ich aufstand, landete ich der Länge nach auf dem Nachbartisch.

Da sah ich mich von außen: Eine einsame vierzigjährige Nordeuropäerin, die dünnen Haare verschwitzt am Kopf. Rotgepunktete Waden, ungeschickt rasiert. Schwankend richtete ich mich auf; mein langweiliges beigefarbenes Sommerkleid klebte natürlich an meinen Oberschenkeln, ich trug keinen Unterrock.

Niemand eilte mir zu Hilfe. Ich weiß nicht, weshalb, ob aus Ekel oder Schamgefühl. Ich hielt mich mühsam aufrecht und ging zum Terrassenausgang, hundeelend war mir, meine Schuhe lagen noch immer unter dem Tisch, und ich gestikulierte matt, denn es war mir motorisch nicht möglich, die Rechnung zu zahlen.

Ich sah aus wie eine Alkoholikerin, obwohl ich nur eine Urlauberin war, unvorsichtig im Umgang mit einheimischen Getränken, ohne Gesellschaft, die das Trinken durch heitere Gespräche verlangsamt. Ich wußte, daß ich einsam und unansehnlich aussah, nach Sparsamkeit und Mitbringseln, danach, daß meine einzige Reise seit Jahren mich absurderweise hierher geführt hat. Ich wußte, daß man mich bemitleidete, denn all das war so erschreckend menschlich: der sommerliche Aufzug, das genußvolle Innehalten, das Bedürfnis nach Wärme, Licht und Abwechslung. Alles so herzerweichend normal, die kleinen Wünsche kleiner Bürger: einmal Urlaub haben, sich wenigstens einen Moment verwöhnen.

Ich torkelte aus der Hacienda und ließ meine häßlichen Schuhe, eine unbeglichene Rechnung und einen Haufen dünner Zitronenschalen neben dem Glas zurück. Die Kanne war leer. Sie hatten mir eine ganze Kanne gebracht – und ich, ich hatte angenommen, daß Stärkeres nur im Glas gereicht wird.

Drei Stunden später bin ich nicht nur betrunken, sondern auch äußerst dankbar für meinen Friseurbesuch: Ich habe das Risiko, das die Kombination »neue Frisur plus Ausgehen« mit sich bringt, nicht gescheut, und nun bin ich befreit. Das Schlimmste – mit meinen Haaren überhaupt hierzusein – habe ich schon hinter mir. Also bin ich frei. Und wenn man nicht mehr aufpassen muß, was man für einen Eindruck macht, kann man in aller Seelenruhe saufen, munter durcheinander.

Ich will nicht nach Hause. Die Fußspuren im Schnee machen mir angst. Ich verstehe nicht, weshalb jemand auf meinem Balkon stehen will, die Fußspitzen beinahe an der Wand, die Nase am Fenster.

Ich stelle mir vor, wie ein Mann auf meinen Balkon klettert und sich neben das Fenster stellt. Er beschattet die Augen mit der Hand und starrt in die Wohnung, die Stirn sacht ans Glas gedrückt. Ich will nicht zurück, um festzustellen, daß außer den Fußabdrücken auch noch die feuchtfettigen Spuren einer schmierigen Stirn da sind.

Keine Ahnung, wohin ich gehen könnte. Ins Hotel? Noch nicht.

Ich bestelle bestimmt schon das sechzehnte Getränk. Meine Frisur ist angenehm zusammengefallen, und ich plaudere mit der Thekenfrau und ein paar anderen Frauen über Weihnachten. Ein Weihnachtstyp bin ich nicht gerade, aber da die anderen es sind, sehe ich keinen Grund, Gegenposition zu beziehen. Heute bin ich eine von ihnen. Deshalb bin ich auch ziemlich verblüfft, als die Frau an der Theke gegen halb zwölf konstatiert: »Hör mal, ich mein's nur gut, aber du gehst jetzt wohl besser nach Hause und legst dich ins Bett.«

Sie meint es ernst, schließlich kann ich meinen Kopf nur noch mit enormer Willenskraft aufrecht halten.

»Tatsächlich?« frage ich noch, der Form halber.

Sie lächelt mir zu, wissend, daß ich ihren Ratschlag beherzigen werde. Ich sehe sie an, forme noch mühsam ein Danke. Dann rutsche ich vom Barhocker und falle fast auf den Boden, kriege zum Glück noch die Stange an der Theke zu fassen. Nach einer Weile finde ich meinen Mantel – ich habe die ganze Zeit darauf gesessen –, die Handtasche hängt mir quer über die Brust. Ich winke der Thekenfrau zu und stolpere hinaus. Eine elende Anstrengung ist das, fürchterlich.

Draußen muß ich beinahe kotzen. Ich stütze mich am Fenster ab. Die Leute, die am Fenstertisch sitzen, klopfen wütend gegen die Scheibe. Sie wollen, daß ich mich weiterbewege, ihre Aussicht nicht verschandle. Ich verstehe ihren Standpunkt, gebe mein Bestes und komme sogar ein paar Schritte weiter. Ich will niemandem Böses. Ich weiß nur einfach nicht, wie das geht: weit weg von zu Hause betrunken zu sein.

Ich habe Angst. Mir wird schlagartig klar, wie wenig ich mich verteidigen kann. Ich habe alle Kreditkarten und Bares dabei, und ich bin eine Frau. Jeder Idiot kann kommen und mich wegschnappen oder mir alles wegnehmen. Ich schleiche die Hauswand entlang und versuche, unsichtbar zu sein, doch das ist schwierig. Überall leuchten Lichter, und meine Körperhaltung ist zu gekrümmt, um neutral zu wirken. Man starrt mich an.

Wieder fällt mir der Tag in Spanien ein, als ich zuviel Sangria getrunken hatte und umgekippt bin. Ich sehe bestimmt genauso aus wie damals, nur winterlich, und älter. Aber das Grundprinzip ist dasselbe: Eine nicht mehr junge Frau hat einen Vollsuff und paßt nicht ins Bild.

Wie gerne würde ich jetzt eine kleine Grube finden, in die ich mich zum Kotzen und Durchatmen verkriechen kann. Während ich weitertorkle, weiß ich schon, daß ich gleich umfallen und besinnungslos sein werde. Ich versuche, meinen Weg fortzusetzen, an den Fensterbrettern entlang, zwischendurch halte ich mich an Türgriffen fest, hangle mich weiter. Ich muß in ein Gebüsch oder in ein Treppenhaus, muß einen geschützten Platz finden, ehe ich das Bewußtsein verliere und überfallbereit alle viere von mir strecke. Ich muß mich hier fortschaffen, irgendwie.

Doch dazu komme ich nicht.

Ich knicke in den Knien ein wie ein Rind, das einen Stromschlag bekommt, falle vornüber und schlage mit dem Kopf auf den Asphalt, plumpse auf meine Tasche. Wer an mein Geld will, muß mich wenigstens wegrollen. Das kann ich noch denken und den Kies unter meiner Wange spüren, dann werde ich weggebracht, hui, wie die Erde sich dreht, und ich hoffe noch, nicht an meiner Kotze zu ersticken, und dann –

Ich höre die Stimme meiner Schwester. Sie steht auf dem Dach, und obwohl sie so weit weg ist, sehe ich ihr Gesicht ganz deutlich, ihre Lippen sind aufgesprungen und bewegen sich. Ich versuche zu verstehen, doch sie verstummt, weil ich zu langsam bin, zu spät bin, schon dreht sie mir den Rücken zu, obwohl sie mich doch auf die Leiter zulaufen sieht.

Und alles um mich herum verschwindet, nur die Leiter nicht und die Wand und das bebende Haus. Ich versuche, die unterste Sprosse zu fassen zu kriegen, aber ich rutsche ab. Das verzeiht sie mir nicht.

Sie ist meilenweit entfernt und sieht mich an, lautlos, sie ist blaß.

Ich bin so verzweifelt, daß ich aufwache.

Ich habe nicht die leiseste Ahnung, wo ich bin.

Über mir befindet sich eine getäfelte Decke. Einen Moment lang tippe ich auf Saunaräume, denn diese gebeizten Kiefernbretter sieht man oft in den Umkleidekabinen oder von der obersten Saunabank aus, wenn man liegend seine Beine zur Decke hin ausstreckt. Ich will mich umdrehen, was unerträgliche Schmerzen verursacht, Schmerzen, die eigentlich gar nicht mehr lokalisiert werden müssen, sondern allumfassend sind. Ich muß würgen, versuche mich auf die Seite zu drehen, damit mir das Erbrochene nicht im Hals steckenbleibt. Als ich mich mühsam in eine andere Position gewälzt habe, übergebe ich mich direkt neben das Bett.

Dort ist eine Schüssel. Sie ist lila. Jemand hat sie für mich hingestellt.

Ich würge und versuche gleichzeitig, mich umzusehen, aber meine Augen füllen sich mit Wasser, und alles, was ich kann, ist kotzen. Meine Organe drehen sich um die eigene Achse, ich speie Rotzfäden und eine überwältigende Übelkeit aus, und trotzdem wird mir nicht besser. Mir fällt ein, daß ich am Vortag nichts gegessen, mir die Ladung Alkohol in den leeren Magen geknallt habe. Keine gute Idee, so was, und das war leider nicht das erste Mal. Mit der Zeit gewöhne ich mich an diese Überdosierungen – eins der heikelsten Probleme unserer Zeit, in vielerlei Hinsicht.

Ich wische mir den Mund am Arm ab, und dabei fällt mir auf, daß ich nicht angezogen bin. Da, wo gestern noch der Ärmel meiner Hemdbluse die Armbanduhr bedeckt hat, ist jetzt blasse Winterhaut. Auch die Uhr ist weg. Ich schiebe die Bettdecke ein Stück beiseite: Meine weiße Unterhose schimmert im Dunkeln, doch den Bund der Strumpfhose spüre ich nicht. Ich streiche mit der Hand über meine Brüste – der BH ist noch da. Aber die Bluse, die Hose und die Strumpfhose fehlen. Die hat jemand irgendwohin gebracht.

Wo bin ich?!

Ich erinnere mich, daß ich gestern abend betrunken war und umgefallen bin. Ab da verschwindet alles in dichtem Nebel.

Ich stemme mich hoch. Und stoße mir den Kopf. Über dem Bett ist eine Schräge, ich befinde mich also im Obergeschoß, in einem Dachzimmer. Neben dem Bett steht ein Schreibtisch, davor ein Stuhl.

Auf dem Stuhl liegen, achtsam zusammengelegt, meine Kleider. An der Lehne hängt die Handtasche, auf dem Schreibtisch liegt die Uhr. Meine Armbanduhr.

Ich setze mich auf. Trotz Übelkeit bin ich jetzt hellwach. Ich beuge mich vor und stehe vorsichtig auf; schließlich will ich mir den Kopf nicht ein zweites Mal an der Decke stoßen.

Meine Uhr zeigt halb drei, es ist Nachmittag.

Unter meinen Füßen fühle ich etwas Dünnes, Rutschiges – der ausgefranste Saum eines Plastikflickenteppichs. Ich greife nach meiner Bluse. Während ich mich anziehe, schaue ich mich um. Auf dem Regal stehen ein paar Pokale und ein Radio, an der Wand hängt ein Poster mit knuddeligen Welpen. Auf dem Boden der Flickenteppich, an der gegenüberliegenden Wand ein gähnend leeres Aquarium. Auf dem Bücherbord nur ein paar Englischbücher. Ich steige in meine Hose und schaue hinaus auf die Straße. Eine Laterne, ein gelbgeziegeltes Satteldachhaus gegenüber. Weil Stadtplanung vor nichts haltmacht, läßt sich annehmen, daß ich mich in einem ähnlichen Haus befinde. Ich binde die Armbanduhr um, nur die Strumpfhose finde ich nicht. Was soll's. Wenn ich hier tatsächlich noch auf meine Stiefel stoßen sollte, wäre es das geringste Übel, sie über die nackten Füßen zu ziehen.

Barfuß tappe ich zur Tür, sie öffnet sich zu einer Treppe ins Erdgeschoß.

Ich höre Geräusche, übler Geruch dringt herauf. Ich habe mal neben einem Tonofen gestanden, dessen ausgekühlter Innenraum genauso gerochen hat, nach brennendem Sand, etwas Mineralischem, ohne besondere Nuancen. Erinnert entfernt an einen verschmorten Fotostreifen oder den Geschmack alter Apfelsinenkerne. Ich stehe da und versuche, mir über diesen Geruch klarzuwerden, während er von Sekunde zu Sekunde an Intensität zunimmt. Oje, hoffentlich muß ich nicht wieder kotzen. Ich stehe auf dem Treppenabsatz und weiß nicht, was ich tun soll. Ich entscheide mich für den Weg nach unten.

Am Fuß der Treppe stehen meine Stiefel.

Ich weiß wirklich absolut nicht, wo ich bin, doch ich werde nicht länger bleiben, um das herauszufinden. Dort ist auch meine Jacke; die Tasche habe ich bereits umgehängt. Nichts kann mich davon abhalten, zur Tür hinauszugehen. Ich will nicht wissen, mit wem ich es hier zu tun gehabt habe, geschweige denn, wie ich hergelangt bin. Durchaus möglich, daß ich gerettet wurde – aber sicher ist das nicht. Vielleicht begegne ich demjenigen ja später wieder.

Ohne das kleinste Geräusch zu machen, gelange ich ins Erdgeschoß, leiser kann man gar nicht schleichen. Ich halte die Luft an: alles wieder still, das Haus scheint leer. Ich schleiche weiter, vorbei an offenen Zimmertüren. Links das Wohnzimmer, rechts die Küche. Der Geruch ist mittlerweile unerträglich geworden, verursacht Kopfstechen. Ich sehe, daß der Ofen an ist, auf einem Blech schmort eine undefinierbare Masse. Daher also kommt der Geruch.

Doch ich bleibe nicht stehen und bejuble meine clevere Entdeckung. Nein, ich gehe weiter zum Windfang und steige in die Stiefel, die Reißverschlüsse lasse ich offen. Ich nehme meine Jacke, der Kleiderbügel schaukelt mit metallischem Schaben auf der Kleiderstange hin und her. Noch ein letzter Schritt, und ich bin an der Tür. Ich öffne das Schloß, drücke die Klinke, bin bereit.

In genau diesem Moment spüre ich, daß jemand hinter mir ist. Ich weiß nicht, ob ich mich zuerst umdrehe oder zuerst die Stimme höre: »Morgen.«

Es ist Esa.

»Ich wollte dich nicht aufwecken.«

Da stehe ich, mit der Hand auf der Klinke, und starre ihn an. Er trägt Jogginghosen und ein verschlissenes T-Shirt.

»Du bist ziemlich blaß«, sagt er, verlagert sein Gewicht von einem Bein aufs andere. »Willst du frühstücken?«

Ich nehme die Hand von der Klinke, stehe in offenen Stiefeln und mit der Jacke überm Arm da.

»Wo bin ich?« frage ich ihn.

»Bei uns.«

»Wie, bei uns?«

»Bei uns zu Hause.«

»Wie bin ich hierhergekommen?«

Er sieht mich an, antwortet nicht, Schulterzucken. Nach ein paar Sekunden: »Du warst echt besoffen.«

»Und jetzt gehe ich nach Hause.«

»Bleib zum Frühstück«, sagt er und verschwindet in der Küchentür.

»Was?!« rufe ich ihm hinterher, plötzlich wütend.

Statt einer Antwort höre ich, wie er das Blech aus dem Ofen nimmt. Was ist hier eigentlich los?!

Ich lasse meine Jacke auf den Boden fallen, gehe ihm nach und lehne mich an den Türrahmen. Er stellt das Blech auf den Küchentisch und schließt den Ofen. Auf dem Blech liegen keine Plätzchen, sondern hellbraune, stinkende Krümel, wie Düngemittel oder Kies.

Esa streift die Topfhandschuhe ab, mein verdutztes Gesicht entgeht ihm nicht. »Keine Sorge, ich hinterlasse grundsätzlich eine saubere Küche«, sagt er. »Hab noch keine Beschwerden gehört.«

»Was machst du eigentlich?« frage ich.

Wieder keine Antwort.

Also sehe ich ihm zu.

Er holt einen gläsernen Meßbecher aus dem Küchenschrank und stellt ihn neben das Blech. Mit einem Pinsel fegt er die Krümel in der Mitte des Blechs zu einem Haufen zusammen.

Als er damit fertig ist, hebt er das Backpapier an den Ecken hoch und plaziert das Bündel auf den Meßbecher, drückt es leicht hinein. Danach zieht er vorsichtig das Backpapier beiseite, so daß die Krümel auf den Boden des Bechers fallen.

Feiner Dampf steigt auf, die braune Masse staubt. Esa klopft den Meßbecher ein paarmal auf die Tischplatte, damit die Masse sich gleichmäßig auf dem Boden verteilt. Dann hält er ihn mir vors Gesicht.

»Zweihundert Gramm«, sagt er.

Er stellt ihn wieder auf den Tisch. »Du hast zuviel getrunken«, sagt er. »Ich hab gesehen, wie du umgekippt bist. Hab dich zum Schlafen hierhergebracht.«

Er dreht mir den Rücken zu, holt Spülmittel aus dem Schrank unter der Spüle. Kommt wieder zum Tisch, nimmt das Blech und trägt es zum Abwaschen hinüber. »Da drüben, hundert Meter weiter, fährt der Bus«, sagt er. »Direkt bis ins Zentrum.«

Von irgendwo hat er einen Meßlöffel hergezaubert. Er schiebt einen Stuhl an den Tisch und setzt sich. Prüfend sieht er mich an – ich stehe noch immer auf der Schwelle. Zögernd mache ich einen Schritt, dann noch einen und noch einen, und setze mich zu ihm an den Tisch.

»Hätte dich schließlich schlecht auf der Straße liegenlassen können«, sagt er und schraubt den Verschluß einer Plastikflasche auf, legt den Verschluß neben die Flasche. Er mißt einen Löffel braune Krümel ab, klopft mit dem Löffel sachte gegen den Rand des Meßbechers, streut dann ein gestrichenes Maß Krümel in die Plastikflasche. Die Flasche ist trocken und leer, die Krümel kommen leise auf dem Boden auf, verstummen. Er mißt weitere fünf Löffel ab, füllt sie in die Flasche, steht auf. Er holt eine braune Glasflasche, deren Etikett ich nicht sehen kann. Er schraubt sie behutsam auf und gießt den Inhalt in die Plastikflasche.

Die Angst kommt von ganz unten aus dem Bauch, mein Herz schlägt wie wild – noch.

»Wo ist deine Familie?« frage ich mit tonloser Stimme.

»In der Schweiz.«

»Wieso?«

»Wiesowieso.« Er klingt auf einmal gereizt, starrt irgendwo auf meinen Hals. »Die haben's gut da.«

Die Küche stinkt, die präzisen Bewegungen des Jungen sind gruselig, und es macht mich rasend, daß er mir so gut wie nie direkt in die Augen sieht. Plötzlich fällt mir auch auf, daß er gar keinen Gips trägt; die Haut ist glatt und heil.

Esa bemerkt meinen Blick. Er schraubt die Plastikflasche zu, steht auf und holt einen langen Rührstab vom Abtropfgestell über der Spüle.

»Weißt du, was das hier wird?« fragt er.

Jetzt sieht er mich direkt an. Seine Augen sind tiefbraun, sein Blick geweitet, als könnte er durch mich hindurchsehen.

Ich nicke.

Es könnte sein, daß mein Leben heute endet. Es könnte sein, daß ich hier nicht mehr wegkomme. Und trotzdem – ich habe nicht die Absicht zu fliehen. Ich *kann* nicht fliehen. Allein der Versuch wäre falsch, denn dann wären wir ihm alle ausgeliefert, alle. Ich kann nur hier sitzen, atmen und versuchen, bis zum Schluß ein Mensch zu bleiben. Ich lasse die Angst besser gleich hinter mir.

Er sieht mich noch immer an und seufzt. »Weißt du noch, als wir uns das letzte Mal gesehen haben? Du hast neben mir am Fenster gesessen und geweint.«

Ich nicke.

»Eigentlich wollte ich es dir da schon sagen, hab's dann aber gelassen. Du warst so furchtbar traurig.«

Er kann in mich hineinsehen. Keine Ahnung, was er dort sieht. Er schaltet die Dunstabzugshaube an, sie surrt leise. Er hält die Flasche darunter und rührt den Inhalt mit dem Stab gut durch. Ein stechender Geruch breitet sich aus. Es ist, als wäre ich wieder in der Schule: Chemiestunde. Damals habe ich nicht aufgepaßt, dafür heute. Aber ich will nicht weiterdenken.

»Ich muß nach Hause«, sage ich, beinahe flüsternd.

Er macht eine Kopfbewegung zur Tür. »Nur zu! Finnland ist ein freies Land.«

Doch ich kann nicht einmal den kleinen Finger bewegen. Esa macht keine Anstalten, mich zu kontrollieren. Er weiß, daß ich bleibe. Er weiß, daß ich das schrecklich finde. Doch er weiß auch, daß ich den Gedanken daran, was alles passieren kann, wenn ich ihn aus den Augen lasse, noch viel schrecklicher finde. Dann kann nämlich er hingehen, wohin er will.

Er stellt die Plastikflasche an den Tisch. »Nicht anfassen«, sagt er und verschwindet. Ich höre ihn die Treppe hochlaufen.

Ich rühre die Flasche nicht an. Ich rühre mich überhaupt nicht. Ich atme kaum noch. Sein Arm ist gesund. Er hat mich verfolgt. Ich begreife, was dieser Junge tut.

Oben poltert es, Esa ist wieder auf der Treppe. Meine Zeit ist in seiner Hand. Das ist weniger schlimm als –

Er steht an der Küchentür und sieht, daß ich mich keinen Millimeter bewegt habe. Ein Lächeln huscht über sein Gesicht. Ich weiß, weshalb. Er ist zufrieden, weil ich dageblieben bin. Es ging ihm weniger ums Gehorchen als darum, daß ich aus eigenem Willen heraus sitzen geblieben bin. Das empfindet er als freundschaftliches Miteinander, und die Freude darüber will ich ihm nicht nehmen. Es ist der einzige Weg, am Leben zu bleiben, jetzt, wo ich weiß, was dieser Junge herstellt.

Er hat vier Dosen mitgebracht, die er auf dem Tisch ablegt. Neben die Dosen legt er Klebefolie, holt aus einer Schublade Frischhaltefolie. Er schaltet die Dunstabzugshaube ab und kommt wieder zum Tisch. Er schaut neugierig in mein Gesicht, aber nicht direkt in meine Augen.

»Willst du was trinken? Oder soll ich vielleicht mal das Fenster aufmachen?« fragt er, ganz normal.

»Ja, frische Luft, bitte«, antworte ich.

Er legt die Frischhaltefolie ab und öffnet das Fenster. Ein kühler Windstoß weht ins Zimmer, trägt den Geruch von Regen, Erde und Büschen herein. Es ist eigenartig, von ferne den Verkehr rauschen, im Gebüsch einen kleinen Vogel singen zu hören. Auf einmal steigen mir Tränen in die Augen, einzig und allein aus dem Grund, daß ich hier bin und noch am Leben.

»Hast du Angst?« fragt Esa und schaut mir ganz unvermittelt wieder in die Augen.

Ich schüttle den Kopf. »Nein. Oder, ich weiß nicht. Dieser Vogel …« Ich breche ab. Obwohl er mich jetzt ansieht, bezweifle ich, daß er mich versteht, daß sein Einfühlungsvermögen ausreicht. Ich ziehe die Nase hoch, belasse es dabei, wische mir nicht mit dem Handrücken die Tränen ab, denn die trocknen auf meinem Gesicht, auf meinen Augen, jetzt, in dem Moment, wo er die erste Dose öffnet.

Schrotkörner.

Klein und glänzend, ich bin mir sicher, es ist Stahl. Er rollt die Klebefolie auf und fixiert sie mit Klemmen an der Tischplatte. Er zieht das Schutzpapier von der Klebefolie, legt eine Fläche von fünfzehn Zentimetern frei und bestreut sie mit Schrot. Die Schrotkörner bleiben exakt dort haften, wo sie hinfallen.

»In der ersten Bombe war Bleischrot. Ich wußte nicht, daß das schmilzt. Hab mich ziemlich geärgert im nachhinein.«

Er baut und redet zugleich. Seine Bewegungen sind ruhig, und als ein häßlicher Schrothaufen auf einer Stelle landet, nimmt er den Pinsel und verteilt die Kugeln gleichmäßig auf der Folie. Er zieht noch mehr von der Schutzfolie ab, gleich ist die erste Schrotdose leer. Vor meinen Augen befindet sich eine akkurate, glänzende Kugelfläche. Als er die nächste Dose öffnet, fällt eine Schrotkugel auf den Boden, rattattat, und kullert über den Plastikteppich. Ich sehe, wie sie vor dem Abfallschrank liegenbleibt und sachte hin und her schaukelt. Meine Augen saugen sich geradezu fest an dieser Kugel, deren Bewegung gleich aufhören wird, doch ich starre weiter, versuche meine Sinne voll und ganz auf eine Sache zu richten, damit ich nicht losbrülle.

Esa hat sämtliche Schrotdosen geleert. Jetzt öffnet er die Packung mit der Frischhaltefolie.

»Vorher hab ich den Schrot in einen langen Plastikschlauch gefüllt und um die Flasche gewickelt, aber das war eher 'ne Hilfskonstruktion und ziemlich unpraktisch. Dann bin ich auf das hier gekommen. Und zwar, als im Fernsehen jemand Biskuitrollen gebacken hat.«

Er schneidet die Frischhaltefolie entzwei und drückt das untere Ende sorgfältig an der Klebefolie fest. Er steht auf, holt die Flasche, prüft noch mal, ob der Schraubverschluß zu ist. Als ich begreife, was er vorhat, weiche ich intuitiv ein Stück zurück. Er registriert das, redet, ohne mich anzusehen.

»Dafür braucht man 'ne Zündkapsel. Das kann so nicht hochgehen, keine Angst.«

Er legt die Flasche aufs obere Ende der Klebefolie, entfernt die Klemmen am Folienrand und rollt die Flasche in den Schrotmantel ein. »Schau. Genau dasselbe Prinzip wie bei einer Lachsrolle oder so.«

Ich sehe ihm zu. »Wieso zeigst du mir das?« frage ich ihn. »Ich könnte es jemandem erzählen.«

Er hält inne, sieht mir in die Augen, nur eine Sekunde lang, rollt dann schweigend weiter. Stück für Stück verschwindet die Flasche in einer glänzenden Hülle aus Schrotkugeln und Plastik.

»Ich versteh schon«, sagt er schließlich in feststellendem Ton, als ginge es hier um das Normalste der Welt. »Ist nicht so schlimm. Wär mir scheißegal.«

»Meine Schwester ist gestorben«, erinnere ich ihn leise. »Weil du diese Sachen machst.« Ich riskiere noch einen weiteren Anlauf. »Kapierst du das überhaupt?« Es ist fertig. »Na klar«, erwidert er. »Tut mir wirklich leid. War echt keine Absicht.«

Ich traue meinen Ohren nicht: War keine Absicht. Wie weit ist er eigentlich von dem entfernt, was uns zu Menschen macht? Von Mitgefühl und der Fähigkeit, die Folgen des eigenen Handelns einzuschätzen?

Ihm ist es egal, daß ich sehe, was er tut. Ich bin in seinem Haus aufgewacht, und nun läßt er mich an seinem Tisch sitzen, als würde er Kuchen backen. Er schert sich nicht um mich. Ich könnte aufstehen und gehen, aber er weiß, daß ich das nicht tue. Ich gehe nicht, weil ich von uns beiden diejenige bin, deren Vorstellungsvermögen um vieles weiter reicht als nur bis zu den Wänden dieser Küche. Deshalb sitze ich hier, versuche, mit meiner Anwesenheit die Zeit anzuhalten, den

Moment hinauszuzögern, in dem er fertig ist und zur Tür hinausspaziert.

»Okay, das war's«, sagt er. Er stellt die Flasche aufrecht. Der Mantel aus Frischhaltefolie und Schrot glänzt hell. »Ich geh jetzt. Du kannst auch gehen, wenn du willst.«

Er zieht seine Jacke über. Macht den Reißverschluß zu. Verstaut die Bombe in seinem Rucksack. »Hier gibt's keinen Festnetzanschluß, und dein Handy habe ich im Klo runtergespült. Wenn du telefonieren willst, dann woanders. Ich würd vorschlagen, daß ich vor dir gehe. Mach einfach die Tür zu, ich hab den Schlüssel dabei.«

Ich lasse ihn nicht aus den Augen. Die Veränderung, die in seinem Gesicht passiert ist, ist extrem: Der Junge, der noch vor wenigen Minuten eine Lachsrolle geformt hat, ist verschwunden. An seiner Stelle steht jemand, der innen hohl und außen Blei ist, oder eher Eis.

»Geh nicht«, entweicht es mir, »bitte bleib. Laß uns reden.«

Er sieht mich an. »Worüber?«

Ich habe keine Antwort.

»Das hat keinen Sinn«, sagt er leise. »Die Leute hören sowieso nur auf das, was sie selbst schon wissen.«

»Esa«, sage ich. »Komm. Warte noch ein bißchen.«

Ein kleines Lächeln huscht über sein Gesicht. Er legt den Kopf auf die Seite. »Ich heiß nicht Esa«, sagt er, und obwohl sein Lächeln breiter wird, ist er nicht glücklich. »Aber egal. Ich würd auch nicht bleiben, wenn ich so heißen würde.«

Ich weiß nicht, was ich noch tun soll. Der Junge ist mir entglitten. Er ist verloren. Ich muß an einen Hai denken, oder einen Wal, ein großes Meerestier, das sich kurz an der Wasseroberfläche zeigt und dann wieder in die Tiefe abtaucht, auf den Grund, und dort schaukelt, im Unsichtbaren – und nie wieder neben meinem Boot erscheinen wird.

»Ich geh jetzt. War nett, dich zu treffen.«

Du lieber Gott. Ich lasse die Angst endlich hinter mir. Springe vom Tisch auf und überrumple ihn, schlinge meinen

Arm um seinen Hals und drücke ihn in das Mäntelgewirr an der Garderobe. Er greift in mein Haar und zerrt, ich kann einen Schmerzensschrei nicht unterdrücken. Der Schrei feuert ihn an, meine Kopfhaut brennt, mein Bein wird von seinem Gewicht überdehnt, egal, ich darf ihn nicht gehen lassen.

Plötzlich ist seine Hand an meiner Kehle. Ich reiße uns zu Boden, doch er drückt weiter zu. Sein Griff ist fest und knochig, ich kriege keine Luft, vor meinen Augen wird es dunkel. Da spüre ich einen Schmerz in meinen Rippen, er schlägt oder tritt mich, doch ich darf ihn nicht loslassen. Wir rollen zwischen den Mänteln und Schuhen umher, ich suche nach einer Stelle blanker Haut zum Zubeißen, aber da ist nur Stoff, an dem ich fast ersticke. Er drückt mich von sich weg, wieder spüre ich seine Hand in meinem Haar, er zerrt mich hoch, meine Stiefelschäfte wackeln lächerlich auf halbmast, und als er mich aus dem Windfang schleift, stolpere ich. Er zieht mich bis in die Küche, wo er mich auf den Boden schleudert. Er selbst bleibt auf der Schwelle stehen, nur eine Sekunde lang, doch die genügt, um seine Augen zu sehen: Sie sind weiß wie Schaum. Er stößt ein lautes Ächzen aus und marschiert aus dem Haus.

Als ich mich aufgerappelt habe, ist die Tür schon ins Schloß gefallen. Ich höre seine eiligen Schritte auf dem Hof, und da laufe auch ich los.

Ich halte nicht an, um die Reißverschlüsse meiner Stiefel zuzumachen. Ich weiß, welche Zerstörungskraft seine Bombe besitzt, darf keine Zeit verlieren. Ebensowenig darf ich Zeit verlieren mit der Überlegung, wie ich gerade aussehe. Aber die Panik hat sowieso alles Unbedeutende verschluckt. Ich kann nicht einmal mehr weinen.

Die Schotterstraße ist aufgeweicht, gesäumt von nassen, plattgewehten Gräsern. Es regnet, Sprühregen, und ich bin viel zu langsam. Ich laufe auf den Hof des Nachbarhauses und klingle. Hämmere an die Tür, so laut ich kann.

»Aufmachen«, schreie ich, »aufmachen!«

Nichts passiert, ich hämmere weiter, doch vielleicht ist tatsächlich keiner zu Hause. Ich schaue auf die Uhr: fast vier. Wo sind die Leute nur hin?

Ich darf mich nicht entmutigen lassen. Ich renne zurück auf die Straße, schaue mich um. Esa ist nirgends zu sehen, die Gegend ist mir unbekannt, alles könnte sein Ziel werden. Meine Stiefel machen bei jedem Schritt ein schmatzendes Geräusch, die schleifenden Schäfte spritzen Dreck auf die Hose, meine Waden sind klitschnaß. Das nächste Haus ist von einer dichten Weißdornhecke umgeben, ich rüttle am Tor und schreie, so laut ich kann.

»Hilfe! Helft mir, bitte!«

Ich klettere auf das Gartentor und will gerade springen, als ich eine Kette rasseln höre. Mit traumwandlerischer Sicherheit erkenne ich die Gefahr. Gerade noch rechtzeitig schaffe ich es zurück aufs Tor – und doch schließt sich ein riesiger Schlund um meine Zehen und schnappt zu. Der Hund, der das aggressive Gebell ausstößt, ist fast so groß wie ein Schaukelstuhl – und nur gut einen Meter von meinem Kopf entfernt.

Ich weiß genau, wo ich bin.

Wie im Traum laufe ich rückwärts, zurück auf die Straße, der Hund kläfft mir heiser drohend hinterher. Aus welchem Haus ich ursprünglich gekommen bin, weiß ich nicht mehr, doch ich weiß, wo ich hinwill. Langsam schreite ich die Weißdornhecke ab, spähe nach einer Lücke. Als ich weit genug von dem Tier entfernt bin, wechsle ich wieder auf seine Straßenseite und springe in den Graben. Vollkommen egal, daß meine Stiefel nun endgültig hinüber sind. Ich weiß, wo ich hinwill.

Und wie im Märchen, wie im Traum oder in Geschichten, in denen das Böse nicht ungestraft bleibt, öffnet sich in der Hecke ein Spalt, gerade breit genug für mich.

Ich greife in die Hecke und ziehe mich aus dem Graben, spüre, wie die Dornen sich in meine Handflächen bohren, egal, eigentlich spüre ich schon keinen Schmerz mehr, schwebe jenseits der Schmerzgrenze. Ich zwänge mich ins Gebüsch, die

Dornen zerkratzen Bauch, Hals und Gesicht, dann, endlich, bin ich auf der anderen Seite.

Ich weiß genau, wo ich bin.

Einmal war es eine Katze, die mich in diesen Garten führte, dann verscheuchte mich der Hund, und heute bin ich wieder hier. Ich haste am Grill vorbei zum Atrium, drücke die Türklinke herunter.

Die Tür geht auf. Manche Dinge ändern sich nie.

Ich weiß, wo das Telefon ist. Aus der Küche kommt ein Mann in weißem Schutzanzug und protestiert, doch ich lasse mich nicht beirren, verstehe sowieso kein Wort. Er will mich aufhalten, doch als ich schreie, weicht er zurück.

Ich weiß nicht, was ich sage oder mache, aber ich bin aus Vantaa und kenne diese Ecke wie meine Westentasche. Ich lege den Hörer zurück auf die Gabel, starre abwesend auf die Pinnwand und das Foto längst vergangener Liebe. Der Mann hinter mir telefoniert jetzt ebenfalls, doch ich verstehe tatsächlich kein Finnisch mehr. Ich weiß nicht, ob ich träume oder wach bin, jedenfalls gehe ich durch den langen Flur zur Haustür, das Glas des Windfangs ist gelblich, dahinter bewegt sich ein Ast. Ich schaue zu, wie meine Hand das Schloß öffnet, und die Tür ist auf.

Ich bin draußen, noch drei Treppenstufen bis zum Kiesweg, da kommt mir Mirja entgegen, an der Leine einen winzigen Terrier. Sie schreit erschrocken auf und rennt los. Ich höre einen entsetzlichen Knall, doch das kann natürlich auch das Blut sein, das in meinen Ohren rauscht. Jetzt ist sie bei mir, kreischt, hält mich fest, dann fallen wir um. Das letzte, an was ich mich erinnere, ist die weiche Zunge des Welpen auf meinem zerschrammten Gesicht, dann bin ich fort.

Und so lautet der Bericht:

Im Stadtteil Simonkallio in Vantaa erfolgte eine schwere Explosion. Die Anzahl der Toten steht noch nicht fest, Verletze gibt es keine. Die Explosion hat ein Einfamilienhaus komplett zerstört. Das Haus war das Zentrum der Explosion. Die Häuser in der unmittelbaren Umgebung wurden ebenfalls beschädigt, jedoch in geringerem Ausmaß. Die Kriminalpolizei nimmt die Ermittlungen auf. Über einen Zusammenhang mit der Explosion im Einkaufszentrum werden keine Angaben gemacht.

Bei den Zeugenbefragungen meldet sich auch der Taxifahrer, der uns nach Simonkallio gefahren hat. Er erinnert sich gut an meinen Zustand – und an den Jungen, der sich als mein Bruder ausgab. Die Fahrt kostete fünfundvierzig Euro, Esa bezahlte bar. Ich war bei Bewußtsein gewesen und hatte mich sogar mit allen unterhalten. Daraus hatte der Fahrer geschlossen, daß ich aus freien Stücken mit dem Jungen unterwegs war. An physischen Kontakt zwischen Esa und mir konnte der Fahrer sich nicht erinnern, ausgenommen das Abstützen beim Ein- und Aussteigen.

Esa war sehr höflich gewesen und hatte die ganze Zeit aufgepaßt, daß ich nicht ins Taxi kotzte. Er hatte eine kleine raschelnde Plastiktüte dabei, in der man Äpfel oder Tomaten abwiegt, und hielt sie für den Fall der Fälle bereit. Ich war lachend aus dem Taxi gestiegen, hatte gewinkt und meine Handtasche wie einen ungehorsamen Hund hinter mir hergezogen. Esa hatte mir die Handtasche wieder über die Schulter gehängt; der Fahrer hatte am Gartentor gewartet, bis wir im Haus waren. Er konnte sich aus zwei Gründen gut an uns erinnern: weil ich in extrem schlechtem Zustand war und weil der Junge so routiniert handelte – als hätte er sich schon oft um Betrunkene kümmern müssen.

Ich habe tagelang stumm im Krankenhaus gelegen. Ich wollte mit niemandem sprechen. Ich war noch immer in Esas Küche und redete mit ihm.

Ich fragte ihn nach seiner Familie und wie es ist, allein zu wohnen. Ich erzählte von mir und wie ich lebte. Er erzählte mir von seinen Hobbys und einem Mädchen namens Heli. Ich sagte, daß Bombenbasteln nichts bringt, und er hörte damit auf.

Hätte ich von Anfang an gewußt, daß ich nicht sterbe, hätte alles ganz anders laufen können.

Ich hätte mehr gewagt. Ich hätte auf ihn eingeredet und ihn dazu gebracht, am Leben zu bleiben.

Ich hätte es gewagt, ihm zuzuhören, und hätte ihm gesagt, daß nicht alle Menschen gleich sind. Er hätte mir geglaubt und erkannt, daß es Ausnahmen gibt.

Warum hat mir keiner gesagt, daß ich nicht sterbe? Ich hätte viel besser sein können, wenn ich nicht solche Todesangst gehabt hätte.

Tagelang habe ich mit keinem gesprochen. Ich konnte nicht, denn ich mußte über so vieles nachdenken.

Er hat mich ausgewählt. Er hat mich ausgewählt und ist mir nachgegangen, weil ich Mitleid mit ihm hatte. Ich bin auf ihn zugegangen und habe ihm geholfen, darum hat er mich ausgesucht. Doch ich kam zu spät. Und habe ihm nicht zugehört. Ich habe alles zunichte gemacht.

Ohne mich wäre er noch am Leben.

Aber: Er war krank. Und auch ich bin krank, weil er mir so furchtbar leid tut.

Und selbst wenn sich alles doch ein wenig anders verhalten sollte – für mich fühlt es sich so an. Wir sind krank. Er hat mich ausgesucht, weil ich auch krank bin.

Die Tür des Krankenzimmers öffnet sich. Ich spüre das am Luftzug, meinen Kopf würde ich nicht einen Millimeter drehen. Fünf Tage bin ich schon hier. An den ersten drei herrschte striktes Besuchsverbot, an den anderen beiden ist keiner gekommen. Aber was soll's. Ich bin's gewohnt.

Ich bekomme Medikamente verabreicht. Und die Fernbedienung in die Hand gedrückt – wenn die Nachrichten vorbei sind. Beides nehme ich gern entgegen, die Fernbedienung und auch die Pille, obwohl mir kurz nach der Einnahme das Kinn schlaff herunterhängt. Aber egal – mit der Pille kann ich diesem entsetzlichen Elend wenigstens zeitweise entkommen, mich beruhigen, sogar daran glauben, daß ich mich von all dem erholen werde.

Ich lasse die Augen zu, es ist sicher nur jemand vom Pflegepersonal. Die kommen und gehen, wie sie wollen, und stören mich nicht. Sie lassen mich in Ruhe trauern. Aber der Schritt dieses Menschen ist anders, und sein Geruch ist ebenfalls anders. Er riecht ein klein wenig nach Schweiß, nach muffigen Büros, minimal säuerlich. Jetzt drehe ich mich doch um, und ich kann kaum fassen, wer da vor mir steht: Erkki Luhtanen. Sein Geruch ist der eines alten Mannes.

Oh, wie ich mich freue, ihn zu sehen! Ich rapple mich auf und setze mich hin, und er setzt sich ganz dicht neben mich. Ein, zwei Sekunden zögern wir, dann nimmt er meine Hand. Seine ist warm, rauh und trocken, wie ein Lederhandschuh, der auf der Heizung lag.

»Ich konnte leider nicht früher kommen«, sagt er. »Alle lassen dich ganz lieb grüßen.«

Ich sehe ihn an. Wieder mal hat er vor lauter Arbeit kaum geschlafen, so viele Puzzleteile gilt es zusammenzufügen. Und plötzlich fällt mir etwas ein. Die Übelkeit kommt von ganz tief innen, die Scham läuft mir als Speichel im Mund zusammen, als mir klar wird, daß die Polizei bei ihrer Arbeit auch auf meine Spuren stoßen wird. Ich kann mich nicht erinnern, ob ich irgend etwas oben in Esas Dachzimmer gelassen habe. Hatte ich auch wirklich alles an, als ich weggegangen bin? Was werden sie denken? Ich wende mich ab, meide Erkkis Blick.

Zum ersten Mal seit Tagen regt sich in mir der Wunsch, wegzulaufen, wenigstens in den Flur zu fliehen und mich zwischen den anderen Kranken zu verbergen. Ich habe nichts Schlimmes getan, und doch werde ich panisch bei dem Gedanken an das, was man sich bei der Polizei Vantaa über mich erzählt: Eine ausgehungerte einsame Alte hat endlich mal einen Volltreffer gelandet. Ich fühle mich beschmutzt.

Das halte ich nicht aus.

Ich entziehe Erkki meine Hand, schleudere meine Beine auf den Boden und stehe auf. Dabei falle ich beinahe vornüber aufs Gesicht, denn ich habe fünf Tage lange nicht mehr gestanden. Meine Beine zittern, die Knie sind aus Pudding, das ganze Krankenzimmer dreht sich. Ich sinke zurück aufs Bett, wobei sich die Matratze ein paar Millimeter verschiebt. Irgend etwas fällt vom Nachttisch und zerbricht laut klirrend, wahrscheinlich mein Wasserglas. Egal. Mich kümmert's nicht.

Auf einmal spüre ich Erkkis Hand auf meinem Kopf. Sie streichelt nicht, sondern bleibt einfach liegen, schützt meinen Geist und gibt mir Wärme. Ich schließe die Augen. Ein Moment wie in Zeitlupe. Ich könnte ewig so daliegen. Ich weiß nicht, was Erkki über mich denkt, und ich mache mir auch nichts mehr daraus, denn unter seiner Hand ist die Zeit stehengeblieben.

»Es wissen alle, daß du bei ihm im Haus warst«, sagt er. »Aber weißt du was?«

Ich habe keine Kraft zu raten, er wird es mir ohnehin erzählen. Also liege ich nur da, alt, billig, häßlich.

»Du kannst nichts dafür«, sagt er. »Verstehst du? Es war nicht deine Schuld. Du hast dir das nicht ausgesucht.«

Wir schweigen. Ich weiß, was er mir damit sagen will. Daß ich mich unnötig heruntermache, weil der Junge mich mit nach Hause genommen und mich das in diesem erbärmlichen Zustand versetzt hat. Mich unnötig runtermache dafür, daß ich nicht anders zu handeln wußte.

Dieser Gedanke baut mich ein klein wenig auf, und als Erkkis Hand von meinem Kopf verschwindet, setze ich mich wieder hin. Er hilft mir dabei. Ich bin grau, weich und willenlos, mein Haar ist strähnig. Ich schaue Erkki an und werde mir bewußt, daß ich doofe Unterhosen unter einem doofen Krankenhausnachthemd trage, mit Schlitz im Rücken.

Erkki erwidert meinen Blick.

»Ist nicht so schlimm«, sagt er leise.

Dieser Satz. Ich habe ihn früher oft gehört, aber nie von ihm, sondern immer von Elina, immer. Elina hat nie Angst gehabt und vertraute darauf, daß alles schon nicht so schlimm sein würde, denn sie war braunhaarig und lockig und um so vieles reicher an Liebe und Leben als ich.

»Das ist nicht so schlimm«, wiederholt er, »und irgendeines Tages wirst du das auch selber glauben.«

Tränen steigen mir in die Augen; sollen sie doch, vor Erkki muß ich nichts mehr verbergen. Er sieht mich mit warmem Blick an.

Und ich, ich sehe die Augen eines alten Mannes, wäßrige, hellblaue Knöpfe. Auf einmal muß ich kichern. Ich kann's nicht unterdrücken. »Kennst du den Witz von Superman, Spiderman und Eimerman?« Ich weiß nicht, ob ich lache oder weine.

»Nein, wie geht der?«

»Na, einer von denen ist im Eimerman.«

Erkki sieht mich an, sieht meine Verzweiflung, hört die Scham hinter dem gellenden Lachen. Er nimmt meine Hand, zieht mich näher und schließt mich in seine Arme.

Ich lache und weine. Mag das Medikament auch die ärgsten Spitzen der Emotionen kappen, es bleibt mir doch übergenug zu trauern. Ich spüre Erkkis Schulter an meiner Wange, sein Ohr an meiner Schläfe. Es ist erst eine Woche her, daß ich das letzte Mal in seinen Armen lag; da scheint sich so etwas wie eine Gewohnheit zu entwickeln.

»Eigentlich bin ich gekommen, um dir ein bißchen Milchreis zu bringen.«

Gelassen wechselt er das Thema, ich löse mich langsam aus seiner Umarmung. Jetzt erst sehe ich die zwei Plastikschalen, die er auf den Nachttisch gestellt hat. Er drückt mir eine in den Schoß. »Ich wußte nicht, wie du ihn magst, also hab ich einfach alles hineingetan.«

Ich starre auf die Schüssel. Ein hoher Haufen Milchreis mit einer dicken Schicht aus dunkelherbem Zimt und süßem Zucker, ringsherum ein weißer Graben aus Milch. Eine weihnachtliche Insel.

»Frohe Weihnachten«, sagt Erkki.

»Ist schon Weihnachten?« frage ich und putze mir die Nase.

»Übermorgen.« Erkki löffelt seinen Brei, als wäre es die normalste Sache der Welt. Kaum zu fassen. In diesem Moment glaube ich wirklich an den Zauber von Weihnachten. Ich putze mir die Nase ein zweites Mal und versuche zu essen, kriege den ersten Löffel erfolgreich in den Mund. Prompt beiße ich auf etwas Hartes.

Die Glücksmandel.

Erkki hat die ganze Zeit auf diesen Moment gewartet. Er grinst mich breit an. »Ich hab gleich sechs hineingetan, damit du ganz sicher eine abkriegst«, sagt er gutgelaunt. »Sag mal, wie feierst du Weihnachten eigentlich?«

Ich habe keine Ahnung, worauf er hinauswill. Ich lasse meinen Löffel sinken, schlucke. Vielleicht weiß ich doch, worauf er hinauswill. Er sieht mich ernst und liebevoll an, ohne Druck auszuüben.

»Gar nicht. Ich bin kein Typ für solche Feste«, antworte ich leise. »Und ich glaube nicht, daß Sepi und die Mädchen mich dabeihaben wollen.«

»Woher willst du das wissen?« fragt er, schiebt sich einen großen Löffel Milchreis in den Mund.

Ich zucke mit den Schultern. »Ich glaub's einfach nicht.«

»Geh das Risiko doch mal ein.«

Ich weiß nichts zu erwidern. Und kriege furchtbare Angst.

»O Gott. Ich trau mich aber nicht«, sage ich. »Was ist, wenn die mich nicht wollen? Was dann?«

»Dann kommst du zu mir, und wir kochen Kartoffeln«, entgegnet Erkki.

Ich habe eine so übertrieben tiefe Angst vor Ablehnung, daß ich schon wieder lachen muß. Und *noch* größer ist die

Angst, den Gedanken an Sepi und die Kinder für den Rest meines Lebens unter großer Anstrengung verdrängen zu müssen.

»Die haben mich gar nicht besucht«, halte ich sicherheitshalber dagegen.

»Man hat sie nicht gelassen«, sagt Erkki. »Und auch ich mußte denen meinen Ausweis zeigen und behaupten, ich würde deine Fingerabdrücke brauchen.«

»Tatsächlich?« versichere ich mich.

»Tatsächlich.«

»Na dann ...«

Ich bin unsicher. Aber eigentlich ist es auch fast wieder egal – wenn's schiefgeht mit Sepi, kann ich zu Erkki und mit ihm Kartoffeln kochen. Es gibt noch andere Menschen auf dieser Welt.

»Soll ich da wirklich hingehen?« bohre ich nach, unfähig, eine Entscheidung zu treffen. Die Dinge scheinen riesengroß.

»Warum denn nicht?« sagt er, verhalten lächelnd.

Da weiß ich, daß ich es schaffen werde. Und wenn ich auch keinen Menschen haben sollte – ich habe ihn. Außerdem kann man immer noch zwei Tabletten statt einer nehmen und sich auf dem Sofa lang machen.

Ich stelle meinen Milchreis auf den Nachttisch und drücke auf den Knopf für die Schwester. Mir ist ein wenig schwindlig, außerdem blitzt sicher die doofe Unterhose aus dem Rückenschlitz des Nachthemds hervor, aber das wird Erkki sowieso nicht interessieren. Und auch mich nicht. Ich habe jetzt einen Plan – und deshalb kann ich aufstehen. Ich weiß, wo ich hinwill.

»Brauchen wir zu den Kartoffeln noch was dazu?« frage ich.

»Ich hab Schinken da, den schiebe ich in den Ofen, und dazu hole ich Aufläufe. Bring Alkohol mit«, antwortet er.

»Alles klar.«

Die Schwester betritt das Zimmer und ist erstaunt, mich auf den Beinen zu sehen. Erkki umarmt mich. Ich rieche den Geruch eines alten Mannes, verbrauchte Luft und Pappe, und spüre Erkkis Herz in seinem Käfig aus Rippen an meiner Brust schlagen.

Ich liebe ihn.

Dann ziehe ich mich an.

Kindern beim Singen zuzusehen versetzt mich immer in eine besondere Stimmung. Kinder singen mit dem ganzen Körper, sind wie ein großer Sack mit Röhre, der Luft und Klang entströmt. Singende Kinder wissen gar nicht, was sie tun, sie vergessen alles um sich herum und denken nur noch an die Melodie, die sie mit ihrem Atem hervorbringen. Solange man ihnen nicht erzählt, daß Singen etwas Besonderes ist, sind sie lebendige Singsäcke, sich fortbewegende, heitere Instrumente, die eine absolut körperliche Musik erschaffen. Kindergesang hat eine ähnliche Aura wie der Atem von Kühen, vermittelt etwas Lebendiges, Schweres, Irdisches – selbst wenn die Kinder über den Himmel singen, so wie heute.

Mehrstimmig singen sie ihr Hosianna, und ich stehe in der dunklen Turnhalle, weit hinten, zusammen mit anderen Zaungästen. Hier sind die Wochenendväter und die Zuspätgekommenen, Nachbarsfrauen und Schulpersonal, das mit den Kindern kaum zu tun hat. Ich bin nicht die einzige, die gerührt ist. Die Kinder singen Gott zur Ehre – und der seines Sohns, der in eine gefahrvolle Zeit hineingeboren wurde und schon so bald wieder gehen mußte, auf grausame Weise.

Hier in der Dunkelheit, zwischen Sprossenwand und Tür, ist ein guter Ort zum Trauern. Ich bin unendlich traurig über alles, was geschehen ist, und auch alle anderen tun mir leid. In dieser Welt gibt es keine Versicherung gegen das Schreckliche.

Auch Sepi und die Mädchen sind hier.

Ich sehe meinen Schwager mit Tatta auf dem Schoß am Rand des Raums sitzen; ein großer Mann mit einem Kind auf dem Schoß, der sich in der Mitte der Sitzreihe nicht wohl fühlen würde. Er weiß nicht, daß ich hier bin. Ich war nicht bei der Beerdigung, obwohl ich eingeladen war, und nun bin ich hier, ganz ohne eine Einladung. Kann sein, daß das schiefgeht. Kann sein, daß er mich nicht mehr sehen will.

Doch hier, in meinem dunklen Schlupfwinkel neben der Tür, kann ich Elinas Stimme hören, die mir sagt, was zu tun ist.

Und das rät sie mir:

Stell dich vor ihn hin und geh das Risiko ein, daß man dich ablehnt – oder annimmt. Steh einfach da und atme. Warte, ob er dich will. Wenn nicht, dann wende dich nicht als erste ab, gib ihm keine Schuld. Laß ihn zuerst gehen, und wenn du zu Hause bist, sagst du dir: Sein Wille geschehe, nicht meiner.

Sein Wille geschehe, nicht meiner.

Und wenn er mich vielleicht doch will? Hoffentlich, oh, hoffentlich.

Ich stelle mich vor ihn hin, und wenn er mich umarmt, dann küsse ich die Mädchen und gehe mit ihnen zum Auto. Ich fahre sie alle nach Hause und setze Kartoffeln auf. Ich erzähle ihnen, was in letzter Zeit alles passiert ist, und helfe mit, so gut ich kann.

Und später, wenn die Nacht kommt und die Mädchen im Bett sind, bitte ich Sepi, sich mit mir an den Küchentisch zu setzen. Und wenn wir dasitzen, sage ich ihm, was ich schon dem Jungen hätte sagen sollen.

Ich sage: Das ist nicht so schlimm.

Nicht so schlimm.

Camilla Läckberg
Der Prediger von Fjällbacka
Roman
Aus dem Schwedischen
von Gisela Kosubek
407 Seiten. Gebunden
ISBN 978-3-378-00669-0

»Camilla Läckberg ist die Krimi-Queen.«

BILD AM SONNTAG

Im mondänen Badeort Fjällbacka wird eine Urlauberin tot aufgefunden. In ihrer Nähe tauchen die Skelette zweier vor Jahrzehnten verschwundener Frauen auf. In ihrem zweiten Fall kämpfen Erica Falck und Patrik Hedström gegen sommerliche Hitze und religiösen Fanatismus. Ins Visier rückt schon bald die zerrüttete Familie des freikirchlichen Predigers Ephraim Hult, dessen Söhne Johannes und Gabriel in der Vergangenheit blutige Schuld auf sich geladen haben. Es ist nicht der Gott der Versöhnung, dem die Hults dienen – es ist der Gott der Rache.
»Der Prediger von Fjällbacka« eroberte die Bestsellerlisten im Sturm und wurde als bester schwedischer Krimi nominiert.

Mehr von Camilla Läckberg im Taschenbuch:
Die Eisprinzessin schläft. Roman. AtV 2299
Der Prediger von Fjällbacka. Roman. AtV 2400

Mehr Informationen erhalten Sie unter
www.aufbauverlagsgruppe.de oder in Ihrer Buchhandlung

kiepenheuer
AUFBAU VERLAGSGRUPPE

Guillaume Musso
Wirst du da sein?
Roman
Aus dem Französischen
von Claudia Puls
311 Seiten. Gebunden
ISBN 978-3-378-00682-9

Zwei Herzen. Zehn Chancen. Ein Wunder

San Francisco, 2006. Mit 60 hat Elliott Cooper erreicht, wovon viele nur träumen: Er ist ein angesehener Arzt, Vater einer 20jährigen Tochter, und die Frauen liegen dem attraktiven Mann zu Füßen. Das perfekte Glück? Nur scheinbar, denn niemals ist Elliott über den Tod der Frau hinweggekommen, die er leidenschaftlich liebte: Ilena. Eines Tages macht er die Bekanntschaft eines alten Mannes, der ihm seinen sehnlichsten Wunsch erfüllt: die Liebe seines Lebens noch einmal wiederzusehen. Als Reisender zwischen den Zeiten begegnet Elliott dem eigenen Ich als jungem Mann, den er überzeugen will, die Weichen in seinem Leben anders zu stellen und so Ilenas frühen Tod zu verhindern. Bis ihm klar wird, dass man das Schicksal nicht ungestraft herausfordert. Guillaume Mussos ergreifender Roman erstürmte auf Anhieb die Bestsellerlisten und wird auch Ihr Herz erobern.

»Mit zauberhafter Phantasie erzählt.« LE FIGARO LITTÉRAIRE

»Noch spannender als Marc Levy.« LIVRES HEBDO

Mehr Informationen erhalten Sie unter
www.aufbauverlagsgruppe.de oder in Ihrer Buchhandlung

kiepenheuer
AUFBAU VERLAGSGRUPPE

Sarah Waters
Solange du lügst
Roman
Aus dem Englischen von Stefanie Retterbush
624 Seiten. Gebunden
ISBN 978-3-352-00701-9

Erotisch, romantisch, thrilling

Fein und gemein geht es zu, wenn zwei Mädchen im Spinnennetz von Hass und Liebe zappeln.
London, 1862: Die Waise Sue Trinder wächst im Haus von Mrs. Sucksby auf, die kleine Diebe ausbildet. Was sie nicht ahnt: Von Geburt an ist ihr Schicksal mit dem eines anderen Waisenmädchen verknüpft, der reichen Erbin Maud Lilly. Durch einen raffinierten Plan gerät die Londoner Göre in das düstere Herrenhaus an der Themse. Aber dann schießt der Plot in eine schaurige Erzählrichtung – und fertig ist ein Giftcocktail, der unter die Haut kriecht.

Ausgezeichnet mit dem Ellis Peters Award als »bester historischer Kriminalroman des Jahres«.

»Mit großer Brillanz ist der Autorin eine Mischung aus Dickens und Du Maurier gelungen.« LITERATURREPORT

Mehr von Sarah Waters:
Die Frauen von London. Roman. ISBN 978-3-378-00672-0
Selinas Geister. Roman. AtV 1347
Solange du lügst. Roman. AtV 2121

Mehr Informationen erhalten Sie unter
www.aufbauverlagsgruppe.de oder in Ihrer Buchhandlung

rütten & loening
AUFBAU VERLAGSGRUPPE